Federico Moccia

SEI TU

A Mario Giordano -

Emozioni...
fuori schema!

MONDADORI

Dello stesso autore
nelle edizioni Mondadori
Quell'attimo di felicità

www.librimondadori.it

Sei tu
di Federico Moccia

ISBN 978-88-04-63731-8

I edizione febbraio 2014

Sei tu

A Alessandro Giuseppe e Maria Luna,
ai loro sorrisi.
E a Giulia, che mi ha regalato
questo bellissimo sogno.

Il più bello dei mari
è quello che non navigammo.
Il più bello dei nostri figli
non è ancora cresciuto.
I più belli dei nostri giorni
non li abbiamo ancora vissuti.
E quello che vorrei dirti di più bello
non te l'ho ancora detto.

NÂZIM HIKMET

1

Nella vita molte cose ci capitano per caso, solo alcune riusciamo a deciderle noi e quasi sempre, queste ultime, sono le migliori. Come l'idea di rivederla. Così cammino per il parco, con le mani in tasca, e quando la vedo il cuore mi batte così forte da non lasciarmi dubbi.

«Ehi...» Rimaniamo zitti a fissarci, come se non fosse passato che un attimo. È tornata a Roma e tutto è come l'ultima volta: i suoi capelli castani con quei riflessi cangianti sotto la luce del sole, la fossetta che le si forma sulla guancia sinistra, la pelle sottile, quasi trasparente, che lascia intravedere l'ombra blu delle vene sulle sue mani affusolate. Anche il cuore inciso sulla panchina da qualcuno che non siamo noi – è ancora lì. Con la sua scritta "Mona Mour", sgrammaticata ma che rende l'idea. Ann sorride, poi mi guarda curiosa, forse preoccupata che possa essere successo qualcosa da quando è partita, che qualcuno abbia rubato un pezzo della nostra storia. «No...» rispondo a quella domanda che non è mi stata posta. E lei sembra così felice, come se quel non usare neanche una parola per dirsi tutto appartenga solo agli eletti, agli innamorati cui basta guardarsi negli occhi per leggere cosa c'è scritto nel cuore. Ma a voler controllare bene, qualcosa che non dico, nel mio cuore purtroppo c'è scritto: "Qualche volta ho pensato a Lei". Lei, lei con la L maiuscola, lei che è stata così importante nella mia vita. Ho paura quasi che mi sfondi il petto e da sotto il maglione questa parola spunti a caratteri cubitali, che lettera dopo lettera si componga plasticamente sotto gli occhi di Ann. Allora istintivamente mi allaccio il giubbotto. E, senza che me l'abbia neppure domandato, metto le mani avanti, sentendomi in colpa. Un po' come quando da piccolo rompi un vaso e ancora prima che tua madre se ne accorga dici: "Non sono stato io!". Così mi affretto ad anticiparla: «Non l'ho più rivista». Una bugia. Ma solo a metà. Perché vederla tanto nitida nei miei ricordi è stato quasi naturale, e qualche volta guardare la sua pagina Facebook, passare sotto casa sua, cercare di incontrarla non ha significato niente, è stato solo un modo per annacquare piano piano il dolore che provavo per questa storia finita senza alcuna ragione.

Alessia, la ragazza con cui stavo da più di un anno, un giorno ha preso e se n'è andata. Punto. Questa è la cicatrice che forse non potrà mai cancellarsi nel mio cuore. E Ann sembra quasi sentire che sono distratto. Allora mi rapisce dai miei pensieri, mi prende una mano, la guarda, la rigira. È come se cercasse tra le sue pieghe una qualche spiegazione. In quella linea della vita, della fortuna, della felicità, dell'amore. Le percorre tutte con il suo dito poi quasi lo sussurra: «Io e te?». E lo dice senza guardarmi, con la testa bassa, con un filo di voce che all'improvviso ha rotto quel suo strano silenzio. Che bello, ha imparato perfino qualche parola in italiano. Poi alza la testa, mi guarda sorridendo e lo ripete: «Io e te». Questa volta senza punto interrogativo e mi sento stringere il cuore e mi manca il fiato e le dico semplicemente: «Sì... noi due». Allora lei sembra più tranquilla, soddisfatta. Fa un lungo respiro e si guarda in giro: dei bambini corrono intorno allo scivolo, il primo della fila viene spinto di lato da quello dietro, un riccioletto velocissimo, futuro terrorista o recordman nella corsa a ostacoli, che lo scansa e si pone in cima alla scala.

Due signore passeggiano con i sacchetti gialli del supermercato qua vicino. Un uomo anziano seduto sulla panchina legge il giornale e scuote ripetutamente la testa sconsolato, battendo la mano sulla pagina, non si capisce se per lo sdegno provocato da una notizia o per un semplice tic. E io dico a Ann, cercando di farmi capire e infilandoci anche qualche parola d'inglese: «Sembra più bello del solito questo parco... *This place is more beautiful.* Forse perché *you're here,* perché ci sei tu...».

Lei mi guarda e poi mi poggia la mano sul petto e ripete con voce bassa e calda quelle mie due parole: «Noi due». E questa cosa mi prende, mi eccita in un modo pazzesco.

In quello stesso istante si alza un soffio di vento, un brivido mi attraversa la schiena e lei continua a guardarmi così. Ora sento caldo, mi tolgo il giubbotto, poi il maglione, la camicia e rimango a torso nudo. E alla fine sorprendo anche me stesso urlando a squarciagola: «Sì, noi due, noi dueee!».

Ann scuote la testa scoppiando a ridere. «*You are crazy...*»

Poi i suoni si confondono, la luce mi acceca, i miei occhi fanno fatica a mettere a fuoco. L'odore familiare di un posto... casa mia, sono in camera mia!

«Di' la verità, stavi sognando Ann, vero?»

«Ma che cazz...?» Spalanco gli occhi e mi tiro su di colpo, con la faccia di Ciccio che mi fissa dall'alto a un centimetro dalla mia come quando vai dal dentista.

Mia sorella Valeria è vicino a Ciccio, mi guarda anche lei divertita. «Ma no, si agitava, nel sogno mica era felice... stava sognando Alessia!»

«Sì, che lo mollava un'altra volta... Ah ah...» fa Ciccio, e Valeria scoppia a ridere.

Li guardo esterrefatto. «Cioè, vi state facendo un sacco di risate con il mio dramma...»

Ciccio muove la mano.

«Vabbè, mo' il dramma...»

«Una mi ha mollato, l'altra è partita per l'America senza salutarmi... che volevate di peggio?»

Valeria non smette di ridere.

«Comunque sul serio ti agitavi in un modo strano. Non si capiva se pensavi di stare in America e passeggiando ti eri scontrato con Julia Roberts, oppure se stavi facendo l'amore con qualcuno... Che poi io mica lo so come sei in quei momenti lì, boh...»

Valeria alza le spalle e sparisce così.

«Forte tua sorella!»

«Eh... fortissima! Ancora con Fabiola ci stiamo chiedendo se è stata adottata... Beato te che sei figlio unico!»

«Ma che dici? Se io avessi avuto un fratello, guarda, avevo già costruito un impero. Allora, di' la verità, stavi sognando Ann, vero?»

«Nooo, ti ho detto di no.»

«Ma dài, si capiva, si capiva...» Si siede sul bordo del letto e guarda divertito la mia maglietta per terra. Devo averla appena lanciata nel sonno. Sono a torso nudo. Come nel sogno.

Mi alzo e Ciccio mi segue. Non basta che si piombi in casa mia mentre dormo, ora viene pure in bagno con me.

«Guarda che sei giustificato, cioè, uno può evitare di pensarci durante il giorno ma la notte, quando sogna, non è proprio possibile. Cioè, mica si possono censurare i sogni, anzi forse è proprio questo il bello.» Alza un sopracciglio, con aria maliziosa.

Apro la doccia e sorrido. Questa Ciccio l'ha piazzata bene ma non mi faccio beccare. Si siede sul water.

«Cioè, te lo ricordi il film *Atto di forza*?»

«È il quarto "cioè" in due minuti» cerco di sviarlo io. Ma non si lascia scoraggiare.

«Dài, te l'ho regalato a Natale nel pacchetto che ti avevo fatto, Schwarzenegger e Sly.»

«E allora?»

«Era quello dove i sogni si possono predisporre, insomma, tu puoi pilotare quello che ti gira in testa mentre dormi: fico, no? Peccato che è un film, anche se penso che molte delle cose che vediamo nei film alla fine accadono! Cioè...»

Sto per fulminarlo. Ma lui alza la mano mostrando le dita aperte per autodenunciare l'ennesimo "cioè".

«Quinto!» ammette prima di continuare. «Se le pensiamo, secondo me sono possibili...»

«O sono fantascienza. E poi, la maggior parte delle cose che pensi tu, Ciccio, non le metterebbero neanche in un film... sarebbero vietate!»

E mi infilo sotto la doccia mentre lui rimane lì fuori e continua a parlare, ma non lo sento, o meglio, non lo vorrei sentire.

«Che poi è capitato a tutti. Una volta stavo sognando che ero sprofondato su un divano in mezzo a Selena Gomez e – indovina chi? – Rihanna! Solo che dovevo essermi scolato non so quante birre, così mi sono svegliato che mi stava scoppiando la vescica, sono corso in bagno, poi tornando a letto ho cercato di riprendere il sogno lì dove s'era interrotto, per godermi i bacetti di Selena, bacetti si fa per dire. Oh, niente... Ti è mai capitato?»

Be', devo ammetterlo, ci ho provato anch'io, qualche mese fa. Ero sui seggiolini del calcinculo al luna park e qualcuno mi spingeva, e io dicevo "più forte, più forte!". Poi è suonata la sveglia e la giostra, ahimè, si è fermata. Ho cercato di riaddormentarmi per scoprire chi era a spingermi, chi mi faceva volare fino al cielo senza paura, ma niente.

«Allora? Glielo hai detto ai tuoi?»

«Che cosa?»

«Come che cosa? Che partiamo!»

Mi friziono i capelli con l'asciugamano grosso. Ai miei... che strano sentire queste parole. I miei, i miei non ci sono più. C'è solo mia madre, ma non correggo Ciccio.

«No, ancora non gliel'ho detto.»

«Ma come, cazzo, io sono tre giorni che non dormo, finalmente ho superato questa fottuta paura di prendere l'aereo e ora tu mi dici che non partiamo?»

«Non ho mai detto una cosa del genere.»

«Vabbè, ma è uguale, ancora non lo hai detto a casa... Io, una volta che ho deciso di partire con te, non ho avuto nessun problema a dirglielo!»

E ti credo! I suoi genitori saranno felici di liberarsi di lui almeno per un po'. Secondo me non hanno ancora capito che giri ha e sono preoccupati che da un momento all'altro possa suonare alla porta la polizia per una perquisizione da cima a fondo. O uno degli ultimi eredi della banda della Magliana a sfasciare casa.

Mi infilo maglietta e mutande e vado di corsa in cucina e metto su il caffè. Ciccio naturalmente mi segue.

«Sai che mi sono scaricato un PDF con tutti i posti imperdibili da visitare a New York? Per esempio, secondo me dovremmo assolutamente fare una scappata a Broadway.»

Eccolo, a volte mi fa tenerezza, è davvero un po' naïf: Broadway è esattamente una delle prime mete dove andrebbe un turista, e pure di una certa età. Insomma, nulla di originale, e Ciccio pensa di essere un pioniere. Col suo entusiasmo riesce a farlo credere anche a me. Tira fuori dallo zainetto una specie di nuova guida fatta da lui, ha perfino creato la copertina: una mela in mezzo al cielo che sembra una luna, con sopra due astronauti e la bandierina dell'Italia.

«Ti piace?»

«Ma tu, Ciccio, sei veramente fuori!»

«Perché? È la scoperta dell'America fatta da noi due...»

«Certo, solo cinquecento anni dopo Cristoforo Colombo. Sempre in anticipo, noi, eh!»

«Già, ma noi scopriremo tutto quello che ancora non è stato scoperto. Secondo te Colombo c'è stato a Williamsburg nell'Internet café frequentato dalle ragazze più belle del pianeta? Ma che, ti devo spiegare tutto?»

In un attimo la tenerezza lascia il posto a una certa ammirazione: questa volta Ciccio ha studiato, non c'è che dire.

E così se ne va via, come sa fare solo lui, che è allegro sempre e comunque, anche se le due donne con le quali stava ormai da qualche tempo – contemporaneamente, senza saper scegliere con chi stare – lo hanno lasciato, anche se si è iscritto al secondo anno di Giurisprudenza e non ha dato un esame, anche se deve ottocento euro a uno che gli ha venduto un motorino mezzo scassato: perché Ciccio è unico, e infatti quando torno in cucina per spegnere la moka mi accorgo del sacchetto dell'Euclide con tanto di cornetti ormai gelati. Li porta sempre appena sfornati, non fosse che si scorda di dirlo.

Partire con lui sarà veramente divertente, e poi mi farà bene staccare un po' da Roma. C'era una canzone di Battisti che cantava sempre mia mamma: diceva che è facile incontrarsi anche in una grande città. Eppure Alessia io l'ho incontrata solo un attimo al concerto dei Coldplay circa un mese fa.

Apro Facebook. Niente, la sua situazione sentimentale è sempre la stessa, single. E così mi comincio a vestire, a poco a poco mi sento più leggero, passerò alla B&B, l'immobiliare dove lavoro il pomeriggio, per dire che parto, ieri ho avvisato mio zio in edicola e per ultima cosa lo dirò a casa.

Sì, in questo momento mi sembra tutto facile, non so che presto mi troverò di fronte alla scelta più difficile della mia vita. Ma a ventitré anni uno pensa di avere tutto il tempo per imparare.

Be', proprio tutto no, a sentire mia madre. "Alla tua età io avevo già un figlio" ripete ogni volta che becca i miei calzini sporchi per terra e il letto ancora da rifare.

"Ma mamma, quella era preistoria!"

2

Quando esco dall'ascensore della B&B, che il sabato mattina rimane aperta per qualche ora, Pozzanghera è di fronte a me. Sì, insomma, in realtà si chiama Benedetta, ma tutti in agenzia l'hanno soprannominata così, nessuno ancora ha capito bene perché.

«Ehm, ciao, Bene...» le dico mentre per poco non le inciampo addosso, raddoppiando l'imbarazzo che subito si alza tra di noi.

Lei non dice nulla, e pur di non starmi vicino fa subito dietrofront. La seguo fino alla sua scrivania.

«Dài, non fare così, ma che sei ancora arrabbiata?»

Rimane in silenzio, continua a mettere a posto tra le sue carte, come per far credere di avere un sacco da fare, ma si vede benissimo che è tutta una finta. Allora le poggio una mano sulla spalla.

«Dài Bene, non fare così...»

Lei si irrigidisce di colpo, come se avesse preso la scossa, poi si gira con una freddezza e una determinazione preoccupanti.

«Non mi toccare» dice soltanto.

Tolgo lentamente la mano dalla sua spalla.

«Ok... Ma possiamo parlarne un attimo? Benedetta, io non voglio perderti così, era una bella amicizia la nostra...»

«L'hai rovinata.»

Ma come? Vorrei risponderle, tu non hai fatto niente? Non c'eri anche tu quel giorno quando abbiamo fatto sesso? Dài, Bene, queste cose possono accadere! Ci hanno fatto pure un film: *Harry ti presento Sally*. Ma no, per lei un uomo e una donna non possono essere amici, perché l'uomo da una donna vuole solo quello e dopo addio. Che poi, voglio dire, se lo pensava fin dall'inizio, perché mi ha chiamato a casa sua e mi ha ricevuto mezza nuda e in lacrime quando stava male per il ragazzo di turno? È capitato ma le cose si possono rimettere a posto, no? Io vorrei far capire a Benedetta che se anche abbiamo fatto l'amore possiamo continuare ad andare al cinema insieme o commentare "X Factor" il venerdì in ufficio, esattamente come farei con Ciccio. In realtà, proprio allo stesso modo no, perché per Ciccio "X Factor" è da gay e non se lo vede neanche morto.

«Senti, Bene, forse ho rovinato la nostra amicizia... Ma fare l'amore con te...»

«Shhh.» Benedetta si guarda intorno circospetta, col timore che qualcuno possa sentire. Non c'è nessuno, ma sembra comunque sulle spine. «Non capisco perché ne parli...»

«Perché...»

«Te lo dico io perché» esplode lei. «Perché tu vorresti sempre tutto a posto, tutto perfetto, che la gente vada d'accordo con te, che tutti siano contenti e felici, che ti sorridano...»

Rimango in silenzio. Seguo uno dei consigli di mio padre. Contare: uno, due, tre...

«Poter fare quello che vuoi, facendo finta che in realtà non è successo niente. E invece non è così...»

«Bene, ma può capitare, è stato uno sbaglio.» Mi mordo la lingua, forse era meglio arrivare a sei, sette, otto...

«Uno sbaglio? E certo! Chissà quanti altri "errori" hai fatto tu, eh? Fai le tacche sul muro come i carcerati che segnano i giorni. Solo che tu invece segni le donnine. Ma io non ti faccio curriculum, hai capito?»

Questa volta sono io a preoccuparmi, do un'occhiata in giro, mi accorgo che al suo tavolo è arrivato Gianni Salvetti, ma di lui non mi curo. Una farfalla notturna, che deve essere rimasta intrappolata nell'ufficio da ieri, sbanda sotto il neon della scrivania di Benedetta. Cerco di allontanarla con la mano, e invece inavvertitamente la spingo sotto la lampada, dove finisce bruciata, per poi cadere stecchita sulla tastiera del PC. Avrei voluto salvarla e involontariamente le ho fatto del male.

In un attimo mi rendo conto di quante cose sono cambiate nella mia vita: mio padre che non c'è più, il dolore di mia madre, il caos nella vita delle mie sorelle Valeria e Fabiola, Alessia che se ne è andata dicendo solo "Mi dispiace...", Ann che è partita così, senza dirmi nulla. Probabilmente Benedetta ha ragione, si stava scottando e io non ho fatto niente per evitarlo. Un errore di valutazione, non di malafede. Ma valuto che sarebbe ancora più doloroso spiegarglielo e così mi arrendo. Dovevo semplicemente contare fino a dieci e restare zitto.

«Come vuoi tu.» E me ne vado, lasciandola al suo tavolo. Immagino il suo stupore, la sua bocca aperta, e la cosa che mi sorprende è che non mi giro, non ho alcuna curiosità, semplicemente non mi interessa. Non più.

Mi dirigo alla mia meta e busso sullo stipite della porta aperta.

«Buongiorno, mi scusi, si può?»

Alfredo Bandini, l'anziano direttore dell'immobiliare, si sta sistemando gli occhiali sul naso mentre controlla alcuni fogli.

«Ah sei tu, entra, entra...» mi dice alzando lo sguardo.

Arrivo subito al dunque. «Vorrei assentarmi per una settimana.»

«Cosa è successo?» Si appoggia allo schienale della poltrona. «Tutto a posto a casa?»

«Sì, sì. È... per un viaggio. Ho l'occasione di andare a New York e non voglio farmela scappare.»

Fa un sorrisetto ironico. «Ti saresti potuto inventare qualsiasi cosa, invece mi vieni a dire che parti per una vacanza...»

«Recupererò la settimana successiva.»

«Non è per quello, non credo che il mercato immobiliare

in questo momento possa andare peggio di come sta andando...» Mi scruta, come fossi un esemplare da laboratorio. Uno di quei vecchi uccelli impagliati che non sai bene se ti attraggono o ti repellono.

Lo guardo senza far trasparire nulla, non capisco il senso del suo tono, quale sarà la sua reazione. Bandini fa una pausa prolungata. Mi dirà che solo un incosciente può partire per gli States quando la gente viene licenziata giorno dopo giorno. Farà una dichiarazione ai giornali in cui griderà ai quattro venti che sono i giovani che non hanno voglia di lavorare, non il lavoro che manca, e la mia faccia in 3D spunterà in un riquadro sotto l'articolo. Prenderà la mia busta paga e mi farà notare come non arriva quasi a coprire il biglietto di andata e ritorno...

«E non credo che crollerà del tutto per una tua breve assenza, senza contare che siamo anche in estate...»

Ecco, appunto, almeno su questo siamo d'accordo. Scrive qualcosa su un foglio, poi me lo passa. Oddio, la lettera di licenziamento?

«Questo è un posto dove si mangia molto bene. Ci sono stato tanti anni fa con mia moglie. Si chiama Stardust, è a Broadway.» Faccio un sospiro di sollievo, non riesco a crederci: Bandini è il mio supereroe! Si alza e mi accompagna alla porta. «Sempre che non sia cambiato troppo!» Mi dà la mano e per un attimo mi sembra grande e calda come quella di mio padre. Mi prende un groppo in gola, ma cerco di non pensarci. Poi mi sorride. «Se c'è una cosa che apprezzo, è la sincerità, ragazzo mio. Divertiti...»

«Grazie, grazie davvero.» Faccio per andarmene.

«Ah, Niccolò, ricordati di lasciare le chiavi di tutti gli appartamenti che stavi seguendo... anche quelle dell'attico al Colosseo.»

«Sì, certo.» E me ne vado a occhi bassi.

Chissà cosa voleva dire. Perché ha citato proprio l'attico in cui ho sorpreso Salvetti in dolce compagnia con Marina, la nuova arrivata? E in cui anch'io, con Ann... Poi vedo Benedetta che mi guarda con un lampo di malizia. Che sappia tutto? È andata lei a dire al capo che i suoi dipendenti approfittano degli appartamenti in carico all'agenzia per i loro incontri piccanti?

Ma se anche fosse, Alfredo Bandini non me l'ha fatto proprio pesare. Chissà, magari l'avrà fatto mille volte anche lui. Non con Benedetta, per carità. Lei è una pura, una che ci lascia le penne, maledizione. Bastava saperlo prima.

Sul punto di uscire, mi sembra di notare un velo di lacrime nei suoi occhi. Affretto il passo. È inutile: quando hai la coda di paglia, hai sempre paura di essere sul punto di bruciarti.

3

Sto andando a portare questa lettera a mio padre. C'è un po' di sole, timido, quasi fosse indeciso se ingaggiare o no una sfida con quelle nuvole alte, bianche, che anziché annunciare pioggia, sembrano tranquillizzare la gente sull'esito della giornata: "Andate tranquilli, oggi non faremo piovere!". Salgo in macchina, avevo lasciato un CD inserito che subito mi fa da colonna sonora in questi minuti di traffico.

Sorrido mentre guido, come se ci fosse sul serio un postino che lassù gli consegnerà la mia lettera. Eppure sono mesi ormai che ne lascio una vicino alla foto di mio padre e ogni volta che torno non la trovo più. Così mi diverto a fantasticare. L'ha presa mia madre? Una delle mie sorelle? Sì, sicuramente è Fabiola, ma non per affetto o sentimentalismo, ma perché lì dove le lascio, secondo lei, creano confusione, rompono l'armonia. Insomma, io metterei in disordine il cimitero! Lei è fatta così, esiste il suo mondo e poi ci sono alcuni, la maggior parte, che sbagliano. Ma forse la cosa più semplice e più vera è anche la più stupida: che quelle lettere siano volate via col vento?

Decido di fare una sosta lungo la strada. Una specie di pausa di incoraggiamento.

Entro da Regoli in via dello Statuto 60, all'Esquilino.

Non c'è niente di più bello che fare una seconda colazione a metà mattinata, e questo posto poi è da sballo.

«Buongiorno, mi fai un cappuccino per favore?»

Laura, la ragazza dietro il bancone, mi saluta. «Ciao Niccolò.»

«Ehi» strizzo l'occhio.

«Vuoi il solito da portare via?»

«No, no, grazie, ne mangio uno qui.»

Mi mette un maritozzo con la panna in un piattino di ferro che ha il sapore delle belle cose di un tempo. D'altra parte fuori c'è scritto "Regoli dal 1916".

«Tutto per te. Ed ecco il cappuccino.»

«Grazie.»

Che buono. Chiudo gli occhi, qui la panna è veramente una delizia, leggera, dolce ma non troppo, e questo maritozzo ha un impasto da manuale, appena giallo e soffice come una piuma. Un sorso di cappuccino e un morso al maritozzo. L'amaro del caffè che si mischia con la dolcezza della panna: che sia questa la felicità? Vorrei affondarci dentro.

Rimango con gli occhi chiusi, ad assaporare ogni minima sensazione: ecco, se ora li riaprissi e il mondo andasse nel verso giusto, qui da Regoli vicino a me ci sarebbe Ann. Poi mi viene da ridere. In realtà questo posto me lo ha fatto scoprire Alessia, quindi sarebbe più giusto che io fossi qui con lei, ci veniva sempre con la nonna, era pazza dei maritozzi. Ma Alessia non c'è più, si è sfilata dalla mia vita e io per non starci male mi sono messo con un'americana, Ann. O meglio, la vita mi ha fatto mettere con un'americana, perché io in effetti non ho fatto praticamente nulla. Non ho alzato un dito. Ed era bellissima, Ann, non era certo quel che si può dire un ripiego. Avete mai visto un tappabuchi alto un metro e ottanta e con gli occhi azzurri come l'oceano? Abbiamo passato delle serate magnifiche e ci siamo fatti un sacco di risate. Come quella volta che da Ebi, il ristorante cinese a via Ostia, ha voluto provare gli involtini vietnamiti e li ha intinti nella mia ciotola dove io però avevo messo il wasabi. Ha iniziato a bruciarle tutta la bocca e io a ridere, mentre lei beveva Asahi peggio di un'ubriacona. Ora che ci penso le ho fatto provare di tutto, ma non le ho fatto assaggiare il maritozzo. Forse era una cosa troppo intima tra me e Alessia e non volevo dividerla con nessun altro. Bene, allora la prossima volta Ann deve assolutamente provare questo boccone divino, così riuscirò davvero a liberarmi di quello che c'è tra me e Alessia: cioè in realtà niente, se non questo retrogusto di panna.

Quando riapro gli occhi, trovo Laura che mi fissa; è lì, davanti a me, arrossisce come se l'avessi beccata in flagrante, poi riprende subito a fare quello che stava facendo con gli occhi bassi: sciacqua delle tazze nel lavandino, poi le infila nella lavastoviglie sotto il bancone. Proprio in quel momento vedo riflessa nello specchio dietro di lei la porta a vetri che si apre e rimango a bocca aperta.

«Bato! Che ci fai qui?»

«Ciao Nicco! Bella, come stai?»

Bato è uno dei miei amici del cuore, saremo cinque o sei, giochiamo insieme a calcetto, a poker, ogni tanto andiamo a cena solo noi uomini. Ci chiamano "i Budokani" perché per un periodo siamo andati tutti insieme in una palestra dalle parti di Borgo Pio che si chiamava Budokan e che sembra abbia fatto storia negli anni Ottanta. Bato è il più elegante di tutti, porta delle giacche perfette, pantaloni sempre stretti in fondo, camicie Brooks Brothers che si fa arrivare direttamente da Los Angeles ed è figlio di un grande imprenditore e politico. I suoi sono di origine napoletana ma lui è nato a Roma.

Bato mi abbraccia prendendomi la mano, piegando il suo braccio e tirandomi a sé, in uno scontro petto contro petto, così come si salutano gli amici, i veri amici.

«Bella Bato, che sorpresa!»

Mi guarda e accenna un sorriso, per un attimo mi sembra imbarazzato.

«Ma sei solo?»

«Sì, certo...»

Una strana sensazione mi scende lungo la schiena ma subito mi passa.

«Che strano, non ci siamo mai beccati qui da Regoli» dico.

«Oh, io non vengo quasi mai, è che domani è il compleanno di mia madre e le voglio portare dei cannoli, mi hanno detto che qui sono molto buoni.»

«Sì? Non so, non li ho mai provati, qui secondo me è tutto buono, i bignè, i fagottini, anche un sacco di torte, ma la cosa più buona sono questi...»

Abbasso la voce come se stessi rivelando chissà quale segreto.

«I maritozzi...» Il segreto mio e di Alessia.

«Ah, bene, una volta allora li proverò.» Lo dice in fretta, quasi mangiandosi le parole, come volesse cambiare discorso.

Poi si rivolge a Laura.

«Mi può fare per favore un vassoio con otto cannoli?»

«Quali? Crema o ricotta?»

«Ricotta, quelli siciliani, grazie.» Ci pensa un attimo. «E poi mi fa anche un vassoio più piccolo con due maritozzi.» Mi lancia un'occhiata sfuggente. «Be', mi hai incuriosito e ormai, visto che ci sono...» Si stringe nelle spalle, come a volersi giustificare.

«Vedrai, ti piaceranno.»

«Già... piuttosto, te lo ha detto Ciccio?»

«Cosa?»

«Ma dài, sul serio, non ti ha detto niente Ciccio?»

«No, te lo giuro.»

«Che strano, pensavo che vi diceste tutto voi due... Ecco, io una cosa così non avrei potuto tenermela. Mio padre ha venduto tutto, cioè non tutto, metà azienda, e deve aver fatto un pacco di soldi, tanto che si è comprato un albergo e tutta un'isola delle Maldive.» La notizia è meno sconvolgente di quello che mi aspettavo, per quanto mi renda più tranquillo: non la reputo tra le cose più urgenti di cui Ciccio mi dovesse informare. Ma la megalomania di Bato evidentemente esige che le vicende della sua famiglia siano sensazionali per il mondo intero.

«Be', fico!»

«E certo... ma io e mio fratello adesso dobbiamo metterci a studiare sul serio.»

«Be', scusa, potete sempre andare a pescare sull'isola...» lo sfotto io.

«Sì, giusto il tempo di fare un reality in TV.»

«Per un po' potrebbe essere divertente: il cocco, i mosquitos...»

«Come no, e un paio di veline comprese nel prezzo. La verità è che ci vai a fare una settimana con la donna, un'altra settimana con gli amici, ma poi ti rompi... Dài, mio padre è proprio fuori. Strano che non sia scappato con la pischella russa e stia ancora con mia madre. Vabbè, va'... che poi non è ancora detto.»

Prende i due vassoi preparati da Laura e va a pagare.

«Vediamoci in settimana, Nicco... Magari facciamo un poker da me.»

«Non ci sono... vado fuori con Ciccio.»

«Dove?»

«A New York.»

«Ma dài, non mi ha detto niente Ciccio.»

«Vedi? Sta zitto anche con te.»

Si mette a ridere, poi mi prende la mano e mi tira di nuovo contro il suo petto.

«Bella frate', divertitevi...»

E lo guardo uscire, con i cannoli siciliani, i maritozzi da provare e un'isola che lo aspetta.

Il padre, oltre a fare il politico, aveva una ditta di palloncini gonfiabili di tutte le misure – che se c'è una cosa che non fa diventare ricchi nella vita io avrei proprio pensato a quella. Ora ne faranno "solo" la metà e quando saranno troppo stanchi andranno a farsi un tuffo alle Maldive, se non si saranno già scocciati anche dell'isola privata. Non riesco proprio a immaginare niente di meglio. O forse sì: un pezzettino di spiaggia spelacchiata a Ladispoli con Ann. Della serie due cuori e una capanna. Col sole che ci scortica e la sete che ci arde, ma noi due soli a bastarci. Non avrei bisogno di lussi per essere felice con lei.

Mica come Bato. A volte mostrarsi incontentabili e insoddisfatti è un po' una moda. Come se l'infelicità – inventarsi dei problemi, quando non esistono – fosse una posa obbligatoria per essere fichi. Io sono proprio out, allora. I miei guai, infatti, sono tutti veri.

Faccio per uscire.

«Ciao, Niccolò.» Laura dietro il bancone mi saluta amichevole. «Fatti vedere! Non sparire per un altro mese.»

«Certo... torno presto. Buona giornata.»

Laura è sempre radiosa ma non posso dirle: "E dài, Laura, devi essere triste, fa più fico". Non capirebbe, è una concreta. Piedi per terra e tette in su. Sì, è decisamente carina, e non mi sembra il tipo che si illude o che rimane col cuore infranto come Pozzanghera. Non vorrei fare lo stesso errore però... Ma che cazzo sto dicendo? Mi ha sorriso un paio di volte e già penso che stia cadendo ai miei piedi. Oggi è proprio la giornata dell'autostima. Meglio metterci un freno, però, sennò poi mi tocca cercare un altro posto dove andare a comprarmi dei buoni maritozzi. Sì, mi devo ricordare di non combinare altri casini sentimentali.

Chi è debole di memoria in questo periodo, invece, è Ciccio: strano che gli sia passata di mente questa storia di Bato, del padre e dell'isola... Be', con tutti i casini che ha avuto ultimamente è pure normale che se lo sia dimenticato, non capita tutti i giorni di venire lasciati contemporaneamente da tre donne! Le sue due ex e anche Raily, l'americana amica di Ann. Poi mi metto a ridere, già, se no per come è fatto lui stava già alle Maldive a gratis!

Non so ancora che invece c'è tutta un'altra spiegazione.

4

Quando ero piccolo, il giorno dei morti andavamo a visitare le tombe di alcuni prozii e io mi divertivo a immaginarmi la vita di quei volti anonimi che mi circondavano. Mi ricordo di un vecchio con la barba lunga lunga che si chiamava Calippo e, ridendo di quel nome, io immaginavo che fosse Babbo Natale e che fosse finito lì, stremato dai giri per portare i regali. "E le renne, le renne dove sono?" chiedevo alla nonna. "Nel cimitero degli animali" rispondeva lei. Io non sapevo dov'era, ma un giorno passando davanti allo zoo vidi dei manifestanti con un cartello con su scritto QUESTO È IL CIMITERO DEGLI ANIMALI. Da allora mi convinsi che lì c'erano anche le renne di Babbo Natale, e ogni volta che andavamo in visita con la scuola cercavo di scoprire dove erano seppellite. Oggi lo zoo si chiama Bioparco, gli animali sono tutti vivi ed è sempre pieno di gente. Il cimitero però ha più successo: è l'unico posto che per certo tutti visiteranno. Una frase che avrebbe potuto dirmi mio padre.

Continuo a camminare e quando giro l'angolo, in quella piccola ansa dove riposa lui, trovo mia madre e le mie sorelle. Istintivamente ricaccio nel fondo della tasca la lettera che ho portato per papà.

«Non ci posso credere, siamo tutti qui» mi lascio sfuggire.

«Già...» dice mia madre in un mugolio, e subito si mette a piangere, sommessamente. Singhiozzi appena percepibili. Valeria sbuffa, mentre Fabiola le mette il braccio intorno alle spalle.

«Ma è una cosa bella mamma, dovresti quasi riderne...»

Valeria giustamente interviene.

«Scusa eh, ma perché dovrebbe? Che c'è da ridere che siamo tutti qui al cimitero?»

Be', invece messa così in effetti fa un po' ridere. E mamma senza volerlo alla fine segue quel consiglio e un po' ride e un po' ancora piange, in un alternarsi così repentino e incredibile che alla fine viene da ridere anche a me, e poi a Valeria, e infine anche a Fabiola. E così cominciamo a ridere tutti e quattro e non riusciamo a fermarci. Ogni tanto ci guardiamo intorno per controllare che non ci stia osservando nessuno, ché sicuramente ci prenderebbero per pazzi senza rispetto – e come dargli torto, poi? Allora piano piano ci stringiamo e ci abbracciamo. Lentamente le risate si acquietano. E ci stringiamo ancora più forte in questo strano silenzio che si è creato. Poi ci lasciamo andare, ci stacchiamo da quel grumo di corpi e di emozioni e ci ritroviamo di fronte all'immagine di papà.

Valeria infila dei fiori azzurri e bianchi dentro un piccolo vaso. Appena si allontana, Fabiola si china a disporli meglio, secondo la sua consueta ansia di perfezione, li allontana un po' fra loro come se così rendessero di più, come se potessero in qualche modo riempire quel vuoto.

Mamma arriva poco dopo con un bricco che ha trovato da qualche parte e ha riempito d'acqua, ne versa un po' nel vaso e lo poggia lì vicino, mentre io rimango fermo a fissare questa scena quasi irreale.

Mamma è la prima a parlare.

«Non ho mai visto nessuno qui, e oggi ci siamo tutti.»

Io sono stupito: «Perché, voi tre non siete venute insieme?».

«No. Io ho chiamato mamma e quando ho saputo che veniva le ho detto che la raggiungevo» dice Fabiola, che si deve evidentemente far perdonare qualcosa.

Valeria ride. «Io invece ero a una lezione all'università, poi mi ha preso così.» Alza le spalle. «Non chiedetemi perché.»

«Se siamo tutti qui per caso forse una ragione c'è...»
Mamma si avvicina alla lapide e accarezza il nome di papà.
«Forse ci vuole dire qualcosa.»
Allora prendo coraggio, mentre accartoccio definitivamente la lettera in tasca. Ne faccio una pallina che schiaccio nel palmo della mano, fino a farmi male. «Parto per l'America...»
Fabiola esulta, solare. «Che bello! Per sempre?»
Valeria reagisce col suo solito disincanto. «Ma dài, ci sta prendendo in giro.»
Mamma è più realista. «Quando?»
«Tra due giorni. Vado con Ciccio. Sapete...» mi rivolgo alle mie sorelle che sono all'oscuro di tutto «ho vinto al Gratta e Vinci e voglio regalarmi questo viaggio.»
«Ma sì, fai bene. Io viaggerei ogni secondo» continua Fabiola. «Germi permettendo» precisa prendendosi in giro da sola.
Valeria mi guarda sorniona. «In America, eh?» Ha di sicuro pensato a Ann ma non dice nulla.
«Sì, a New York.»
«Ecco bravo, se incontri qualche VIP fatti la foto insieme!»
«Certo...»
«Anzi, sposati con qualcuna famosa. E bella. Ma soprattutto ricca.»
«Anzi no, meglio, vai su quella panchina che c'è in tutti i film più belli e mandaci una foto da lì» si lascia andare Fabiola con la fantasia.
«Ok, ci vado e penserò proprio a te.»
Mamma è rimasta in silenzio, ora alza la testa e mi guarda.
«Se ne va via l'uomo di casa.»
La abbraccio. «Mamma, non sto fuori neanche una settimana, non te ne accorgerai.»
«Me ne accorgo pure se manchi per cena...» E rimaniamo così, tutti in piedi vicini, lì per la prima volta di nuovo insieme come l'ultimo giorno che abbiamo salutato papà. Infine mamma fa un sospiro.
«Non sono mai stata in America con tuo padre. Ci avevamo pensato spesso...»

E in quell'attimo mi sento morire, non so più cosa dire, le rimango accanto, con il braccio sulle sue spalle, e gli occhi mi si gonfiano di lacrime, schiacciati da quel dolore immenso che ti dà la vita quando ti fa capire che qualcosa è finito per sempre. Un sogno che non può avverarsi: i miei genitori non potranno mai più andare in America.

Ma, papà, giuro che quando torno ti racconto tutto. Anche se non te lo scrivo, vengo e te lo racconto.

5

Questo giorno prima della partenza mi sembra come un giorno sospeso nel vuoto: ho salutato tutti? E se non torno? Cosa non devo dimenticare di portarmi? Giro per la casa, apro l'armadio, prendo qualche T-shirt, poi un maglione, no due, quello blu scuro e quello azzurro polvere, che sono i due maglioni ai quali sono più affezionato. Mi fanno sentire sicuro e anche se mi stanno un po' larghi mi ci trovo proprio bene, anzi mi piacciono per questo, perché mi rendono la vita un po' più comoda.

Prendo qualche camicia, due bianche, tre celesti, tre a righe, due a quadretti e poi una giacca blu, due jeans, un pantalone celeste scuro un po' più elegante, due paia di scarpe da ginnastica e delle Tod's. Magari capiterà anche qualche occasione mondana.

Chissà cosa avrebbe detto papà di questa mia partenza. Una sera ho confessato ad Alessia che vedevo le mie mani muoversi come le muoveva papà. Allora lei mi ha detto: "Un uomo sa quando diventa vecchio perché comincia ad assomigliare a suo padre". Poi ha visto che ero triste e mi ha abbracciato.

"Per il mondo tu puoi essere solo una persona... Ma per me tu sei il mondo." E mi ha stretto più forte e non so come sono riuscito a trattenere le lacrime. Avrei voluto scoppiare a piangere per dimostrare quanto quella dichiarazione mi avesse colpito, mostrarmi veramente nudo e innamorato ai suoi occhi. Ma non ci sono riuscito.

Poi un giorno, non so neanche io come, ho visto su Internet quella stessa frase. Era di Gabriel García Márquez. Alessia l'aveva copiata e non mi aveva detto nulla. È come se mi si fosse spenta una luce dentro: in quel momento mi sono reso conto che c'era qualcosa di strano, che stavo con una persona che forse non conoscevo. Avrei voluto che inventasse parole solo per me e invece le prendeva da altri. Il problema non era quello, anzi tanto di cappello a un premio Nobel, ma perché ingannarmi? Quella stessa sera eravamo insieme davanti alla TV, stavamo guardando "X Factor". Eravamo seduti uno accanto all'altra, eppure eravamo lontanissimi. La guardavo e, testardo come un bambino, le avrei voluto dire: "Ma quella frase non era tua, era di Márquez, perché non me lo hai detto?". E magari ci avremmo riso su. Magari avremmo deciso di chiamare un giorno nostro figlio Gabriel! Invece, ancora una volta, sono rimasto zitto. Poi Alessia si è girata verso di me e mi ha sorriso.

"Hai visto quanto è bravo Mika, è bellissimo poi, no? Ehi, non sarai geloso? Tanto mi sa che è più facile che si innamori di te che di me."

Io in quel momento pensavo a tutto tranne che a Mika e a "X Factor". "Sai che Mika ha sfondato con un pezzo che si chiama *Grace Kelly*? Ma che c'è? Perché mi guardi così?"

"Sei bella." Le ho detto semplicemente "sei bella" e lei ha sorriso e poi è diventata perfino rossa.

"Dài, quando fai così mi imbarazzi." E ha continuato a vedere il programma e ha ballato a tempo di musica.

Quando ho raccontato a casa la storia di Alessia e della frase di Márquez, il mio tarlo ormai, ognuno ha avuto una reazione diversa.

"Ma scusa, non può essere che l'ha pensato per conto suo, che le è venuta in mente una frase simile? Mica ha usato proprio le stesse parole..." ha tentato di mettere una pezza mia sorella Valeria.

"Identiche."

"Vabbè, c'hai ragione per forza tu. Ma allora che me lo chiedi a fare, scusa..."

E se ne è andata in camera sua, sbattendo la porta. Niente, Valeria è fatta così. O è come dice lei o... è come dice lei! Papà invece ha rivoltato la frittata, spostando l'attenzione su di me, facendomi sentire un po' stupido.

"Davvero per te una cosa simile conta tanto?"

"Ma che c'entra, volevo un vostro parere sull'accaduto. Insomma, plagio o non plagio...? Mica è un processo" ho protestato io, facendo finta fosse una questione più universale che personale.

A mia madre e Fabiola, mia sorella maggiore, non ho neanche proposto l'argomento, avrebbero condannato Alessia a prescindere. Non l'hanno mai sopportata troppo. E in questo momento devo dire la verità: non me ne frega proprio niente in assoluto... Piuttosto, le troveremo Ann e Raily? Ciccio ha pagato il portiere dell'albergo in cui stavano qui a Roma per sapere l'indirizzo di Ann a New York, quello che lei aveva dato per registrarsi. Ma magari il portiere, per non correre rischi, gliene ha dato uno fasullo. Avrà pensato: "Tanto al massimo le spediranno una cartolina, un regalo", mica sa che prendiamo, partiamo e andiamo a trovarle in America.

Be', anche se questo benedetto indirizzo è una sòla, mi sento più leggero. Dietro un viaggio c'è sempre una fuga o un ritrovarsi. Così si dice. Se anche non becco Ann, magari ritrovo me stesso.

Vado in camera di Valeria, è lì che teniamo le valigie, nel ripostiglio del controsoffitto. Salgo sulla sedia e, con un tuffo al cuore, la prima cosa che mi appare è la valigia di papà.

Mi rendo conto che da quando lui se n'è andato la mia vita è cambiata, mi manca la sua guida, quella saggezza mascherata da sarcasmo che mi aiutava ad affrontare le cose con leggerezza.

Sono sicuro che mi avrebbe preso amabilmente in giro per la malattia che sto facendo per la storia con Alessia. "Figlio mio, se le ragazze ti riducono così, sei sicuro che non sono meglio i maschi? Almeno puoi evitare di farti la doccia per un paio di giorni, tanto non se ne accorgono." Era questo il suo approccio quando mi lamentavo dei miei mille problemi. Come la prima volta che mi beccai un tre in matematica e non volevo più tornare a scuola. "E che ci vuole? Fagli vedere che sei bravo nelle moltiplicazioni, prendi sei la seconda volta che ti interroga!"

"Papà tu non capisci..."

Rido da solo, ripensandoci mentre guardo la sua valigia. È in tela marrone scuro con le rifiniture in pelle: la annuso, sento ancora un lontano profumo della sua acqua di colonia.

Mi basta un attimo per decidere: voglio partire con questa, sarà il mio modo di portarlo in America con me.

Apro meglio gli sportelli per estrarla senza far crollare le altre valigie accatastate, quando sul fondo del ripiano trovo una scatola di cartone, è bianca con sopra un fiocchetto rosa. È una di quelle custodie da album di fotografie, che si regalano quando ci si sposa o quando nasce un bambino. Deve essere un dono mai utilizzato dei miei. Incuriosito, la tiro giù e la poggio sulla scrivania.

Dentro c'è un grande album con la copertina in pelle, di un rosso ciliegia, certo un colore un po' acceso per un matrimonio. E infatti, alla prima pagina, ci sono le foto di Valeria e papà. Non l'ho mai visto prima. È proprio una di quelle raccolte che seguono i primi passi di un bebè. Sotto ogni foto c'è una piccola didascalia con la scrittura incerta di Valeria bambina.

"Il mio primo bacio", e c'è lei, un batuffolo appena, in braccio a papà, così giovane. Lui la guarda con un sorriso pieno d'amore, la stringe al petto, la tiene con la sinistra, il volto chinato su quel visino colorito. Deve avergliela fatta mamma, questa foto, o ancora meglio zio, o un amico di passaggio, non certo io, ero troppo piccolo allora.

Continuo a sfogliare e a ripercorrere le fasi di Valeria che cresce accompagnata da papà.

"Ecco i miei primi passi", "il mio primo Natale", "le mie prime candeline", "il mio primo giorno di scuola"...

E papà è lì, accovacciato vicino a quel banco dell'asilo, sorride, pieno di ottimismo per tutte le cose belle che capiteranno alla sua bambina. E di sicuro pensa che le sarà sempre accanto e la proteggerà fino alla fine dei suoi giorni. Ogni padre desidera questo per i suoi figli. Pensa che li vedrà studiare, crescere, diplomarsi, lavorare, e poi li porterà all'altare, li aiuterà con i nipotini, li vedrà perfino andar via. Ma poi il destino si mette in mezzo. Chissà che nonno sarebbe stato, papà...

Altre foto di Valeria scorrono sotto i miei occhi, le istantanee di un'infanzia felice. Eccola che affonda il dito nella torta, ora è in macchina che prova a guidare seduta sulle gambe di papà e sorride attaccata al volante, sembra quasi volerlo strappare, e lui la guarda fiero.

Papà aveva una sorta di predilezione per Valeria, il loro era un rapporto unico, privilegiato. Lei lo ha sempre saputo. E infatti eccola alla festa dei diciotto anni: "La festa più bella della mia vita... con i miei due amori, papà e Giorgio. Giorgio però mi sa che lo mollo".

Tant'è che andò proprio così. Valeria lasciò Giorgio, non molto dopo quella serata. È una istintiva, la mia sorellina, non ha mai avuto pazienza. Già da ragazzina, appena le cose andavano bene o uno era troppo innamorato di lei, Valeria lo mollava: lei aveva bisogno della lotta, doveva litigarci, con i maschi, per aver voglia di tenerseli. Papà adorava questo lato del suo carattere, anche se la sfotteva.

"Ma perché non ti metti con uno che ha un ristorante?"

"Perché?"

"Pensa che bello che vi tirate tutti i piatti che ci sono..."

"Papà... scemo! Tu non mi capisci."

"Non si dice scemo a tuo padre... e poi come mai tu e tuo fratello mi dite sempre che non capisco? Ma non capisco solo quando vi contraddico?"

Il momento in cui Valeria lo amava di più era quando iniziava una delle loro discussioni assurde, in cui scherzavano e ridevano, e se ne dicevano di tutti i colori un po' sul serio, un po' per gioco, e lei poteva mostrarsi battagliera e continuare a sfuggirgli, finché papà l'abbracciava, la faceva prigioniera e la riempiva di baci.

Come nella foto che sto guardando adesso, dove Valeria tutta scarmigliata ride stretta a papà sul divano, con vicino la scritta: "Io, piccola prigioniera... liberami papà!".

E sotto un'altra scritta più recente: "Ma ora darei tutto per essere tua prigioniera ancora una volta".

Queste parole mi stringono il cuore e mi riportano bruscamente alla realtà. Rimango così, a fissare quella fotografia con gli occhi lucidi, a rileggere quel disperato ultimo desiderio che Valeria è riuscita a esprimere.

Io no, io non sono mai riuscito a dirlo a nessuno, anche se darei qualsiasi cosa per poter stringere ancora una volta papà tra le braccia. E per essere abbracciato da lui.

Allora sospiro e giro la pagina finale di quel viaggio a ritroso in un paradiso che non c'è più. Finché quello che vedo mi lascia a bocca aperta. Eccole, le trovo tutte lì le mie lettere, dietro il foglio di velina che chiude l'album. Una dopo l'altra. Incredulo, le prendo in mano, le riconosco, dalla prima all'ultima. Le apro con le dita che tremano, comincio a leggerle.

"Vuoi sapere la novità? Mi sono lasciato con Alessia. Sì, già lo sento che vorresti dirmi 'te l'avevo detto', ma non puoi, perché sai bene che non sopporto quelli che dicono 'te l'avevo detto' a cose fatte. Che poi non me lo avevi detto... Me lo avevi fatto capire forse... come fai tu per non ferire."

Apro le altre lettere, leggo qualche frase, alcune le ricordo perfettamente, parola per parola. Poi me ne capita una tra le mani. No, questa non me la ricordo. Ha una carta leggera, lilla, la apro: la scrittura non è la mia, ci sono delle vocali inclinate in mezzo alle consonanti più dritte, allora la riconosco, è la scrittura di mia sorella Valeria.

"Ho litigato di nuovo con Nicco, eppure lo adoro. Se attacco sempre tutti prima di farli parlare, in modo da zittirli, è per evitare di dare spiegazioni, io, la piccola di casa. È come se per il figlio minore fossero state previste meno parole, meno pensieri, meno cose profonde. Come posso competere con Nicco e Fabiola? Non è invidia, anzi si tratta di ammirazione, nient'altro, soltanto che la nascondo dietro la rabbia, mi sentirei una stupida..."

Sento un rumore alle mie spalle, un lieve cigolio, è la porta che si apre. È difficile, in un attimo, decidere cosa fare. Poi vedo il suo viso, i suoi occhi, guarda le mie mani, vede la sua lettera e sbianca. Non ho altre soluzioni che dire semplicemente la verità.

«Stavo cercando la valigia di papà.»

Valeria sembra far finta di niente. «Mi porti una bella maglietta da New York?»

Posa la sua borsa sulla scrivania.

«Ti porto quello che vuoi.»

«Te l'ho detto, una maglietta.»

Si gira di spalle. Allora la blocco, le prendo una mano.

«Perché devi fare sempre la dura?»

Continua a restare voltata.

«Perché io sono una dura.»

«Smettila, ho letto la lettera...»

Rimane immobile, non mi vuole guardare negli occhi.

«Lo dite sempre tutti che sono cinica e spietata.»

«Ci sbagliamo.»

Resta per un po' in silenzio. Poi vedo che le sue spalle si muovono, scosse da un singhiozzo. Cerco di farla girare, ma non vuole, scuote dolcemente la testa per dire no.

«Non ci riesco...»

E allora rimaniamo così.

«Non importa.»

E alla fine si volta e improvvisamente parla, con gli occhi pieni di lacrime, come se ancora ne mancassero mille all'appello.

«Vorrei tanto essere diversa, mi sembra di non essere mai stata me stessa. Sono quella che deve sempre far arrabbiare tutti, che deve essere scortese... ma io non sono così.»

E scoppia a piangere, questa volta a dirotto. Le mille lacrime hanno infranto ogni diga. Mi si tuffa addosso e io non so che fare, mi trovo con le braccia aperte mentre mia sorella piange disperata sul mio petto. E allora la stringo a me e le accarezzo i capelli.

«Dài, Vale, non fare così, sei un po' casinara, ma non sei male...»

«Mi manca tanto papà...»

E su questa ammissione rimango in silenzio, viene da piangere anche a me, ma non è il momento, so che adesso la devo aiutare.

«Non me l'aspettavo che fossi tu a prendere le lettere...» dico.

«Pensavi a Fabiola?»

«Sai, con la sua fissa per l'ordine, polverizza pure gli scontrini, figurati un pacco di lettere...»

Allora si mette a ridere, ma è ancora bagnata di pianto, così un po' ride un po' tira su con il naso.

«È vero. Benvenuti nel mondo perfetto di Miss Fabiola, dove tutto è in ordine e ognuno deve fare quello che vuole lei, l'unica che non sbaglia mai! Quanto mi piacerebbe che anche lei una volta tanto facesse qualche cazzata... mica per invidia, no, la renderebbe solo un po' più umana e che cavolo! Che ne so, pure scivolare in una pozzanghera per una volta...»

E mi viene da ridere a pensare a mia sorella, con i capelli sempre in piega e i suoi tacchi dodici, che capitombola in una pozzanghera, che rotola nel fango... Se solo Valeria sapesse i casini che donna Mastro Lindo Fabiola sta combinando nella sua vita, lei che è pronta a giudicare sempre tutti, e ora ha ricominciato a uscire con il suo ex dei tempi del liceo, le verrebbe un ictus. Ma ci tengo alla salute di Valeria e me ne sto zitto.

«Ti devo dire una cosa» mi annuncia invece lei, con tono serio. Si è staccata e mi guarda negli occhi.

«Sai che quando penso che papà non c'è più non mi sembra possibile? Mi sento impazzire, mi manca improvvisamente l'aria. Ecco, credo di avere degli attacchi di panico.»

«Anche a me manca da morire» le sussurro.

Poi le sorrido, faccio un sospiro, ed è come se all'improvviso qualcosa si stesse sciogliendo dentro di me. Allora Valeria mi abbraccia, mi stringe, e io senza volere, senza riuscire minimamente a evitarlo, comincio a piangere così, in silenzio sulla sua spalla. Ora sono io quello che ha bisogno di lei. E Valeria lo capisce, non piange più, si sente più sicura. È come se a poco a poco stesse cominciando a scavarsi un posticino tutto suo nella nostra famiglia, nella sua vita. Ma è un attimo. Un attimo lunghissimo. Poi, come se niente fosse mai accaduto, lei si stacca da me, torna la Valeria di sempre. È il suo modo di aiutarmi in questo momento, lo so.

«Divertiti in America, t'invidierò molto, sai?», mi strizza l'occhio, senza bisogno di aggiungere altro. Mi giro, mi asciugo gli occhi con un pezzo della maglietta poi faccio finta di niente.

«Anche se Ciccio mi fa finire ad Alcatraz?» sorrido io per alleggerire l'atmosfera.

«Be', forse lì puoi capire meglio come mi sento... Se ho un attacco di panico ti posso chiamare?» dice poi seria seria con gli occhi un po' spauriti.

«Magari meglio di no, va'. Se no altro che attacchi di panico, so' botte di euro di telefono!»

E scoppiamo in una risata che lentamente stempera la tensione e se la porta via. La abbraccio e la sollevo da terra, facendola ruotare. «Signorina, vuol ballare con me?» dico cerimonioso.

«Cavaliere, mio papà mi ha insegnato che non si balla con gli sconosciuti» ride lei.

Ci blocchiamo e ci guardiamo un attimo negli occhi.

E allora alzo lo sguardo e alle sue spalle scorgo mamma ferma sulla porta che ci osserva. La scopro così triste, con addosso una malinconia che sembra inestirpabile. Poi vede la posa plastica di Valeria, che è rimasta tra le mie braccia, su un piede solo e una gamba alzata, nel goffo tentativo di un passo di danza. E accenna un timido sorriso, capisce quello che tutti noi, prima o poi, accetteremo: la vita deve andare avanti.

«Quando torni dall'America magari sono completamente cambiata, chissà... trovi un'altra Valeria» dice mia sorella, che non si è accorta di niente.

Le sorrido.

«Vuoi dire che ti iscrivi a un corso di rock 'n' roll e impari finalmente a ballare?» scherzo io.

Poi guardo di nuovo la porta. Ora non c'è più nessuno.

6

Vado ad aprire con il passaporto in mano, ma non faccio in tempo a spalancare del tutto la porta che Ciccio me lo sfila dalle dita.

«Ma come abbiamo fatto a non pensarci! Cazzo, siamo proprio fuori!»

E mi spiega velocemente una certa novità a proposito del documento elettronico che serve per andare negli States. Io il passaporto l'ho fatto da ragazzino perché volevano mandarmi a trovare una zia in Argentina, poi quella ha divorziato dal fratello di mio nonno e non mi ha più voluto. Neanche mi ricordavo che andava rinnovato, figuriamoci il casino dei microchip e tutto il resto.

Ciccio in un attimo è giù per le scale.

Lo sento solo urlarmi: «Incrocia le dita, Nicco... Sennò lega le palle!».

Per fortuna ha conoscenze che possono rimediare a questa mia svista. Mi auguro solo che sia tutto legale. Alzo gli occhi al cielo, a volte se non ci fosse lui sarei perduto.

Rientro in casa e chiudo piano la porta. Si è da poco mollato con due donne, che erano tutta la sua vita – o quasi, visto che nel frattempo c'era stata anche quella cameriera, Lucia – e con cui è stato contemporaneamente per un anno e passa. Un anno, dico, mica un fine settimana, ma come si fa a innamorarsi di due persone? Innamorarsi dico, non andarci a letto.

Di solito funziona così: uno sta con una ragazza finché questa non rompe le palle, poi si stanca, comincia a litigarci, e si trova un'altra. Che all'inizio può sembrare la persona ideale, la salvatrice, l'unica soluzione possibile. Poi finisce che alla lunga rompe più della prima.

Almeno in "Uomini e donne" succedeva così, quelle volte che Alessia mi costringeva a vederlo. Per non parlare di "Beautiful", dove però tutti si mettono con tutti, preferibilmente se sono parenti, e non è facile capire qual è la logica che li anima. Non è facile capire neanche come Alessia potesse vedersi la duemilionesima puntata di quella roba. Forse tanta resistenza avrebbe dovuto insospettirmi, ma io non ero così bravo a guardare oltre lo schermo... Ancora non mi è del tutto chiaro come esplodono i rapporti sentimentali, soprattutto quando mi riguardano.

Insomma, l'unica cosa chiara è che in televisione quando A+B non funzionano più, A si mette con C.

Ma Ciccio naturalmente mi ha scombinato qualsiasi schema, lui si è fidanzato nello stesso momento con due ragazze, Beatrice e Deborah, e ha cominciato ad amarle nello stesso modo.

Ogni cosa è accaduta su per giù con la stessa identica cadenza: l'incontro, la passione, il primo regalo importante, la prima frase d'amore, le prime litigate e poi il primo tradimento per entrambe con una terza!

È come se Ciccio si fosse sdoppiato e avesse vissuto due vite parallele. Sai quanta confusione, quanta energia, quanto sentimento, quanta fatica! Tutto raddoppiato, o forse persino elevato al quadrato. Tant'è vero che sono riuscite pure a mollarlo tutte e due insieme, scoprendo contemporaneamente non solo che stava con un'altra da più di un anno, ma che aveva pure una storia con una straniera. Ciccio ha voluto davvero strafare e il quarto incomodo, Raily, in questo caso è stata la goccia che ha fatto traboccare il vaso. E guai a rinfacciarglielo. Ho provato a chiedergli che bisogno c'era dell'americana in mezzo a una situazione già così incasinata, e lui cosa mi ha risposto? "Lei non conta, mica l'amavo."

Le altre due sì, Ciccio è pronto a giurare che le ha amate entrambe sul serio.

Mah. Inizio a riempire la valigia di papà con tutte le cose che avevo messo sul letto. Ci aggiungo una felpa celeste scuro con sopra l'immagine di un surf e la scritta "Venice Beach". Con questa potrei essere tranquillamente scambiato per un surfista di Los Angeles, invece vado a New York e non sono capace neanche di andare sul windsurf.

Forse sto esagerando con la roba pesante, magari farà un caldo mostruoso, si sa, in estate New York può diventare una fornace. Prima di aggiungere altro e di ritrovarmi con un bagaglio da duecento chili, decido di consultare il meteo sul PC. Dalla temperatura passo al tasso di umidità, poi ai metodi per evitare i disagi del jet lag. E improvvisamente non so come, non so per quale ragione, per quale impulso recondito, mi ritrovo ancora una volta sulla sua pagina Facebook: Alessia ha cambiato l'immagine di copertina.

Non resisto, così mi leggo tutto e guardo pure le altre foto. Facebook è una tentazione troppo grande, sembra sia fatto apposta per spiare, anzi no, per vigilare da lontano nel mio caso: entro nella sua vita, dalla quale ormai sono assente già da diversi mesi.

La vedo sorridente, taggata con le amiche che fa le smorfie al telefonino, ha messo qualche immagine, qualche smile, qualche filmato, un pezzo di "Tutti pazzi per amore" e poi ventisei foto Instagram che fanno sembrare bella chiunque, ma lei lo sarebbe anche ripresa con una vecchia polaroid. E la vedo affacciata a un balcone, che cammina su una spiaggia in lontananza, e poi in una foto più vicina, a mezzo busto, che sorride, che fa la faccia triste e la faccia allegra, che si diverte, che si sposta una ciocca di capelli dagli occhi. E una dopo l'altra, divoro quella sequenza di fotografie e vedo lei, solo lei, e mai nessun altro accanto.

Tutti cancellati ai miei occhi. Non esiste nessuno oltre Alessia. Poi però un magone mi prende la bocca dello stomaco, mi chiedo chi le ha scattato tutte quelle foto, chi ha questi pezzi della sua vita che a me mancano del tutto, chi li ha vissuti al posto mio.

E con quest'ultima domanda senza risposta chiudo Facebook di scatto, non voglio andare avanti, non voglio correre il rischio di scoprirlo. Spengo il computer e quasi mi verrebbe di buttarlo per terra, ma proprio in quel momento mi arriva un messaggio sul telefonino. Lo apro speranzoso: magari è un segno del destino, sì, è un ripensamento di Alessia, una di quelle sue bellissime foto, un suo messaggio audio, una canzone scelta apposta per dirmi che... macché.

"Passaporti fatti, New York ci aspetta, bella frate'."

Ciccio e le sue frasi epiche. Però ha ragione: meglio guardare avanti. A volte il passato ti travolge, e ti truffa. Si finge meglio di quello che è stato, i ricordi tradiscono la realtà, la rendono più bella. Ti sembra che ti importi un sacco della tua ex ma accade solo perché è una ex, mica ti ricordi la noia, le discussioni, tutte le difficoltà dell'ultimo periodo. Magari la vuoi solo perché non è più tua, ma se poi l'avessi di nuovo, di sicuro non la vorresti più. Allora sorrido, però, bello questo momento di lucidità! Ciccio a volte mi salva senza saperlo. E subito penso a Ann, alla sua risata leggera, a come era divertente uscire con lei, e quanto era bella, a quanto mi manca sul serio, a quanto mi piacerebbe baciarla ora e al fatto che tra poco sarò a New York... Sì, la rivedrò e tutto deve ancora accadere, tutto è da scoprire, e non c'è nessun passato a confondere le idee.

Ann, sto arrivando.

7

Guardo le insegne, le pubblicità, la gente in piedi alla fermata dell'autobus, cerco di distrarmi, di sopportarlo, ma è impossibile. Lui non s'è fermato mai, da quando siamo partiti.

«... anche perché oggi non si capisce più niente. Marino che doveva fare? Cambiare tutto, giusto? E che ha fatto? Niente, non ha cambiato niente, ma allora, scusi, era molto meglio che ci tenevamo Alemanno che almeno qualcosa per noi tassisti l'ha fatta...»

«Eh già.»

È da quando sono partito da casa che rispondo "eh già...", l'avrò detto tredici volte. A quest'ora, col sonno che ho, ci mancava solo il tassista opinionista! Vorrei fingere di dormire ma tanto mi sveglierebbe con un nuovo argomento. Secondo me alcuni tassisti hanno fatto questo lavoro solo per poter parlare con i loro clienti e sfinirli di domande.

«Guardi, secondo me l'unico vero lavoro buono che è stato fatto e che è veramente utile sono i sottopassaggi che vanno dal Gemelli fino all'Olimpico, anche se c'hanno magnato tutti, perché tanto c'hanno magnato, però almeno so' serviti a qualcosa. Nun je pare?»

«Eh già!» Quattordici...

«E infatti lo sapevo che era d'accordo!»

Mi guarda dallo specchietto e mi sorride, ricambio ma non ne posso più. D'altronde l'alternativa era il trenino dalla stazione Termini; e comunque per arrivare fino a lì un taxi dovevo prenderlo lo stesso col rischio, magari, che incappavo in un tassista che voleva parlare del campionato della Roma e della Lazio. Un'altra possibilità, certo, era un passaggio di Vittorio, il marito di Fabiola, che, quando l'ha saputo, si è offerto di portarmi in aeroporto.

"Quando parti?"

"Lunedì."

"Ma dài, vado proprio a Civitavecchia lunedì! Se vuoi ti do un passaggio, ci passo, per Fiumicino."

"No, no grazie" avevo mentito "ci portano i genitori di Domenico." Che poi mi fa sempre strano chiamare Ciccio col suo vero nome.

Fabiola si era subito infilata a gamba tesa:

"Vittorio, tu vai troppo presto, poi gli tocca aspettare un sacco di tempo in aeroporto. Però sei stato gentile..."

E aveva sorriso a suo marito, perché quel suo slancio le aveva fatto veramente piacere. Oppure era questo strambo sospetto, questa possibilità di perderlo che glielo faceva improvvisamente apparire così gentile? Comunque una cosa è sicura: Vittorio mi avrebbe fatto ancora più domande di questo qui.

Mi sorride di nuovo.

«Scusi, dotto', dove la devo lasciare?»

«Al terminal 5.»

«Ah, se ne va fuori fuori, eh... Beato lei.»

«Sì... per lavoro.»

Non so perché gli mento così, come se mi dovessi giustificare del fatto che sto per fare una breve vacanza. Poi, per non indurlo in altre domande, impugno il cellulare.

«Ah...» Mi riguarda dallo specchietto e annuisce mentre Ciccio risponde.

«Pronto?»

«Sei già arrivato? Io sto scendendo dal taxi.»

«Arrivato dove? Sto a casa.»

«Come "a casa"?! Hai tu i passaporti! Non farai mai in tempo! C'è un sacco di traffico!»

Mentre sbraito, con il telefono incastrato tra la spalla e la guancia, cerco di tirare fuori i soldi per il tassista.

«Lo sapevo! Ti avevo detto che ti sarei passato a prendere io e invece! Che casino!» dico agitato.

«È che mi si è rotta la lavatrice, devo aspettare il tecnico, non so a che ora arriva...»

«La lavatrice?! E non puoi farla riparare quando torniamo?! Non può aspettarlo tua madre, il tecnico?»

«Mia madre? Non lo hai saputo? Una tragedia, è scappata col tecnico del frigorifero...»

Poi sento le risate di Ciccio dall'altra parte del telefono.

«Sei proprio un "soggettone"! Sto al check-in da mezz'ora, sbrigati.»

Devo avere avuto un calo di zuccheri mentre ero vittima dello scherzo di Ciccio perché mi tremano le mani. Il tassista risale in macchina e se ne va. Io infilo le porte automatiche del terminal e vengo investito dai rumori dell'aeroporto affollato, comincio a correre insieme a decine di persone che vanno tutte di fretta. Qualcuno sembra perfino contento di avere i minuti contati.

Finalmente sorrido quando arrivo stremato: «Sei proprio scemo! Mi hai fatto prendere un infarto, ci stavi per andare da solo a New York!».

Tiro fuori i biglietti e glieli sventolo sotto il naso.

«America, ecchice!» fa lui raggiante. «Che bello, sono troppo felice, fatti abbracciare!»

E mi stringe forte.

«Ma lo sai che, dopo tutto 'sto stress con quelle due, c'avevo proprio bisogno di questo viaggio?»

«E certo...»

«No, no, sul serio, tu ci scherzi ma guarda che io ne sono uscito proprio stressato.»

«Pensa alle loro facce quando si sono incontrate e hanno scoperto che sono state per un sacco di tempo con lo stesso uomo, che hanno ricevuto gli stessi regali, che hanno cenato negli stessi ristoranti, che hanno fatto le stesse vacanze negli stessi posti...»

«Non ho capito... Ma tu da che parte stai? Ma tu sei amico mio o il fratello di tutte e due?!» Ciccio guarda oltre la mia spalla. «Ecco, t'ho pure fatto una sorpresa. E non te lo meriti proprio.»

Quando mi giro vedo una hostess dell'Alitalia alta e magra che ci si avvicina sorridendo.

«Ciao Dome'!» Saluta così il mio amico, c'è ancora qualcuno che lo chiama per nome, cioè mezzo nome, Dome' non si può proprio sentì. Mastica una gomma, ha bei denti, una coda alta e i capelli molto tirati indietro, delle belle gambe e la carnagione scura.

«Lui è il mio amico Niccolò» le dice Ciccio mentre si baciano sulla guancia.

«Ciao, piacere. Io sono Manuela.»

E ha un bel sorriso.

Ciccio le sorride. «Allora ci sei riuscita?»

«Certo. Avevi dubbi?»

«Grande!»

«Il comandante del vostro volo è un mio amico, lui sa già tutto.» Poi ci consegna due nuove carte di imbarco.

Ciccio guarda me. «Hai capito? Facciamo il viaggio in prima!»

«Davvero?!»

«Certo! Ma che faresti senza di me, eh?!» mi chiede Ciccio raggiante.

«Quello che faresti tu senza di me...» gli risponde la hostess sardonica.

«Prima classe, ahò, stiamo in prima classeeee!» Ciccio non sta più nella pelle.

Manuela si guarda in giro. «Potresti evitare di urlarlo davanti a tutti? Non deve saperlo nessuno. Se qualche dirigente scopre che vi ho fatto un *upgrading*, ci si inchiappettano... Non lo so se volete dirlo pure a quelli dei sindacati... no, dico, fate pure eh...»

Ci accompagna fino al controllo passaporti e poi ci lascia baciandoci entrambi.

«Divertitevi... e non mettetevi nei casini. Soprattutto tu!» dice rivolgendosi a Ciccio.

Si allontana con un bel sorriso.

«Ti conosce bene, eh, Ciccio?»
Lui annuisce e fa quella faccia da idiota che solo lui sa fare.
«Anche in senso biblico...»
«E figurati... se non lo specificavi erano dolori!»
E così ci mettiamo in fila per l'ultimo controllo, infiliamo gli zaini dentro la macchina a raggi X.
Mentre mi sto per rimettere la cinta dei pantaloni, l'orologio e tutti quegli accessori che uno si accorge di portare solo quando sei costretto a toglierteli, sento la voce dell'agente della sicurezza che dice: «Può aprire il suo bagaglio, per favore?».
Mi volto e... oh no! Ciccio è stato fermato, speriamo che non abbia pensato di portare coltelli, pistole, droga, o qualunque altra cosa che ci faccia finire la vacanza prima ancora di cominciarla.
L'agente tira fuori dal suo zaino una bottiglietta.
«Questa non può passare...»
«Ma è acqua, acqua semplice, mica è vodka o benzina... Guardi» protesta il mio amico, che apre la bottiglia e comincia a bere.
«Se la finisce tutta può passare, altrimenti la deve buttare... ha capito?»
Ciccio alla fine ne lascia metà e consegna la bottiglia semivuota alla guardia con uno sguardo di falsa innocenza dipinta sul volto. L'altro la prende e la getta nel cestino e gli restituisce un'occhiata che è tutto un programma.
Finalmente passiamo il varco.
«Mamma mia, per un attimo ho pensato che ti fossi portato un tocco di fumo nello zaino, saresti pure capace...!»
«E dài, Nicco, ma per chi mi hai preso?»
«Per quello che sei! Magari iniziavi un commercio di chissà cosa a New York.»
«Ma figurati!»
«Sì, saresti l'unico capace di portare la droga in America, spiazzeresti tutti... E magari ce la faresti pure!»
«Mi fai pensare a quel film, *Fuga di mezzanotte,* te lo ricordi?»

«Sì, bellissimo...»

«Sì, quando lo fermano e credono che sia un kamikaze perché lo sentono imbottito sotto il giubbotto, allora gli puntano tutte le armi contro e glielo fanno aprire e invece è pieno di grossi tocchi di fumo... E allora i poliziotti cominciano a ridere e abbassano i mitra.»

«Sì, però lui non ride e si fa non so quanti anni di carcere e ogni giorno cercano di farselo...»

«Sì, vero, meglio non ricordare quella parte.»

E dopo un'ultima occhiata allo schermo con tutti i voli in partenza, saliamo sul lungo tapis roulant verso la nostra uscita, verso New York.

8

Appena entro guardo a destra le file dell'economy, la gente è incollata l'uno all'altro, alcuni non c'entrano, le gambe toccano i sedili davanti, le pance sbordano, le cappelliere sono stracolme. La prima classe invece è tutta un'altra cosa: le poltrone sono larghe, enormi, molto distanziate tra loro, quasi isolate. L'aereo, più di molte altre cose, ti fa capire la differenza tra chi ha i soldi, chi non ce li ha e chi ha un'amica all'Alitalia.«'Mazza... mica avevo capito che era così.»

«Così come?» gli chiedo mentre cerco di orientarmi.

«Così grande, così fico...»

Ciccio cammina tra le larghe poltrone nella parte anteriore dell'aereo. Poco più avanti c'è la cabina di pilotaggio. Una musica allegra interrotta ogni tanto da un messaggio preregistrato di benvenuto smorza il brusio dei passeggeri.

Una hostess ci viene incontro.

«Scusatemi, posso vedere il biglietto?»

«Certo.»

Ciccio glielo mostra con una certa soddisfazione; la guarda sorridente poi alza il sopracciglio come a dire: "Visto? Il posto è proprio mio, io viaggio sempre in prima classe".

«Grazie» e dopo essersi ripreso il biglietto, raggiunge il suo sedile.

Metto il mio zaino nella cappelliera e poi mi lascio cadere sulla morbida poltrona 5A. È proprio grande, soffice, tutta in pelle chiara, elegantissima; provo a premere i pulsanti laterali e mi accorgo che questa meraviglia può diventare una chaise longue con tanto di poggiapiedi e, se spingo ancora un po', un letto vero e proprio.

Rimetto tutto a posto, giusto in tempo prima che arrivi un'altra hostess a servirci due bicchieri di prosecco ghiacciato.

«Le lascio il suo flûte qui...» mi dice gentile mentre posa il bicchiere sul piccolo vano che fuoriesce dalla poltrona.

Se ne va. È bella, proprio come tutto questo ambiente in cui ci siamo ritrovati. Queste cose le ho viste solo nei film.

«E poi osi lamentarti delle mie amicizie!» Ciccio entra così tra i miei pensieri, spavaldo, rimproverandomi per l'ennesima volta.

«Ma figurati...»

«Cosa ci ha portato la hostess?»

«Un flûte...»

«E cos'è?»

«Questo...» e gli mostro il bicchiere.

«Ah! Chissà che mi credevo... Ma vafancu'...» e ride come un pazzo, lasciandosi cadere sulla sua poltrona e spingendo i tasti, facendola andare su e giù, eccitato come un ragazzino al luna park.

Dopodiché assistiamo a tutto il rito di un viaggio in aereo: il comandante saluta i passeggeri e informa che siamo numero sette al decollo, che tempo fa fuori e quale troveremo a New York. Mentre inizia il rullaggio verso la pista del decollo, gli schermi trasmettono il filmato che spiega in che modo indossare la mascherina d'ossigeno. Ciccio fa le corna e ride come uno scemo ma poi mi confessa che preferiva vedere lo spettacolino dal vivo, con le hostess che indossano il giubbotto salvagente e indicano le uscite di sicurezza.

E infine sento il rumore dei motori, la potenza che aumenta, l'aereo che inizia a correre velocissimo e balla tutto, ma la cosa strana è che su queste grandi, morbide, eleganti poltrone ogni cosa sembra più leggera. Guardo dal finestrino, attraversiamo alcune nuvole e continuiamo a salire, sempre più veloci. Ora vedo il mare sotto di noi e lentamente l'aereo vira calmo e sicuro verso sinistra e continua il suo viaggio aumentando di velocità, poi improvvisamente la riduce. E tutto sembra più tranquillo. Ora è nel sole. Vedo la luce sulle ali, sembra che qualcuno le abbia colorate d'arancione e anche le nuvole, le più vicine, sono rosate.

Un suono: *dlin-dlon*, poi si spegne il segnale delle cinture, possiamo toglierle. La voce della hostess ci dà nuovamente il benvenuto e ci informa a proposito dei servizi di bordo. Appena finisce di parlare, Ciccio, che è ormai regredito per la contentezza e l'eccitazione a un dodicenne, ne approfitta per spingere un pulsante e chiamare un'assistente di volo, che arriva dopo pochi secondi.

«Mi scusi, Lara...» la chiama dopo aver letto il nome sulla targhetta dell'uniforme. «Mi può portare un altro po' di prosecco?»

Mi guarda e si comporta come se ci trovassimo nel suo ufficio e lui fosse il manager di una qualche multinazionale. «Tu ne vuoi?» mi chiede in modo serioso.

Alzo le spalle.

«Due allora...»

La hostess lo squadra dalla testa ai piedi e secondo me ha capito che siamo due poveracci. Fa per andarsene, Ciccio la ferma di nuovo.

«Mi scusi... ce lo porti nel *flûte*.»

E si mette a ridere mentre lei si allontana veloce scuotendo leggermente la testa. Ha i pantaloni a vita alta, delle gambe lunghe, uno splendido fondoschiena e Ciccio tutto questo naturalmente non se lo lascia scappare.

«Secondo me in prima mettono le più fiche...» Poi si lascia andare sulla poltrona e appoggia indietro la testa. «Ahhhhh...! Ma lo sai che mi sembra assurdo non aver mai preso l'aereo, ti giuro...» si gira verso di me «è incredibile, come mai non ero ancora andato a New York? E come mai non c'ero andato in prima classe... cioè, io sono stato creato per questo! E pensare che devo tutto a te, grazie, amico mio...» e mi sorride. Lo guardo divertito, e proprio in quel momento mi viene in mente.

«Eh! Tu piuttosto... Non me lo sarei mai aspettato da te, non mi hai detto niente» gli dico con un tono di rimprovero.

«Di cosa?» mi chiede sollevando la schiena dalla poltrona.

«Di Bato» rispondo. «L'ho incontrato ieri. Mi ha detto tutto e che tu lo sapevi...»

Lo vedo sbiancare e non capisco perché.

«No, te lo giuro, io non lo sapevo!» dice lui quasi alzando la voce e irrigidendosi sempre di più.

«Ciccio?! Non dire cazzate. Tu lo sapevi, me lo ha detto lui stamattina. Era convinto che tu me lo avessi già detto!»

«Ah, ti ha detto così?»

«Eh, sì...»

«E sì, certo! Come no! Come se fosse facile! Ti vedevo così depresso, ridotto uno straccio e secondo quel cretino di Bato io arrivavo e ti dicevo: "Nicco, ma che ti importa se Alessia sta con Bato!".»

Poi si alza e mi viene davanti. «Lo sai che abbiamo quasi fatto a botte quando me lo ha detto, eh? Questo non te lo ha raccontato, vero?»

Ma io non lo ascolto più. Lui se ne accorge perché all'improvviso si zittisce. Osserva la mia faccia, il mio sguardo, completamente attonito, ammutolito, con la bocca aperta.

«Nicco... Oddio, non lo sapevi...» mormora lui, che finalmente ha realizzato che stavamo parlando di due cose diverse. «Cazzo, mi dispiace, Nicco, mi dispiace tanto...»

Non riesco a dire nulla, sono ancora frastornato. Ecco, è come se mentre vado in motorino qualcuno mi chiamasse dall'altra parte della strada: "Nicco! Nicco!". Io mi giro, sorrido e non mi accorgo che la macchina davanti a me è ferma al semaforo, così la prendo in pieno. Ecco, e quel qualcuno che mi chiama dall'altro lato della strada è Alessia.

«Nicco...? Nicco...?»

Ora è di nuovo Ciccio che mi parla.

«Ma che ti ha detto Bato?»

«Che hanno venduto la fabbrica dei palloncini e comprato un'isola alle Maldive...» gli spiego come un automa.

Poi mi immagino Alessia e Bato. Sono felici, li vedo scendere su questo splendido atollo da un idrovolante che ha appena ammarato. Corrono mano nella mano, lungo il pontile e poi a piedi nudi sulla sabbia calda, entrano in un bungalow e, proprio come in quelle pubblicità perfette, ne escono completamente nudi, per continuare a correre così fino all'ultimo filo di sabbia, poi si abbracciano, si baciano, si stendono sul bagnasciuga, cominciano a fare l'amore e...

«... Ma come cazzo ti è venuto in mente di non dirmelo, eh, Ciccio!?»

Mi accorgo di aver urlato perché la signora elegante che sta leggendo "Cosmopolitan" si volta verso di noi.

Intanto è arrivata la hostess con i due bicchieri.

«Il vostro prosecco...»

Ciccio sembra aver perduto la sua verve provolona, afferra i due flûte e me ne porge uno senza nemmeno ringraziarla.

«Vuoi?»

«Sì, certo, come no, brindiamo a questa bella notizia!» rispondo incazzatissimo.

«Sì, in effetti non è il caso...» risponde Ciccio e se li scola entrambi.

«Perché non me lo hai detto?» insisto. «Quando ti parlavo di Alessia e tu sapevi di loro due, come hai fatto a rimanere in silenzio? Mi hai preso per il culo...»

«Ma che dici, Nicco!? Ci sono stato malissimo!»

«Quando è successo? Come è iniziata, dove?»

«Sul serio vuoi che te lo racconti?»

«Ciccio quei flûte io te li infilo su per...»

«Ok, ok va bene, ma calmati. Ti racconto tutto. È successo per caso, erano tutti e due molto fissati con 'sto gioco, Ruzzle... Questo almeno me lo ha raccontato Bato. E una volta è capitato che si sono sfidati senza neanche sapere che dietro quei nickname c'erano proprio loro due.»

Un flash mi riporta a casa di Alessia, in quel periodo in

cui non faceva altro che giocarci, Ruzzle era diventata una specie di droga per lei.

«Bato aveva come soprannome Romeo 2000 e la cosa strana è che Alessia aveva come soprannome Giulietta.»

«Giulietta...» mi lascio sfuggire, gliel'ho dato io quel soprannome, lo avevo inventato e scritto sul biglietto del regalo per il suo compleanno.

«Per loro era diventato un appuntamento fisso, si scrivevano su Ruzzle, si salutavano di mattina, durante la giornata, la sera... Ma senza sapere chi fossero, se non che erano un uomo e una donna. Finché non hanno deciso di incontrarsi.»

Ciccio sorride, gli sembra un colpo di scena come se stesse raccontando la trama di un film, quelle belle commedie con Hugh Grant e Julia Roberts, sembra quasi non rendersi conto che invece sta raccontando un dramma, il mio.

«In effetti ora che te la racconto, tutta questa storia è assurda! Cioè, la vita ha scelto di far incontrare per caso proprio loro due che non si sopportavano...» Poi mi guarda e forse immaginando il resto del racconto aggiunge: «Senti Nicco, forse è meglio che...».

«Vai avanti...»

«Si sono dati appuntamento da Susina, un piccolo ristorante a via Chiana.»

«Susina? Non l'ho mai sentito.»

«Ci era andata Alessia delle volte con Silvia perché è vicino casa sua. Le sembrava il posto più sicuro dove incontrare questo sconosciuto.»

Cioè, Ciccio sa queste cose e non le so io. Alessia non mi ci ha mai portato, non me lo ha mai nemmeno nominato quel posto. Magari mi ha mentito anche sul suo piatto preferito, le tagliatelle ai funghi porcini, magari la sua passione era un'altra, e l'ha mangiata con Bato. L'avrà portato pure da Regoli, il bastardo, ecco perché l'ho beccato lì! E ha fatto anche finta di non aver mai assaggiato quei maritozzi. Adesso ne sono sicuro: era venuto a prenderli per lei. E io che gli raccontavo quanto sono buoni, come un povero stronzo.

«Sai come sono fatte le donne... no?» mi fa Ciccio cercando comprensione.

No, gli vorrei dire, non lo so proprio.

«Le donne fantasticano, sognano, si innamorano delle parole... Alessia gli aveva detto che l'avrebbe aspettato all'interno di questo ristorante, nell'ultima sala in fondo, la più tranquilla, sotto la lavagna...»

«Sotto la lavagna?»

«Sì... c'è una lavagna dove ci sono scritte col gessetto colorato le specialità del giorno.»

«Sembri conoscerlo bene anche tu quel posto...»

E lo vedo improvvisamente imbarazzato.

«Che c'è?» Allora Ciccio alza gli occhi. «Ci sono andato qualche tempo dopo in quel locale con Deborah.»

«Perché?»

«Non lo so. Tutta questa storia all'improvviso mi ha coinvolto, volevo capire dove si erano incontrati...»

9

Alessia è seduta al grande tavolo in fondo all'ultima sala, sotto la lavagna.

Arriva la proprietaria di Susina, una donna molto alta e sorridente.

«Aspetta qualcuno o vuole ordinare?»

«Sto aspettando un... una persona» risponde Alessia leggermente a disagio nonostante quel posto lo conosca come casa sua.

«Molto bene. Le posso portare i biscottini che facciamo noi? Sono buonissimi, glieli faccio assaggiare.»

E non aspetta quel "sì", risale i gradini che portano alla saletta e sparisce in direzione della cucina. Mentre li sceglie la proprietaria fa un sorriso, ha capito dagli occhi della ragazza che sta aspettando qualcuno di importante. E si ricorda quando preparò quegli stessi pasticcini per l'uomo di cui si era innamorata e che le chiese di sposarlo. Così, prima di servirli, cade sul suo viso una velata ombra di dolce malinconia, proprio come leggero scende quello zucchero a velo.

«Ecco...» Poggia il piatto davanti a lei.

«Grazie, i suoi biscotti sono sempre eccezionali.»

La proprietaria le sorride sicura.

«Grazie, sono contenta che me lo dica. Sono la mia specialità. Una delle tante, voglio dire...»

Ma Alessia non ha fame. È nervosa. "Non dovevo venire

a questo appuntamento, è assurdo. E se fosse un pazzo?" Poi si tranquillizza: "Per questo ho scelto un posto pubblico". La proprietaria fa sempre avanti e indietro per il locale, dovesse avere qualche brutta intenzione, lo prenderebbe a padellate in testa. Ride di quest'idea così sciocca. Poi tira fuori il suo cellulare, apre Ruzzle e cerca Romeo 2000.

Ormai non gioca che con lui, non sono più importanti le partite o i risultati, sono importanti le parole, e non quelle che compongono nelle partite, ma quelle che si scambiano.

Rilegge alcune frasi: "Questa giornata è noiosa. Forse perché ancora non mi hai risposto. L'unica cosa che potrebbe risollevarmi è che sei troppo impegnata... a pensarmi", "Oggi mi sento cambiato. Oggi è un giorno diverso forse perché è un mese che ci conosciamo e io mi sento diverso, diverso da un mese". E ancora: "Sei bella come sono le tue parole? No, ho sbagliato. Tu sei le tue parole e quindi sei bellissima", "Sei quel sorriso, sei quel sogno, sei quella risata che riempiono le mie giornate...".

E Alessia si ritrova a sorridere, a leggere uno dopo l'altro quei messaggi che ormai le fanno compagnia da giorni, settimane, mesi, parole che si sono attorcigliate a lei come un'edera intorno a una casa antica, che l'hanno fatta sentire bella, allegra, importante... colorata. Ecco, si sente una ragazza colorata, come un disegno in bianco e nero che magicamente ha preso colore attraverso i pastelli della vita.

Alessia guarda quegli ultimi messaggi. "A domani." Che poi è oggi, che è tra poco, che è tra qualche minuto, ora. Guarda l'orologio e improvvisamente le comincia a battere forte il cuore, vorrebbe alzarsi, correre via, scappare.

Si sente in colpa. E Niccolò? Niccolò che non sa niente, che pensa sia andata in palestra con la sua amica. Cosa dirà a Niccolò? Ma no, non c'entra nulla lui, con lui è un altro discorso, è una storia a parte, è qualcosa di diverso, questo è un gioco. È solo un gioco, proprio come Ruzzle. Ma Alessia sa che le cose non stanno così, che qualcosa è cambiato, che qualcosa non va, non più. E un senso di tristezza l'assale, e vorrebbe prendere tutto, alzarsi e andare via e sta per farlo, ha già afferrato la borsa quando, improvvisamente, dalla porta in alto, in fondo alla scala, compaiono due gambe maschili, un pullover, poi una mano che regge una rosa e infine lui, quel ragazzo che sorride e si guarda intorno. E quando si vedono rimangono così, a fissarsi, non credono ai propri occhi, sono senza parole. Ma sono veramente loro, proprio loro, le due persone che hanno giocato, che si sono scritte tutte quelle parole in questi mesi, che hanno sognato, riso, e che alla fine, ecco, sì, si sono innamorate? Loro che si stanno antipatici, che non si sono mai sopportati, che sono arrivati a volte quasi a prendersi a schiaffi? Non è possibile.

Bato gira su se stesso, torna subito indietro, fa per uscire dal locale ma poi si ferma, scuote la testa. No, non può essere, è troppo assurdo, gli viene da ridere, rientra piano piano nella saletta, e scendendo i gradini della piccola scala le sorride.

«È uno scherzo, vero? M'avete fatto proprio soggetto...»

E le si avvicina mentre Alessia è ancora intontita dalla sorpresa. Non ci può credere. È lui lo scrittore di tutti quei messaggi? Bato, l'amico di Niccolò? Quello che non ha mai considerato le donne, che le sfotte, le prende in giro, che dice che non sono niente per lui, e che servono solo a quella cosa...

Bato le si siede di fronte, le porge impacciato la rosa.

«Questa sarebbe per "Giulietta"... gliela porti tu?»

Alessia prende la rosa. «Certo, gliela faccio avere... è una mia amica, mi ha mandato per vedere chi era questo "Romeo 2000"... se era una fregatura.»

Bato le sorride. «Aspetta, so già cosa le dirai. Ma non potrebbe essere che fino a oggi tu hai conosciuto un Bato sbagliato? Che purtroppo non ho avuto modo di farti vedere il mio lato migliore?»

«Ah, perché ce n'è uno?»

Bato scoppia a ridere e poi guarda Alessia sorpreso. «Hai lo stesso spirito di Giulietta.»

«Sì? Siamo molto amiche, dimmi tu invece, oh Romeo, Romeo perché sei tu Romeo... 2000?»

«Magari alla tua Giulietta potrebbe andare...»
«Non credo.»
«Quella che chiamiamo rosa, anche con un altro nome conserva sempre quel suo profumo.»
«Questa prima non la sapevi.»
Bato sorride. «È vero... ma mi è piaciuto imparare. È la tragedia più bella che ci sia.»
E Alessia rimase stupita da quella frase.
Una sera mentre Niccolò e i suoi amici giocavano a carte lei era lì, aveva chiesto se qualcuno di loro si intendeva di letteratura o di opera, e quasi tutti avevano detto di non aver neanche mai letto un libro.
«Chi ha scritto per te quei messaggi? Hai copiato da Cyrano de Bergerac?»
«No, anche tu però non sei l'artefice di quei messaggi, tu sei molto più spiritosa di Giulietta.»
«Ma tu hai risposto a caso o sul serio conosci Cyrano?»
E continuano a darsi stoccate, battute, frecciatine, ridono e scherzano, sentono però che qualcosa sta accadendo. Tanto che più tardi, a un certo punto, la proprietaria si avvicina gentile.
«Volete mangiare qualcosa per cena?»
Alessia e Bato si guardano per un attimo, si rendono conto che il tempo è volato. Rimangono a fissarsi, poi Bato sa che spetta a lui.
«Sì, perché no?»
«Allora, abbiamo degli asparagi freschissimi, oppure anche un ottimo Nanny Chicken... o...»
E ascoltano distratti scegliendo in qualche modo alla fine qualcosa di buono da mettere sotto i denti.
La proprietaria si allontana dicendo tra sé: «Quando si inizia una storia...».
E Bato finisce quella frase: «... mangiare è l'ultimo dei pensieri».
Alessia rimane sorpresa.
«Ehi, non è male questa eh? Chi l'ha detta?»
«Tu... ma copiandola da chissà dove!»

E scoppiano a ridere per questa scoperta.
La proprietaria si ferma in cima alle scale e passa gli ordini a una sua cameriera, poi li guarda un'ultima volta.
«Che cosa incredibile...»
La cameriera è curiosa.
«Cosa?»
«L'amore. L'amore rende straordinarie le persone, non li vedi? E magari ancora non lo sanno...»
E se ne va così, fiera di quella certezza che hanno solo le donne che amano l'amore. La cameriera invece alza le spalle e segna subito le ordinazioni, nel dubbio di potersele dimenticare.

Qualche ora più tardi, dopo essersi raccontati pezzi di vita sparsa, aneddoti del passato – un primo ragazzo, una buca ricevuta – aver scoperto che c'è una canzone che piace a tutti e due, un film visto più volte, una figuraccia con i genitori, un mare dove si vorrebbe tornare, un concerto cui non si poteva mancare, si accorgono di avere più cose in comune di quanto mai avessero pensato e che Bato in realtà è il soprannome di Andrea.
«Perché?»
«Così!»
«Ma non c'entra niente, di solito un soprannome ha una sua ragione: un'assonanza, un'abbreviazione, un divertimento, un suo perché.»
«E invece no, mi dispiace, io sono senza perché.»
«Che scemo che sei.»
E cominciano a ridere e a guardarsi in un modo completamente nuovo, senza accorgersi che nel locale ormai non c'è più nessuno.
«Ehi, mi sa che dobbiamo andare, hanno alzato la musica e poi l'han tolta di botto!» dice lui.
«O hanno un DJ schizzato o hai ragione...» commenta Alessia.
«La seconda...» puntualizza il ragazzo, puntandole l'indice contro.

«Ora riconosco Bato...»

«Quello che non sopporti?» gli chiede lui con un'ombra di preoccupazione sul volto.

«Quello che non sopportavo...» risponde lei alzandosi, imitata da Bato che ritrova il sorriso perduto un istante prima.

«Grazie, buonasera» fa lui alla proprietaria dopo aver pagato.

La signora smette per un attimo di fare i conti e li guarda con un sorriso prima che spariscano nella notte.

Poco più in là, appena fuori, sotto la luce fioca di un lampione incerto di via Chiana, Bato si avvicina ad Alessia.

«Siamo stati bene.»

«Hai perfino offerto tu, cioè ti rendi conto? Mi sarei aspettata che mi chiedessi di pagare la metà, o addirittura di offrirti la cena» dice Alessia ridendo di questa sua battuta, ma Bato la tira a sé, con gentilezza, e la sua risata finisce persa in un bacio.

All'inizio è sorpresa ma poi si lascia andare, si abbandona, colpevole ma non troppo, come una moderna Giulietta che si fa baciare dal suo Romeo 2000. E quando quel bacio finisce, rimangono ancora vicini, con gli occhi chiusi, respirandosi addosso, in quel silenzio unico che solo i baci sanno creare. Ma poi Bato la guarda e si fa coraggio aiutandosi con una battuta:

«Houston, abbiamo un problema...»

Alessia sorride ma con una vena di malinconia, e la luna alta nel cielo, certo, non aiuta.

Annuisce. «Sì, sono preoccupata...»

«Anch'io...»

Bato la guarda serio. «Per me è una persona importante.»

«Anche per me.»

10

Ciccio mi guarda per vedere che effetto mi ha fatto tutto il suo racconto.

«Ero così importante che mi hanno tradito tutti e due! Pensa se non contavo niente...!»

«Dài, Nicco, cazzo, non fare così. Te l'ho detto che era meglio se non te lo raccontavo.»

«Chi altro lo sa?»

«Nessuno. Cioè da parte di Bato almeno, nessuno... Alessia non so a chi potrebbe averlo detto, forse questo lo sai più tu.»

E allora cerco di ricordare chi ho incontrato nell'ultimo periodo tra quelli che ci conoscevano. E all'improvviso mi viene in mente il concerto dei Coldplay, quel concerto con Ann e poi alla fine quell'incontro con Alessia. Ecco, la rivedo come fosse ora, quando mi riconosce tra la folla, come mi saluta, con quale naturalezza, come se non mi vedesse solo da qualche giorno. Apro gli occhi.

«Il concerto dei Coldplay. C'era anche lui, vero?»

Ciccio annuisce.

«Ecco perché mi chiedevi in continuazione chi avevo incontrato, a te non te ne frega mai niente di niente... E invece quella sera dopo il concerto hai voluto sapere ogni cosa per filo e per segno. Era perché sapevi che ci sarebbero andati insieme.»

«Speravo che tu lo scoprissi da solo, senza che io avessi nessuna colpa.»
«Nella vita dobbiamo prenderci le nostre colpe.»
«Avremmo rovinato la nostra amicizia.»
"E non l'abbiamo già fatto?" mi verrebbe da dirgli. Ma rimango in silenzio. Lo guardo. È sconsolato, veramente dispiaciuto. No, forse no, ma in questo momento non riesco a pensare, così mi giro dall'altra parte, abbasso la poltrona e chiudo gli occhi. Lo sento alzarsi e andar via.
Cosa ti rimane di un amore quando finisce? Ricordi sparsi. Belli, freschi, nitidi, poi sempre più dolorosi, come pezzi di vetro taglienti e quando col tempo sbiadiscono non sai se esserne felice o disperato per paura che svaniscano del tutto.
E silenziosamente mi scendono le lacrime e non riesco a fermarle, forse perché in realtà sto pensando a mio padre, alla vita che ci sottrae sempre qualcosa, a papà che non c'è più. Ho caricato le sue foto sul mio cellulare e ogni tanto le sfoglio. Ci sono tutte quelle che avevo, da quando io ero piccolo e lui giovane a quando io sono cresciuto e lui cominciava a invecchiare. Ecco, forse sto così male per Alessia perché mi costringe a pensare a mio padre. Nella vita le cose belle che ci arrivano a volte le viviamo con troppa fretta o distratti e poi, in un modo o nell'altro, siamo destinati a perderle.
«Vuole mangiare qualcosa?»
Mi giro. La hostess è vicino a me, mi sorride, poi si accorge di come sto e allora cambia espressione, per un attimo si imbarazza, ma subito torna a sorridere facendo finta di niente.
«Abbiamo un ottimo filetto, ma se vuole torno dopo.»
Annuisco «Sì, dopo, grazie...»
Così si allontana. Ho visto sulla targhetta che si chiama Eva, ed è una bellissima ragazza.
Eva, la prima donna. Alessia, l'ultima... penso.
Mi metto l'auricolare, seleziono la lingua e cerco un film. Trovo quello di Checco Zalone, *Che bella giornata*. Ma mi sembra il film più triste che io abbia mai visto. Vedo solo uno mezzo pelato che si agita tra le persone, che vuole

conquistare una ragazza che nella vita reale non starebbe mai con lui, forse non gli rivolgerebbe nemmeno la parola. I film sono come Alessia e Bato: non dicono la verità, ti prendono in giro, anzi peggio, ti tradiscono. Poi, non so come, mi addormento e faccio un sonno senza sogni, finché qualcuno mi tocca la spalla, me la muove più volte e alla fine apro gli occhi.

«Nicco... Nicco! Oh... dài svegliati che stanno per servire uno snack...»

È Ciccio.

«Non hai mangiato niente neanche ieri sera... Dài, che dobbiamo essere belli in forza per addentare questa grande mela!»

Me lo dice così, come se tutto quello che mi ha rivelato qualche ora prima non contasse nulla. E se ne va, lasciandomi solo al mio posto.

Scuoto la testa e tiro su la poltrona. Arriva la hostess e, sorridendo, mi poggia il vassoio lì vicino. C'è del caffè fumante, della spremuta d'arancia, e un sacco di cose sfiziose.

«Se vuole qualcos'altro basta che mi chiami.»

È un'altra ragazza, ha i capelli castani chiaro e gli occhi verdi.

«Grazie, sì.»

Si allontana veloce dirigendosi verso un altro passeggero. Bevo il caffè, poi addento un panino.

Vedo Ciccio che parla con Eva, la hostess, chissà quale assurdo discorso avrà iniziato pur di rimorchiarsela, le balle che le starà raccontando: che è un uomo d'affari, un talent scout, un commerciante di diamanti...

«No, no, adesso deve tenere la cintura allacciata perché stiamo per atterrare.»

«Lo sa che c'ho preso gusto a volare? Cioè, io avevo paura ma il mio amico, quello laggiù» mi indica, mi vede e mi fa l'occhietto «mi ha fatto superare tutto... Quanto rimanete a New York voi?»

«Sempre troppo poco... mi scusi ma mi chiamano nel galley» risponde la hostess.

Eva si gira, guarda la collega e alza il sopracciglio come a dire: "Pesante questo". Poi sparisce dietro una tendina.

Ciccio invece mi sorride, convinto di essere riuscito in chissà quale acchiappo.

L'aereo ha un piccolo sussulto, ecco, mi stringo un po' la cintura, mi tiro indietro, poggio meglio la schiena e poi chiudo gli occhi. Il personale di volo passa per la cabina, tra i passeggeri, stanchi, allegri, assonnati, eccitati, per controllare che tutto sia in ordine mentre una voce femminile annuncia che mancano pochi minuti all'atterraggio e che dobbiamo ricordarci di portare con noi tutti i nostri oggetti personali. Io vorrei invece lasciare a bordo il vecchio me stesso e provare a camminare per New York dentro un Nicco tutto nuovo, con una nuova vita e una nuova voglia di continuare.

Un altro sussulto. Mi giro a guardare Ciccio. Ha gli occhi chiusi, le mani strette sui braccioli, così strette che le nocche sono diventate bianche. È come se sentisse di essere osservato, si gira verso di me così ne approfitto.

«Ehi, Ciccio, stai sereno, al massimo cade!»

Mi prendo la mia piccola rivincita. Accenna un sorriso ma è chiaramente terrorizzato e il fatto di ridere di tutto questo improvvisamente mi tranquillizza. Se ora dovessi morire lascerei qualche delusione, qualche risata che ho fatto fare, qualche dimostrazione di grande amicizia, qualche tentativo di iniziare a scrivere un libro.

Un altro sussulto incredibilmente più forte e mi accorgo che di Alessia non mi importa più niente e mi devo sforzare un attimo per cercare di capire, di mettere a fuoco se questo è veramente un mio pensiero, o invece mi sto obbligando a pensarlo. No, in un attimo capisco tutto... Io amo Ann. Rivedo il suo sorriso, la sua risata. Ecco, è seduta vicino a me, si gira improvvisamente e mi guarda sorpresa, non capisce.

"*What you say?*" Si mette a ridere. Che vuoi dire... E comincia a parlare, con le sue mille parole in inglese, tutte quelle cose che mi avrà detto e che non ho capito e che ho finto di comprendere. Poi la bellezza di quei baci e come mi guardava, a tratti così piccola, così ingenua, così bambina e improvvisamente donna. La bellezza di una straniera che si gusta la vita. Per lei qualunque posto sembrava perfetto, non faceva problemi su dove si mangiava, su cosa si mangiava, su dove andavamo dopo, cosa si faceva, un locale, un pub, una discoteca, una passeggiata.

Ecco, solo quando una persona perde qualcosa si rende veramente conto di quello che aveva. Con Ann è successa una cosa incredibile, non mi era mai capitato di uscire con una ragazza e non pensare a dove l'avrei portata.

Poi un rumore forte, improvviso. Che cos'è? Sono spaventato. Se morissi adesso incontrerei di nuovo mio padre. Forse, sempre che le cose stiano veramente così come ce le hanno raccontate. I pensieri più diversi.

Quindi la realtà, è solo il carrello che si è aperto.

Un ragazzo e una ragazza seduti davanti a me si sporgono dalle loro poltrone, allungano il braccio, si danno la mano, si sorridono. La cosa che mi ha colpito di più quando ho letto del disastro dell'11 settembre è che le persone che si trovavano su quell'aereo che si stava per schiantare contro le Twin Towers hanno acceso i telefonini e hanno mandato messaggi: "mi mancherai", "mamma, ti voglio bene", "amore mio ti amo". Tutti messaggi d'amore. Perché in quel momento una persona vuole solo far capire quanto ama, farlo comprendere, non farlo dimenticare.

Poi sento le ruote toccare terra, tutto l'aereo vi si appoggia per un attimo e quando frena mi sembra di essere risucchiato all'indietro. Una cappelliera si apre e ne cade una busta del duty free.

Ecco, siamo arrivati, e allora mi metto a ridere. Se fossimo caduti non avrei mandato un messaggio d'amore a Ann, non le avrei detto quello che provo per lei, che ero venuto fino a New York per vederla. E perché non l'avrei fatto? Facile, perché non ho il suo numero di telefono.

11

Proprio la settimana scorsa leggevo su "Wired" che Placido Domingo è entrato nel Guinness dei primati per aver ricevuto un applauso di ottanta minuti alla fine di un concerto. Non riesco neanche a immaginarmi cosa si possa provare in mezzo al tripudio della folla raggiante che inneggia per ben ottanta minuti. Quattromilaottocento secondi in cui la gente riconosce il tuo talento, il tuo valore, ti ama senza riserve e manifesta la sua gratitudine per lo spettacolo offerto.

Ecco, non sta durando così a lungo, ma è da un po' che siamo tutti uniti ad applaudire il pilota, ringraziandolo per averci fatto atterrare belli interi. Uno dei pochi casi in cui però non chiederei un bis. Ciccio è tra i più esaltati, ogni tanto emette pure un mezzo fischio, inframmezzato dalle strilla di un neonato che è stato svegliato da quello scoppio di sollievo collettivo.

Ha riacquistato colore, il mio amico al suo primo volo, e si sta facendo prendere dall'entusiasmo, tanto che mentre i passeggeri intorno a lui cominciano a slacciare le cinture e a recuperare borse e giacche dalla cappelliera, lui è ancora lì che batte le mani a ritmo e accenna addirittura la marcetta di Capodanno. «Papà-papà-parapapapapà... Zarzuela...»

Mi avvicino e gli do una gomitata. «Cretino, la smetti?»

Ciccio si gira e alza le spalle con aria di superiorità.

«Parla Mister Coraggio! Guarda che ho visto che te la stavi facendo sotto anche tu, mentre il nostro capitano...» si alza e comincia a ruotare i fianchi sinuosamente «ci stava facendo ballare la laaap-daaance!»

Non so quali turbolenze siano più pericolose, se quelle dell'aereo o quelle di Ciccio in viaggio a New York.

Lo spettacolino, intanto, non pare divertire molto l'anziana giapponese dietro di noi che, senza proferire parola, si fa largo con il suo acuminatissimo beauty-case di Louis Vuitton, colpendomi nell'incavo del ginocchio con una specie di sciabolata.

«Ahi! E scommetto che è pure tarocco!» mi lamento, indicando quell'arma impropria, mentre la tipa procede spedita come se non esistessi.

Ciccio sghignazza: «Hanno la katana nel beauty invece dello spazzolino, i giapponesi. Ti devo spiegare sempre tutto?».

Raduno la mia roba, mi sento stordito dal viaggio, da tutte le emozioni che hanno riempito le dieci ore per aria: paura, nostalgia, ansia, entusiasmo, rimpianto, euforia... Ora la gioia di essere atterrato si mescola a una certa confusione.

Scendiamo dall'aereo e, attraverso un lunghissimo tunnel trasparente, spuntiamo finalmente in aeroporto. La folla è più o meno quella di Porta Portese la domenica mattina all'ora di punta. Qui ci sono solo qualche giacca e cravatta in più e qualche zingaro in meno.

Per un attimo temo di venire inghiottito da quella massa umana. Mi vedo schiacciato tra l'enorme custodia di un contrabbasso che svetta in spalla a una specie di vichingo e una colonia di filippini che incede fitta come un blocco di granito, creando una barriera invalicabile. La mia testa stritolata sotto l'ascella del vichingo, i piedi incastrati nei trolley di uno dei filippini e il busto che se ne va per conto suo in cerca delle estremità mancanti. Il solito uomo in blu che, invece del nome del passeggero da accompagnare, agita un cartello: CERCASI MEMBRA VOLANTI DI GIOVANE ITALIANO.

«E mo' dove andiamo?» mi chiede Ciccio, che senza lasciarmi il tempo di tornare sulla terra e rispondere si accoda rapito a una stangona di due metri, con una lunghissima chioma bionda dalle punte azzurrate, fermate in fondo da piccoli cuoricini di Swarovski.

«La voglio sposare» spasima osservando il suo poderoso ancheggiare su tacchi pitonati. Le caviglie però tradiscono più di un segreto: sembrano quelle di Tyson!

«Ma lo vedi che è un trans?!» lo fulmino io, tirandolo per la giacca mentre la bionda azzurrata sparisce in un corridoio, scorrendo fluidamente insieme ad altri cittadini americani come lei.

Noi qui siamo extracomunitari, ci tocca tutto un altro destino: dobbiamo seguire una coda decisamente più elefantiaca.

«Reparto aliens» dico indicando col capo i varchi doganali.

«Be', allora la fata turchina ha sbagliato uscita!» se la ride Ciccio allusivo, andando a sbattere su un omone di duecento chili, di quelli che si vedono solo in America, e che in aereo devono prenotare tre posti e pagarne sei, sennò le compagnie li lasciano giù.

Mi guardo intorno: l'aeroporto di New York sembra un campionario del mondo, sono presenti tutte le razze e le classi sociali. Dal rasta con un paio di grandi cuffie sulle orecchie, che ascolta musica e muove la testa a tempo, masticando una gomma allo stesso ritmo, a due sikh con i loro elegantissimi turbanti e la ventiquattrore sottobraccio, alla coppia di messicani con tanto di poncho colorato.

«Caspita, è davvero un melting pot» commento affascinato.

«Dove? Dove? Magari ci regala un biglietto per il concerto.»

«Chi?»

«Quello di 'sto gruppo... i Meeting Pop.»

Scuoto la testa, sconsolato. «Come no, per l'appuntamento di Rimini con Comunione e Liberazione! Intendo dire che qui c'è un insieme di razze pazzesco!»

«Sì, sì. Vabbè, non sei mai stato a piazza Vittorio?» replica

Ciccio con l'aria di chi la sa lunga almeno quanto la fila che ci sta davanti. Gli americani sono severissimi al controllo passaporti, con tutte le norme antiterrorismo e lo spauracchio di Bin Laden che non muore mai, anche se è già morto. Io mi sento morire nell'attesa.

Finalmente è il nostro turno.

«*Next*» blatera il funzionario, un imponente nero dall'aria impenetrabile, guardandomi come se non esistessi, esattamente come la giapponese con il beauty-case sull'aereo. Comincio a sospettare che siamo tutti morti come in "Lost" e questo sia il famoso "dopo". Porgo il passaporto al poliziotto che lo passa nel lettore ottico, poi mi fa cenno di mettermi in posa davanti a una webcam per la fotografia da archiviare, la abbassa, la punta su di me, e infine mi invita a poggiare le dita sullo scanner per la registrazione delle impronte.

Proprio in quel momento mi squilla il cellulare, è mia madre.

«Mamma, sono appena atterr...»

Ma l'energumeno della dogana mi sfila il telefono di mano e scuote la testa contrariato. Enumera sulle dita i due indizi che gli danno una prova certa: «*Cell phone, mom: Italians*», evidenziando con un'alzata di spalle quella che per lui è un'inossidabile ovvietà.

Solo adesso mi accorgo del cartello che mi sovrasta: SECURITY NOTICE: NO CAMERA, NO VIDEO, NO CELL PHONE c'è scritto a caratteri cubitali di fianco all'immagine di un telefonino sbarrato e circondato da un cerchio rosso. Divieto assoluto. Cerco di giustificarmi:

«*Is my mother... she preoccupated if my flight landed...*»

Ciccio decide di venirmi in aiuto: «*Sorry, the boy is young...*» giunge le mani in preghiera «*you* perdona lui... *he never gone* fuori *the house... is... is a baby, is like a little baby*».

Prima che la situazione diventi irreparabile lo zittisco e tento di rassicurare quello che già immagino come il mio secondino. Non fosse che il cellulare riprende a squillare.

«*Ok, I turn it off*» balbetto.

Il poliziotto ruggisce minaccioso.

«*No, I turn it off.*»

Ma alla fine non ci arrestano e dopo un po' siamo fuori, davanti al parcheggio dei taxi.

Qui sono ancora gialli, proprio come nei film. Saliti su uno, Ciccio tira fuori dalla tasca un foglietto tutto stropicciato e mostra l'indirizzo all'autista mentre proprio in quel momento il mio telefonino riprende a squillare. Rispondo e sento la voce di mamma.

«Niccolò... Niccolò? Oddio...»

«Mamma... tranquilla, ero alla dogana.»

«Com'è andata, Nicco? Mica è successo qualcosa? La comunicazione si è interrotta così all'improvviso, non è che vi hanno arrestato?»

Ecco, basta che uno si sposti in America e anche le preoccupazioni assumono le dimensioni del luogo.

«Non ancora... ehm, cioè no, no, siamo già in taxi, verso l'albergo.»

«Hai provato a prenotare al Four Seasons? Era uno degli alberghi che aveva sottolineato nella guida papà... diceva che mi avrebbe portato lì se fossimo andati a New York.»

Il Four Seasons è un hotel a quattro stelle e mezzo, una camera costa dai 550 ai 1300 dollari. È chiaro che io e Ciccio non avremmo mai potuto prenotare lì, neanche a patto di fare i lavapiatti a vita.

Ed è chiaro che papà l'aveva sottolineato per far sentire la mamma una principessa, perché è così che bisognava trattare le donne secondo lui, e forse con uno sforzo l'avrebbe proprio portata lì.

Il brutto è che poi non è potuto andare a New York, neanche in una pensioncina a buon mercato.

«No, mamma, era troppo caro per me e per Ciccio.»

«Ma l'hai presa la guida di papà, vero?»

No, ho preso la sua valigia, ma la guida l'ho dimenticata, a volte però è meglio mentire.

«Certo che l'ho pre...»

La comunicazione si interrompe di nuovo. Batteria scarica.

«Ecco, colpa del tuo Steve Jobs, con queste batterie che durano due secondi» rimprovero a Ciccio, che ha spiaccicato il naso contro il finestrino e non si stacca più da lì.

Dalle casette di legno della periferia, circondate da campi da basket e chiesette, veniamo immersi a poco a poco nel cuore della città, dove il legno diventa mattone, le case palazzi, il paesaggio cinema.

«Oddio, anche il traffico a New York è più bello che in qualsiasi altro posto al mondo. Ehi, guarda, guarda...! Dai tombini esce davvero il fumo della metropolitana!»

Manca solo Marylin Monroe sulla grata col vento che le solleva la gonna.

Ciccio indica col dito, come un bambino, e quel dito si sposta freneticamente da un punto all'altro. «E i semafori... me ne voglio portare uno casa!»

Vedo il comando "*Walk*" che si accende e una marea di persone che cammina, attraversa l'incrocio, l'intero marciapiede che si sposta dall'altro lato della strada. Una ragazza bellissima esce da un edificio sontuoso, di quelli pieni di manager e avvocati, si sfila i tacchi a spillo, li ficca nella borsa e calza un paio di ballerine. Lo fa mentre cammina, senza fermarsi. Con una facilità e una disinvoltura che hanno del sovrannaturale. Magari si chiama Holly, o Candy, o Jackie. Mi viene in mente *Walk on the Wild Side* del grande Lou Reed. Sono sicuro, anche lui ora se ne sta in paradiso con papà. Doo, doo, doo, doo-doo-doo...

Insegne luccicanti, limousine chilometriche, grattacieli d'acciaio, fatti di specchi, ancora più alti di come si vedono nei film. Per le strade di tutto e di più, ebrei ortodossi con le treccine, furgoni che si attaccano al clacson e poi il ponte di Brooklyn. È come entrare a Disneyland e scoprire che Topolino e Pippo esistono davvero. Ogni cosa è come te la immagini, ma mille volte più grande, più colorata, più strabiliante... mito allo stato puro.

Anche il nostro albergo, il Metropolitan, si chiama come una multisala che c'era in centro a Roma fino a qualche anno fa. Mi sembra di aver visto lì il mio primo *Harry*

Potter, avrò avuto dieci-undici anni. Il tassista ci lascia lì davanti.

«E vai...» respira Ciccio a pieni polmoni, dà un'occhiata intorno e non sta più nella pelle. «L'America!» esclama sognante proprio mentre pesta una merda di cane.

Ora sono io che rido a crepapelle, mentre lui strofina la scarpa sull'asfalto con foga.

«*Shit! Shit! Shit!*»

«Mai imprecazione più veritiera» scherzo divertito.

E, dopo aver scaricato i bagagli, entriamo.

Nella hall ci accolgono la moquette a terra un po' consumata e un leggero odore di muffa. Alle pareti vecchi quadri ingialliti che raccontano la New York di un tempo: grandi vie dove passavano ancora le carrozze trainate dai cavalli, grattacieli in continua costruzione, antichi empori a ogni angolo delle strade con i carretti degli hot dog fuori. Non sarà un posto di lusso, ma si respira un'aria old America niente male.

Non c'è nessuno, solo un paio di moduli sul bancone da compilare con le proprie generalità. Mi sa che dobbiamo aspettare.

In quel momento però fa capolino una donna sulla cinquantina, un ciuffo rosso sugli occhi sotto cui spunta un fascio di lentiggini. Tra le braccia ha una pila di lenzuola impacchettate.

«*Sorry... I was in the laundry*» dice indicando una scala che porta al piano di sotto. Intuisco che l'hotel è a conduzione familiare, la crisi ha colpito duro anche qui.

Ciccio fa subito per presentarsi.

«Ciccio... no, Domenico Sensi.»

Miss T. Ramsey, così c'è scritto sul cartellino attaccato alla giacca, posa la biancheria e ci saluta.

«*Italians?*»

Non abbiamo il telefonino incollato all'orecchio, non stiamo parlando con la mamma, eppure ci riconoscono lo stesso. Comincio a sospettare che sia un marchio di fabbrica quello che ci portiamo dietro.

Poi sulla valigia di Ciccio noto il grande adesivo con pizza, Colosseo e un piatto di spaghetti, che sembra uscito da un ufficio del turismo anni Cinquanta, e allora mi tranquillizzo.

Miss T. Ramsey, in ogni caso, sembra molto più contenta del poliziotto alla dogana.

«*Oh, very good*... Nonno di mio nonno venuto qui molti *years* fa. Noi eravamo stati di *Abruzzio*.»

«Ah, vedi che ci sta anche lo zio» si lascia sfuggire Ciccio di fronte a quell'italiano maccheronico.

«*This bridge* aveva costruito il mio *great grandfather*...» ci racconta mostrando uno dei quadri ingialliti alle pareti. «Questa invece era la negozio dove faceva la *business my grandmother*... poi ha preso una *office* per lei *and now* è tutto nelle sue *hands*.»

Mi chiedo se anche noi, quando proviamo a parlare nel nostro inglese disastroso, facciamo questo effetto.

«Pure io *have a cousin* che si chiama Enzo» annuisce Ciccio, partecipe.

No, facciamo un effetto molto, molto peggiore.

Così, la rossa italoamericana di *Abruzzio* ci accompagna in una visita guidata per tutto l'albergo e alla fine ci assegna delle stanze migliori di quelle che aveva riservato per noi. La mia è la numero 37. Spalanco la porta e per prima cosa vedo sul comodino la stessa lampada che c'è in camera di Valeria. Mi sento pervaso da una sorta di serenità. In fondo, anche a New York ci si può sentire un po' a casa.

12

Nel silenzio di una camera di New York.

Così intitolerei il mio romanzo, se mai riuscissi a scriverlo sul serio. Andrebbe bene anche per un disco, come titolo. Forse però è troppo intimista, troppo di nicchia, considerato che Lady Gaga ha sfondato con *Poker Face* e *Paparazzi*. E poi un disco non lo faccio sicuro, sono negato per la musica. Tutto quello che so fare è ascoltarla. Per questo tiro fuori dal giubbotto il mio lettore MP3 e lo appoggio sul comodino, stanotte mi servirà, lo so: tra il fuso orario e tutta l'agitazione per il fatto d'essere qui, non riuscirò a dormire.

Però adesso un sonnellino me lo farei alla grande, così mi lascio andare sul letto e chiudo gli occhi. Solo un attimo, mi dico. E subito mi abbandono alle favole: mi vedo su un letto king size coperto da petali di rose, mentre una massaggiatrice con la faccia di Natalie Portman mi spalma l'olio sulla schiena, e un'altra con la faccia di Jennifer Lawrence mi prepara un cocktail pieno di frutta e ghiaccio. Ecco, nel silenzio di una camera di New York... che viene però improvvisamente rotto dallo squillo del telefonino, che ho messo in carica.

Mi tiro su di colpo, col cuore in gola. Mi stavo addormentando davvero. Il numero è protetto. Ed eccola qui la sorpresa: mi viene da ridere, dovevo arrivare fino a New

York per ricevere questa telefonata. Vuoi vedere che quella stronza finalmente si è decisa e ora con la voce a pezzi mi dice: "Scusa, ho fatto una cazzata. Amore perdonami, per me Bato non conta niente, ci sei solo tu nel mio cuore. Non ce la faccio più. Voglio correre subito da te e abbracciarti".

"Col cavolo che corri qui" – non vedo l'ora di pronunciarle, queste parole – "sono a New York, a quasi settemila chilometri da te e da quel bastardo traditore." Con calma, con freddezza, scandendo bene sillaba per sillaba. "Tra-di-to-re." E aggiungerei anche: "Stron-za". Dopo aver fatto squillare abbastanza a lungo, con un sorriso stampato in faccia, finalmente sono pronto a prendermi la mia rivincita.

«Nicco... cazzo, Nicco, dove sei... perché non rispondevi?»

Altro che Alessia, è la voce agitata di Valeria. Non ci posso credere, hai voglia a dire a casa: "State tranquille, vi cerco io appena possibile, magari su Skype...". Niente.

«Valeria?! Come dove sono? Non lo sai che sto a New York?»

«E certo...» mente lei ricordandoselo solo adesso. «È per questo che t'ho chiamato. Ti diverti?»

Me lo chiede in modo repentino, quasi precipitoso, non sembra molto lucida.

«Non lo so.»

«Come non lo sai?»

«Sono appena arrivato. Il tempo di posare la valigia e...»

Non mi fa finire, il tono sempre più inquieto.

«Ce l'hai con me, vero?»

«Ma che ti prende?»

«Io non ti volevo rompere... Ma non sto bene... soffoco Nicco... mi sento che soffoco... Ho il cuore nelle orecchie... non posso respirare.»

Sento il suo respiro che diventa affannoso.

Mi viene in mente quella volta che mio padre in ospedale col fiato corto mi disse: "Promettimi che ti occuperai di loro", e io: "Certo, papà, ma tanto appena guarisci torni a casa e ci sei tu". E lui rispose: "Sì, sì, ora guarisco, ma tu pensa a Valeria, fa il leone e invece è una farfalla, le sue ali possono spezzarsi da un momento all'altro...". Ora la sento ansimare, ho paura che le succeda qualcosa. Le ali della farfalla che sbattono contro la lampada. Devo pensare a lei, come ho promesso a papà, anche se lui già sapeva che a casa non sarebbe più tornato.

L'occhio mi cade sul fazzolettino per le mani che mi sono portato dietro dall'aereo, una delle tante cose che conservo senza ragione. Poi parlo tutto d'un fiato, non voglio perdere più un attimo.

«Valeria, calmati. Prendi un sacchetto.»

«Quale sacchetto? Quale sacchetto?» mi chiede spaventata.

«Un sacchetto di carta... una busta, anche quella del pane. E respiraci dentro.»

Cerco di usare il tono più pacato possibile, per evitare di agitarla ulteriormente. Sento che traffica.

«Ecco, ce l'ho...»

«Brava. Mettitelo davanti alla faccia e respiraci dentro.»

Valeria ci prova, poi tossicchia.

«Oddio, ho aspirato delle briciole.»

Si soffia il naso. Mi viene quasi da ridere. Un po' anche a lei.

«Quasi mi strozzo, con i tuoi metodi.»

«Allora la prossima volta non mi chiamare fino a New York! Comunque l'ho visto in un film e lì funzionava alla grande» la prendo in giro, sperando di calmarla.

«Guarda che io ho provato a urlare, a chiedere aiuto, ma la voce non mi esce... È come bloccata in gola. Per fortuna, sennò mamma ci rimane secca prima o poi. Dopo tutto quello che ha passato, ci manco solo io...»

E comincia a piangere, mi arriva un leggero lamento, distorto dalla distanza.

«Calmati e dimmi cosa è successo.»

«Niente. Giorgio, il surfista, è partito» piagnucola ancora «ma non me ne frega niente di lui.»

«Ah.»

«È che appena amo qualcuno, lo perdo.»

«Scusa, Vale, ma sei hai appena detto che non te ne frega niente...»

«Non è per lui, al massimo vado io alle Hawaii. È... è per papà...»

È questo il punto, questo il nostro buco nero in cui cadiamo di continuo. Ma io devo arrampicarmi per tirarla su, l'ho promesso proprio a lui, a nostro padre.

«Sai che una volta papà mi ha confessato che ti avrebbe visto bene proprio con un atleta. "Tua sorella bisogna prenderla sportivamente" diceva.»

Ora Valeria piange più forte.

«Vedi, sono negato. Non ne azzecco una» sospiro affranto.

«Tu pensi che sono pazza, vero?» continua mentre tira su con il naso. «Perché ti chiamo all'altro capo dell'oceano spendendo una tombola per dirti che sono sola, sempre più sola...»

«Non sei sola, ci siamo io, la mamma, Fabiola...»

«Senti, non parliamo di Fabiola. Avrebbe fatto qualsiasi cosa per farmi apparire come una scema agli occhi di papà, godeva nel farmi sentire sbagliata, una figlia che non dà mai soddisfazioni.»

«Ma se eri la sua cocca, dài, Vale, la piccolina da viziare...»

Niente, un nuovo singhiozzo all'altro capo mi fa sobbalzare. Perché non riesco a dire le parole giuste? Allungo la mano per accendere l'abatjour, si sta facendo buio, magari riesco a vederci più chiaro. E in quel momento rifletto ad alta voce su quella strana coincidenza.

«Lo sai che in albergo c'è una lampada identica alla tua? Col paralume arancione e il merletto intorno.»

E mentre lo dico io stesso mi sento più tranquillo.

«Ti ricordi quella volta che io e Fabiola te la rubammo, per farti un dispetto, perché avevi paura del buio e strillavi come un'aquila? Ti dicemmo che era finita sul pianeta di Pepita.»

«Due stronzi.»

Rido, non ha tutti i torti.

«E papà per punizione a noi ci lasciò a casa e a te invece

ti portò di notte sulla ruota del LunEur, era ancora aperto a quel tempo, e ti mostrò com'era bella la città al buio. E sul seggiolino in alto ti fece ritrovare la tua lampada arancione. Vedi, questo è il pianeta di Pepita, ti disse rassicurante.»

Ora la voce di Valeria si accende come quella di una bambina.

«Sì, non capivo più niente. Se dovevo avevo paura, se dovevo essere felice... È ancora questo il mio dubbio.»

«Mi sa che eri felice, perché poi ci portaste le mandorle caramellate. E sul sacchetto scrivesti: "Tanti saluti dal pianeta di Pepita".»

«Ma sai che ancora fino all'anno scorso Fabiola mi ha rinfacciato che è andata dal dentista a curarsi una carie sicuramente per colpa di quelle mandorle del luna park?»

Scoppiamo a ridere, questa volta.

«Fabiola riuscirebbe a far sentire in colpa anche san Giuseppe per non essere il padre biologico di Gesù.»

A questo punto Valeria sembra tornare normale.

«Be', comincio a sentirmi in colpa io, adesso. È una vita che stiamo parlando, ed è una chiamata intercontinentale...»

«Parlare con la propria sorella non ha prezzo...» dico un po' scioccamente.

«Per tutto il resto invece c'è la carta di credito di mamma.» Ormai il momento più buio sembra essere passato. Il panico sta evaporando. La farfalla può riprendere il volo.

Tiro un sospiro. Finalmente posso pensare di nuovo a New York. Guardo fuori dalla finestra, vedo la scritta al neon di un locale, "Paradise", color rosa shocking. Le lettere, in verticale, si accendono a intermittenza, illuminando parte della stanza. Anche a Roma c'era un locale che si chiamava così, chissà se esiste ancora.

«Senti, non ho intenzione di passare il mio tempo prezioso a New York al telefono con te» fingo di offendermi.

Ormai la tensione si scioglie in gioco.

«Ma chi ti si piglia... se non ti chiamavo io, morivi di solitudine.»

«Ciao Vale, eh, stai serena» tento di troncare io.

«Sì...» Poi si ricorda di una cosa prima di chiudere. «Ah, aspetta. Dillo a questa americana...»

«Cosa?»

«Che è fortunata ad averti incontrato... Magari ti mando la frase giusta in inglese.»

Mi metto a ridere. «Sì, sì, glielo dico... non ti preoccupare, mi sono portato il dizionario.»

«Ok... ah, un'altra cosa...»

Niente, non riusciamo a chiudere.

«Alessia si è persa un gran fico. Non lo troverà più uno come te.»

«Veramente l'ha già trovato.»

L'ho detto. Non resistevo più, è uscito come una bibita gassata quando la apri dopo aver agitato la lattina. D'altronde è mia sorella.

«Ah, quindi Ciccio t'ha detto di Bato!»

Cosa? Mi sembra di stare in una candid camera.

«Non ci credo! Ma lo sapevi anche tu?» alzo la voce, fuori controllo.

«Li ho visti al cinema una sera. Ho parlato con Ciccio il giorno dopo, mi ha detto che stava cercando il momento migliore per dirtelo e...»

«E l'ha trovato... sull'aereo, quando si sono chiuse le porte e non potevo più scendere.»

«Meglio, va', sennò già ti vedevo a fare il Rambo per Roma... quando li ho beccati al cinema stavano così... Be', guarda, lasciamo stare.»

«Così come?» mi irrigidisco.

«Niente. Così... comunque tu stai lì in America e hai questa nuova ragazza, no?»

«Sì, ho capito, ma voglio sapere che vuol dire "stavano così"?»

«Ma che vuol dire... vuol dire così... così innamorati, ecco.»

Mi rifiuto perfino di sentirle, certe affermazioni. Potrei polemizzare all'infinito sull'argomento. Mettere su anche un talk show televisivo per oppormi a una tesi simile. E chiamare scienziati da tutto il mondo a darmi ragione.

«Cioè, tu vedi due persone di spalle, davanti c'è uno schermo cinematografico e capisci che sono innamorati? Perché lo dici?»

«Perché... sai quelle cose sceme che si fanno quando si è innamorati?»

«No, non le so...» Almeno non più.

«Insomma, scherzavano, si davano le gomitate, lei aveva un bicchiere di pop corn e lo imboccava...»

«No.»

«Sì! Perché ti dovrei dire una cazzata?»

«Ma no, era per dire, era la cosa che facevo io con lei.»

Al cinema prendevamo la porzione maxi, io le mettevo i chicchi in bocca, uno a lei, uno a me. Alessia ogni tanto mi fermava la mano, mi addentava il dito e lo leccava... e poi rideva guardandomi maliziosa. «Mmmh buono... ma non è abbastanza salato per essere un pop corn.»

Questo naturalmente a mia sorella non lo racconto.

«Nicco, non ci pensare...»

Mi ha accoltellato e poi dice di non pensarci.

«Ora comunque non ti disturbo più... Chiamami se stai male.»

Siamo davvero al colmo. Lancia l'allarme crisi di panico a un mondo di distanza, e ora è lei quella pronta a dare aiuto.

«Aspetta. Vale, se vai alle Hawaii mi porti con te?»

«Eh?»

«Almeno risparmiamo sul telefono.»

13

Un branco di cavalli imbizzarriti contro la mia porta. No, peggio, il rullo della batteria di un concerto heavy metal con lancio finale di strumenti sull'uscio. Vado ad aprire, solo adesso mi rendo conto che mi sono chiuso dentro. Giro la chiave.

È Ciccio. Mi squadra da capo a piedi.

«Ma che stai ancora così?» chiede e mi accorgo che ha un grosso pacchetto sotto il braccio.

Lancia una rapida occhiata alla valigia intatta, al copriletto leggermente increspato, alla tenda pesante mezza socchiusa, alla mia faccia smunta. Sgrana gli occhi, severo.

«Cazzo, ti sei chiuso a chiave per farti una sega?»

In effetti potrebbe sembrare un boudoir questa stanza, con la luce rosa dell'insegna lì fuori, il velluto bordeaux della tenda e la tappezzeria floreale alle pareti. "Atmosfera romantica" c'era scritto quando abbiamo prenotato.

«Ero al telefono con mia sorella. Quindici minuti, li ho cronometrati.»

Ciccio entra, infila il piede sotto la luce intermittente del dancing Paradise che filtra dalla finestra, osserva l'effetto del riflesso sulle sue scarpe azzurre.

«State attenti alle bollette in famiglia, eh!»

In quel momento mi arriva un SMS. So che sono già in ritardo. Lascio perdere. Anche se Valeria mi ha fatto tornare in mente un paio di cose tristi, io ho chiuso con il passato.

«Aveva bisogno di parlare con qualcuno, era in preda a un attacco di panico» spiego, mentre tiro fuori dalla valigia il beauty.

«A me, se non metto qualcosa sotto i denti, mi viene un attacco di cannibalismo» spalanca la bocca e mima un morso felino. «Ti conviene muoverti.»

Abbandona sul letto il voluminoso involucro che tiene sottobraccio e si guarda allo specchio per sistemarsi i capelli.

«Solo mezza doccia e arrivo.»

«Scherzi? Sei perfetto. Mi ci fidanzerei perfino io, con te, se non fosse che mi piacciono le pischelle. Sei talmente fico che tua mamma e le tue sorelle, da quando sei partito, non riescono a stare un minuto senza di te... E dire che di solito a casa sei di poche parole.»

Gli lancio un cuscino, scherzosamente.

«A te, invece, te la devono tagliare, la lingua.»

Ciccio lo schiva e apre come fosse una reliquia il suo prezioso pacchetto, stacca il nastro adesivo dalla carta velina: dentro c'è un giubbotto di pelle.

«Aspetta, non ti vuoi mica perdere il défilé...»

Ciccio mi blocca sulla porta del bagno e indossa il giubbotto.

«L'ho comprato apposta per l'America.»

Accenna una giravolta e va su e giù per la stanza, come un modello dei Centocelle Nightmare. Cedo alla curiosità e approfitto mentre è di spalle per leggere il messaggio, non voglio che ricominci ad accusarmi di perdere tempo. Sul display lampeggia il nome di Valeria, e io chissà che mi aspettavo. "Visto che siamo in tema di verità, meglio dirla tutta: quella sera al cinema c'era anche Ciccio con una tipa. Così poi non mi rimproveri." Rimango a bocca aperta: di certo, questo non me l'aspettavo.

Ciccio, dal fondo della sua passerella immaginaria, si gira e mi viene incontro, compiaciuto. Torce i fianchi, accentuando l'andatura volutamente da spaccone. Questa volta gliela spacco davvero la faccia.

«Allora? Che è? Non ti piace il giubbetto?»

«No, non mi piace questo.» Gli passo il telefonino.

Lo legge e il suo sorriso a trentadue denti si spegne di colpo. Mi ridà il telefonino, come se scottasse.

«No, no, Nicco, non è come pensi...»

«E com'è? Dimmelo tu, com'è, cazzo. Perché io non so più cosa devo pensare!»

Ciccio inizia a scuotere la testa. Si rimpicciolisce nel giubbotto di cui va tanto fiero.

«No, no, guarda che ti sbagli. Non è come pensi tu, ma in un altro senso!»

«Ok spiegamelo» dico gelido «non abbiamo fretta. Quand'è il volo di ritorno? Ecco, possiamo restare qua dentro fino a quel giorno: tu parli e io ti ascolto.»

Gli volto le spalle, non ho voglia di guardarlo. Prendo le cose dalla valigia con una flemma esasperante, come se davvero fossi disposto a passare la mia vita in questa camera d'albergo. In attesa. Inizio a disporre i vestiti nell'armadio. Sistemo le camicie nel cassetto sotto, appendo i pantaloni alle stampelle. Ciccio, dopo qualche secondo di riflessione, comincia la sua difesa.

«Ecco, ti sembrerà strano, ma quella sera non ci siamo andati insieme, mica eravamo d'accordo, ci siamo ritrovati nello stesso cinema per caso!»

«Seduti pure vicini?»

«Sì, assurdo. Colpa della prenotazione telefonica. Io stesso ero imbarazzato, non sapevo che fare. E quando nell'intervallo ho visto tua sorella sono rimasto senza parole. Un caso al quadrato! Ero così teso che nel secondo tempo non mi è uscita neanche una risata.»

«Capirai, è cos'era, *Il diario di Anna Frank*? Tu sei capace di ridere pure per quello» lo punzecchio esacerbato.

«Carlo Verdone... Mi hanno preso per matto. Ero uscito con una certa Valentina, una con due bombe così...» Arrotonda le mani a semicerchio, lasciando immaginare le doti della maggiorata: se non una quinta, una quarta abbondante. «Oh, non me l'ha data... secondo me perché m'ha trovato strano, uno che non ride con Verdone...! Tu che dici?»

Scuoto la testa, infuriato, deluso, stremato. «Dico che non riesci a mettere al centro di tutto nessun altro che te. Ti rendi conto? Come fai a portare il discorso sempre sui fatti tuoi? Vuoi che io mi commuova perché questa ti ha dato buca? Eh? No, spiegami Ciccio, vuoi che ti consoli in questo momento, che ti tenga la mano?»

Me la prendo con lui. Tiro fuori tutta la rabbia che sembrava passata, che ho cercato di addomesticare come un pappagallino muto. A quanto pare ha imparato a parlare.

Ciccio si rende conto che la situazione è delicata, si siede sul letto e imposta il tono sulla modalità "disarmata complicità/comprensione".

«Lo so che sembra paradossale, ma sei a tutti gli effetti quello che si chiama "vittima del destino".»

«Sono vittima di un sacco di gente che dice cavolate. Questo siete. Traditori, falsi. Pure in famiglia mi ritrovo dei bugiardi.»

«Valeria quindi ti ha detto che al cinema c'era anche Fabiola?»

Altro che candid camera. E no, questo è proprio il *Truman Show.* Si sono messi d'accordo tutti e io sono l'unico all'oscuro del piano. Una presa per il culo spaziale. Magari pure Alessia è un'attrice e si è fidanzata con me solo per rispettare la parte. Una roba di alto livello, architettata alla perfezione.

«Ancora? E chi altro? A questo punto mi sa che c'erano pure i manifesti in giro e io sono stato l'unico a non averli visti.»

Tutti complici. Mi immagino la mia maestra delle elementari che da un momento all'altro spunta fuori con i suoi occhialoni neri. L'ostetrica che mi ha fatto nascere. Il prete che ha sposato i miei genitori, e poi mio zio, quelli della immobiliare e alla fine addirittura Pozzanghera sapevano di Alessia e Bato!

«E io povero fesso.»

«Cornuto» mi corregge Ciccio. «Roba da manuale, il cornuto è l'unico che non sa di esserlo. Sta scritto nell'ABC delle storie d'amore.»

«Ma che ne sai, tu che ti sei fermato alla A.»
Sbatto l'anta dell'armadio con forza.
Ma Ciccio ha incrociato le gambe sul letto e non si arrende. Una posizione da santone.
«No, no, guarda, io questa cosa l'ho studiata bene e ho una mia teoria... ma lasciamo stare. Senti, perché non ce ne andiamo a mangiare, ché mi si sta aprendo una voragine? Siamo comunque qui, a New York, per Ann, una fica meravigliosa da cercare e forse l'amica sua per me, ho pure pagato per avere l'indirizzo, e ce ne stiamo invece in camera a menarcela su Alessia... Basta, non hai detto che ci mettevi una pietra sopra...?»
«Non sei tu che in aereo mi hai detto che la mia ex sta con un altro?»
«Ho capito, ma ormai è andata. Lo sai, fattene una ragione, la vita va avanti. Non puoi lottare contro...»
Si ferma, quasi per autocensurarsi.
«Contro... contro un grande amore, è questo quello che stavi per dire? È qui che volevi andare a parare con la tua teoria? Quando tante coincidenze incredibili si mettono in fila può trattarsi solo di un amore infinito, poetico, puro...?»
Ciccio raddrizza la schiena e porta le gambe a terra, diventa serio.
«No, no, tanto puro non direi. Sai che giocando a Ruzzle ci si può lasciare dei messaggi...»
«No» ribatto secco come il sole nel deserto.
«E secondo te perché la maggior parte delle persone gioca a Ruzzle per non vincere nulla, componendo parole per ore? Tutta una scusa per arrivare sempre lì...» Si riproduce in un gesto non elegantissimo che allude a un rapporto sessuale. «Ecco, su Ruzzle all'inizio Alessia e Bato si scambiavano messaggi scherzosi, carini, ma andando avanti direi non proprio poetici, anzi poi sono diventati sempre più spinti...»
«Eh? Come più spinti?»
«Sì, insomma, si scrivevano delle... delle porcate! Ecco...»
«Cioè, Alessia che scrive porcate? No, non ci posso credere.»

Il fiore più bello, la donna angelicata, l'eroina romantica, lei Beatrice e io Dante, che si trasforma nella partner ideale di Rocco Siffredi? Se penso che quando facevamo l'amore per poco non mi costringeva a recitarle le poesie di Prévert!

«Una volta ho provato a dirle qualcosa di hard credendo che potesse eccitarla. Le ho sussurrato: "Bella troia ora ti faccio godere", Alessia si è imbestialita. Un altro po' mi lasciava.»

E Ciccio naturalmente non se lo fa sfuggire.

«Ah, come ti capisco... Il mese scorso avevo invitato una cameriera del Villaggio Globale di Testaccio, oh, sembrava tanto disinvolta, invece...»

Esplodo, incontenibile. Se nessuno è così generoso da salvarmi, la stacco io, la spina.

«Basta con le cameriere, le shampiste e tutto il resto, non me ne frega niente, Ciccio, delle tue stronzate. Basta, mi stai rovinando la vacanza e la vita... hai capito? Non ne posso più!» urlo.

Ciccio scatta in piedi, anche lui estenuato. Anche lui ha voglia di urlare.

«Te ne devi fare una ragione, forse non è ti entrato ancora bene in testa. La tua storia è finita, hai capito? Finita. Fi-ni-ta! Cazzo.»

Accartoccia la velina in cui era avvolto il giubbotto e la lancia contro il muro. Poi se ne va sbattendo la porta con tanta violenza da far tremare i vetri. Neanche lo guardo.

Mi metto forsennatamente a posare nell'armadio quello che è rimasto nella valigia. I maglioni, le mutande, la giacca a vento, un pacco di T-shirt. Poi prendo un calzino e lo strofino sulla mensola più in alto per togliere la polvere, voglio pulire, voglio cancellare ogni traccia di sporco, voglio una vita candida... Ma per quanto infili il braccio fino al fondo dell'armadio, con mio grande stupore il calzino rimane bianco, il *great grandfather* di Miss Ramsey deve aver insegnato bene l'arte dell'ospitalità ai suoi eredi.

E comunque mi avvicino alla finestra per scuotere il calzino dalla polvere che non ha assorbito. Al di là della strada adesso si è accesa anche un'altra insegna. Una donna seduta con le gambe incrociate su uno sgabello e un paio di stivali che le arrivano fino alle cosce. Almeno questo è quello che si intuisce dalla linea azzurra del neon che circonda la silhouette. Di fianco c'è scritto "Open 24 Hrs Club Bar". Sarà la meta sicura di Ciccio appena fuori dall'albergo. Non ha bisogno neanche di fare chilometri per divertirsi. E chissà, magari non dovrà pagare per trovare qualcuno con cui passare la serata. Ciccio, quanta pazienza ci vuole per sopravvivergli. E quanta pazienza gli serve per sopportarmi. Lo ammetto: negli ultimi tempi anch'io gli ho frantumato le palle.

E allora è tempo di farmela, questa bella doccia.

Non so quanto è passato, ma esco dal bagno rinfrancato. Mi ha fatto bene mettere tutto a posto, lavarmi, cambiarmi. L'ordine intorno a me mi aiuta a ritrovare l'ordine dentro di me. Ma resta ancora qualcosa da fare, prima di potermi dire completamente pulito.

Busso alla porta di Ciccio, anche se di sicuro sarà già in giro per la città.

Invece mi apre e parte in quarta offeso.

«Guarda, se siamo venuti fino a New York per litigare... hai sbagliato indirizzo! Lo potevamo fare a Roma, mi davi i soldi del biglietto e allora sì che c'era una ragione per ascoltarti.»

«Sono venuto a fare un patto: io non mi lamento più, tu non mi dici altre cavolate.»

Vedo gli occhi di Ciccio che si illuminano, sarà commosso da questa mia sorta di pubblica ammenda. Mi salterà al collo dicendo: "Amico mio, grazie che mi hai perdonato".

«Oh, Nicco, sai che non sarebbe male farsi pagare per ascoltare le lamentele? Potrebbe essere un'idea.»

«Esiste da sempre, si chiama andare in analisi» chiarisco disarmato. Lui viaggia proprio su un altro binario.

«Ah...» Ciccio rimane un attimo perplesso. «Vabbè ma io potrei fare un'app che ti ascolta, analizza le problematiche e manda dei suggerimenti, tutto a novanta centesimi.»

L'inesauribile spirito di iniziativa che va a mescolarsi con quella sua ingenuità meravigliosa è una delle cose che amo di più in Ciccio. Mi strappa una sonora risata.

«Se ce la fai, diventi più famoso di Zuckerberg!»

«Sai che mi piace puntare in alto.»

Saltella e si esibisce in una piroetta come se dovesse fare canestro. Solo adesso vedo il retro del suo giubbotto di pelle, durante la sfilata in camera mia ero troppo concentrato su me stesso. Non so se inorridire o invidiarlo.

«Ho capito, ma Zuckerberg non si è mai messo una cosa del genere!»

«Perché? È bellissimo!»

«Certo, con una tigre dietro che salta!»

«Guarda che l'ho preso da Hollywood in via Monserrato.»

«Ma quello non noleggia film cult di solito?»

«Sì, infatti questa è una chicca che viene dritta da un set: era di Bruce Lee. Più cult di così! Duecento euro mi è costato, non mi ha voluto fare un centesimo di sconto, il collega.»

Ciccio prende il telefonino, si mette il portafogli nella tasca dei jeans. «Be', ce ne andiamo a fare una cena cult in un ristorante cult col mio giubbotto cult?»

«*Vintage*, quello è vintage, Ciccio.»

Alza un sopracciglio.

«Vi... che?»

«Vintage, d'epoca, una cosa che ha più di vent'anni ed è rara, irripetibile.»

«Ah, come la nostra amicizia!» esclama felice, prima di chiudersi la porta alle spalle.

Ecco, questo è il suo modo di saltarmi al collo e di dirmi "Amico mio, grazie".

Grazie, grazie Ciccio per essere mio amico. «Mi piace questa cosa...» gli faccio.

«Quale?» Non ha capito a cosa io mi riferisca.

«Che siamo degli amici vintage...»

14

Ora capisco cosa prova un newyorkese che arriva a Roma verso le sette di sera, dopo un bel viaggio su un trenino che lo porta dall'aeroporto al centro della città, sbarca alla stazione Termini e si mette in cerca di un taxi. Pensa di essere finito indietro nel tempo, in un'altra epoca, come Marty di *Ritorno al futuro.* A Roma a quell'ora c'è sempre un serpentone di passeggeri in fila che spera di poter tornare a casa o arrivare in albergo. Uomini d'affari con le loro valigette, studenti sommersi di borsoni che si accordano per dividere la corsa, nuovi ricchi cinesi che cominciano a temere che le prenotazioni per gli outlet grandi firme fissate per l'indomani possano slittare: tutti uniti dallo stesso destino. La faticosissima attesa davanti al parcheggio vuoto. C'è addirittura chi chiama il radiotaxi per invocare l'invio di nuove vetture. Per non dire dei giorni che precedono il Natale: pare che gli abitanti si moltiplichino nella ricerca dei regali e che i tassisti si dimezzino, vittime di un incantesimo sconosciuto. Forse una compagnia di slitte trainate dalle renne norvegesi ordisce il maleficio, sta di fatto che, nel ventunesimo secolo, spostarsi non è una conquista acquisita in una delle capitali più grandi d'Europa.

A New York, invece, basta alzare la mano e si ferma un taxi al secondo. A volte anche più d'uno. Tant'è che Ciccio non sa quale scegliere e sta per farsi addirittura sedurre da un abusivo, quando lo spingo in una grossa Ford Crown Victoria in cui vorrei abitare, per quanto è bella, vecchia e piena di fascino. Un cult, in armonia con la serata. Il tassista è portoricano, fa di sì con la testa quando Ciccio scandisce l'indirizzo.

«*701 of 7th Avenue, thank you.*»

Non so se ci porterà a destinazione, ma già stare qua sopra mi apre il cuore. Sono finalmente pronto a saziarmi di questa città.

«Che, l'ho detto bene? Ho fatto le prove in albergo, prima di uscire» mi chiede Ciccio, orgoglioso della sua pronuncia.

«Anche se non ha capito e ci porta da un'altra parte non importa. Tanto non conosciamo niente, tutto è una scoperta.»

«Eh no, ho letto di questo ristorante su un blog, pare ci sia un sacco di fica. *Pussy*... no? Perché cazzo abbiamo fatto francese, al liceo, ancora non me lo spiego!»

Nello specchietto vedo il tassista che sorride alla parola *pussy*.

«Tranquillo, quello è un linguaggio universale» strizzo l'occhio io.

Forse, però, l'inglese di Ciccio è meno affidabile dei sentieri dell'amore, perché quando scendiamo il ristorante che sta di fronte a noi non assomiglia neanche un po' a "un posto pieno di belle ragazze". "Benjamin Burger" c'è scritto in verde sopra a quello che ha tutta l'aria di essere un fast food, frequentato perlopiù da famiglie o gruppi di amici maschi, a quanto si vede dalle vetrate trasparenti.

«Sei sicuro che si chiamava così?»

«In questo momento ho una fame che non sono più sicuro di niente.»

Entriamo: è una sorta di McDonald's un po' più raffinato, con tanto di vassoi e bottigliette d'acqua rigorosamente in vetro e il teschio di un enorme bue che troneggia sulla sala. Al centro un cuoco, con un cappello da chef arancione e la scritta "Benjamin", domina una grande griglia su cui cuociono pezzi di carne di taglio diverso.

«*Hi, Benjamin*» saluta Ciccio, e quello si gira, gli sorride e gli risponde come un vecchio amico.

Ciccio dà un'occhiata intorno. «La fica non c'è, ma la carne sì. Magari mi sono confuso con la traduzione, perché sul blog diceva che c'erano un sacco di bisteccone.»

In effetti il profumo di arrosto che si spande nel locale è invitante. Ogni volta che Benjamin gira le braciole, vampate di fumo finiscono dentro una cappa superaspirante, accompagnate da un rumoroso sfrigolio.

«In pratica funziona così: uno sceglie il taglio di carne dalla vetrina e Ben te lo cucina sotto gli occhi» mi spiega indicando quello che è raffigurato nelle illustrazioni vicino al banco frigo con le specialità in bella vista. Non c'è bisogno neanche di leggere, questa volta è gioco facile per Ciccio fare l'esperto. Ma glielo faccio fare, so quanto si diverte.

E sembra divertirsi anche quando, ormai seduti al tavolo, ci sono arrivate le ordinazioni: una bella bistecca, del pane all'aglio, un'insalata e una patata arrosto.

«Il tutto per soli 14,99 dollari, eh... Ma dove lo trovi un posto così? Tanto, anche se non ci sono donne, che importa per stasera? Senti quant'è tenera 'sta carne.»

Ciccio la taglia, se la mette in bocca e l'assapora.

«E poi siamo così sfatti che neanche ci guarderebbero» aggiungo.

«Parla per te» borbotta Ciccio. Poi beve un sorso di birra gelata e mi sorride. «Cazzo, c'ero rimasto male.»

«Di cosa?»

«Che te l'eri presa con me quando sono l'ultimo dei colpevoli.»

«Ok, dimmi solo un'altra cosa, quando lo hai scoperto?»

«Poco prima che conoscessimo le straniere.»

«Tutto questo tempo... senza dire nulla.»

«Perché non volevo farti soffrire. Perché secondo me doveva dirtelo Bato, spettava a lui, c'ho pure litigato, che ti credi...» Poi si rivolge a Benjamin. «*Excuse me!* Posso aver *another beer*? Anzi... *two*? *Big, extra extra large... very americans.*»

Dal centro della griglia Benjamin gli sorride e fa a lungo

cenno di sì con la testa. Comincio a pensare che abbia un tic. Ciccio riprende il discorso.

«Certo, litigarci proprio adesso che c'è da andare gratis alle Maldive...» sospira. «Se proprio doveva ripassarsi tutti, avrei voluto solo che Alessia stesse prima con Bato, lo lasciasse e poi si mettesse con te. Io e lui siamo amici, è vero, ma tu sei meglio, punto! Che credi, che Gesù non preferiva qualcuno di quei dodici che aveva a tavola con lui? Certo, dico, a parte Giuda... che poi tradendolo tutto sommato l'ha reso famoso, no?»

«Ciccio!»

Ma lui imperterrito canta: «*Jesus Christ Superstar, nanananananana...* Oh, pure nel film si capisce che a volte la sfiga rende famosi. Sai che va ancora fortissimo? Me lo chiedono di continuo. Un cult! Due settimane fa l'ho scaricato a manetta, ho venduto sette DVD. Trentacinque euro puliti».

Alzo il sopracciglio.

«Puliti, eh...»

Beviamo entrambi la birra che ci hanno appena portato, un lunghissimo sorso, e alla fine riusciamo a scolarcela tutta.

«Che sete...»

«Sì, assurda ma ci voleva proprio, in aereo ci siamo molto disidratati forse.»

«Già...»

Così ne ordiniamo altre due e riprendiamo a bere.

«Mi sa che stiamo un po' esagerando.»

«Tanto non dobbiamo guidare...»

«Giusto.»

«Comunque, se ci pensi bene, la storia fila alla grande. Tu Gesù, lui Giuda e Alessia la Maddalena. Voglio dire, solo una così poteva farti una carognata simile in un momento difficile come il tuo. Dopo la perdita di tuo padre, quell'anno di merda, che fa? Ti molla.» Rimane qualche secondo in silenzio, in preda al suo delirio. Poi riprende, serio nonostante tutti quei bicchieri gli abbiano reso gli occhi lucidi, lo sguardo languido: «Se fossi stato Alessia non ti avrei mai lasciato».

«Non devi confondere l'amore con la compassione.»

Chissà se dopo un whisky direi una banalità simile. Certo, ora che il bicchiere è di nuovo vuoto mi piacerebbe tanto avere un whisky davanti a me.

«Ma figurati... Ok, allora mettiamola così, se ero Alessia non restavo con te, ma non mi mettevo neanche con il tuo amico» mi risponde Ciccio senza alcuna incertezza. Tutto è bianco o è nero, per lui.

«Quando ami qualcuno non ci sono regole» gli dico. «Sei dilaniato dalla voglia di fare quello che desideri, senti la passione che ti brucia dentro... e ti dimentichi di tutto e tutti, non guardi in faccia nessuno, vuoi quella persona e basta. L'amore è rosso, Ciccio mio, rosso come il fuoco.» Lo ammetto mio malgrado.

Lo vedo che mi guarda perplesso. E allora insisto, sperando che possa intendere.

«Lo capisci da come all'improvviso ti sembra che giri il mondo, da come ogni cosa che fai ti sembra migliore, non hai mai tanta fame e non ti importa se non dormi, smetti di sentire freddo. Ti basta lei...»

«Scusa» mi interrompe «ma così stai giustificando Alessia e Bato, li perdoni, in nome dell'amore? Cosa stai cercando di dirmi? Non capisco...»

Lo fisso e allargo un sorriso.

«È molto semplice, che non ti sei mai innamorato.»

Poi sento che la birra ha fatto il suo lavoro. La vista un po' mi si annebbia, sento d'un colpo tutta la stanchezza del viaggio e mi accascio sulla sedia.

«Oh, se lo dite voi... magari un giorno capirò!» Continua a mangiare la mia patata e dopo un sorso di birra, come sul migliore dei palchi, insiste: «*Jesus Christ Superstar... nananananana!*».

Non lo vedo, ma sono sicuro: in questo momento Benjamin annuisce.

15

Non so come ci sono finito in questa piscina. Galleggio a braccia aperte sul pelo dell'acqua. Ho addosso i vestiti della sera prima, mentre il cappellino blu mi è caduto, inabissandosi da qualche parte sotto di me. Mi pare di ricordare che ci fosse un cocktail, bella gente, un cameriere portoricano, tutto organizzato nella maestosa villa di Miss Ramsey, quella che sembrava la semplice tenutaria di un hotel e invece... Deve avermi coinvolto Ciccio in tutto questo casino. Ma dov'è? Se la starà spassando con qualcuna, figuriamoci. Così mi lascio cullare ancora dall'acqua quando all'improvviso sento vicino a me un mulinello, come se qualcuno avesse tolto il tappo di questa grande piscina; subito la gente sul prato a bordo vasca si dilegua a passi svelti mentre un allarme comincia a suonare in lontananza. No, è una sveglia, no, è il *bip* di un telefonino, un messaggio. Apro un occhio, no, non sto galleggiando in piscina, anche se sono in un bagno di sudore. Mi trovo nel mio letto. Ho la bocca impastata e la testa che rimbomba. Un terribile male al fianco. Provo a prendere il cellulare, dov'è? Allungo il braccio a sinistra, nel vuoto. Tiro su la testa. Il comodino è dall'altro lato. Mi rigiro nel letto disorientato, ma chi lo ha spostato? Ma qui è tutto diverso, ma dove sono? Dove sono finito? Dov'è il mio letto, il mio cuscino? Non è l'odore di camera mia! Che è successo? Apro anche l'altro occhio. Ed ecco sulla parete di fronte a me uno dei quadretti ingialliti della famiglia Ramsey. Ah, no... giusto, tiro un sospiro di sollievo, sono a New York, e se scopro chi ha inventato il fuso orario lo uccido...

Cerco a tentoni tra le lenzuola, c'è qualcosa che mi tortura la schiena: il telefonino, ci ho dormito sopra! Ecco il male al fianco. Rimetto in fila la realtà: non ho puntato la sveglia ieri sera, quel suono era frutto di un messaggio. Il messaggio è di Ciccio.

"Ti ho lasciato dormire. Sono allo Starbucks all'angolo, uscendo dall'albergo a destra. Ho trovato anche il 'Corriere dello Sport'. Un mito!"

Lo so, tra poco sarà come essere al baretto sotto casa: chiacchiere della mattina, propositi per la giornata, un paio di battute sceme per carburare. Ciccio non rinuncia alle sue abitudini, tra tutte quella di svegliarmi, in qualunque parte dell'universo ci troviamo. Più che adeguarsi al mondo, Ciccio adegua il mondo a sé. Siamo a New York e lui cerca il "Corriere dello Sport". Se penso ai pionieri che sono partiti a caccia dell'oro...

Passo velocemente dalla dimensione bradipo alla piena attività. Certo, le occhiaie che scopro allo specchio direbbero tutto il contrario. Ma la doccia fresca e una veloce toilette restituiscono all'umanità il bel ragazzo che sono.

Forse per questo, quando poco dopo sono giù nella hall, la ragazza della portineria mi dedica un sorriso radioso.

«*Good morning*» saluto mentre sbircio la targhetta sulla giacca della divisa: "V. Ramsey". Anche se non ha mezza lentiggine, dev'essere una discendente della stirpe di suo *great great grandfather.* Mi risponde troppo in fretta per il mio inglese, così le sorrido e taglio corto.

«*Sorry, I don't understand*» dico precipitandomi in strada.

È come ritrovarsi in piena mattina nello Studio 54, o almeno lo immagino visto che io non ci sono ancora mai stato in questa discoteca famosa. Un concerto di clacson al posto degli uccellini che cantano, il camion della nettezza urbana che tira su tonnellate di rifiuti quasi fossero piume, un fiume di persone che camminano come se ballassero, i loro look curatissimi sembrano scelti dal buttafuori all'entrata. È questa la musica di New York! Sembra di essere davvero alla festa più grande del mondo.

E all'improvviso vorrei ballare anch'io. Mi sento leggero, sollevato, è come se tutto assumesse un altro significato qui in America, lontano da Roma...

Ma mi suona il cellulare. E ora chi è?

«Ciao, Nicco...»

«Ehi, che succede, mi devo preoccupare? Cosa è successo?»

«No, no, tutto a posto, perché?»

«Ma come perché? A Roma non ci sentiamo per mesi e ora che sono a New York mi chiami!»

«Uh, è vero, me ne ero completamente dimenticata...»

Mia sorella Fabiola è proprio fuori, non è da lei scordarsi le cose.

«Vabbè, come mai questa novità?»

«Quale?» mi domanda divertita.

«Ma come quale? Che hai chiamato!»

«Oh, ne avevo voglia.»

Decido di crederle.

«Come sta Francesco?»

«Bene, sta con mamma al parchetto.»

«E Vittorio?»

«Anche lui bene. Anzi, meglio del solito, si è rimesso a fare sport, gioca a calcetto con i suoi ex compagni di scuola ogni giovedì sera e si è iscritto in palestra e in più il sabato e la domenica gioca a tennis. Vuole partecipare ai master.»

«E cosa sono?»

«Le olimpiadi per gli over 40...»

«Ah...»

«Cioè, questa almeno è la facciata, secondo me ha un'altra...»

«Ma chi, Vittorio?»

«Eh, vedi come vanno le cose...»

Mi viene da ridere ma cerco di rimanere serio, con mia sorella Fabiola non si può mai sapere. Cioè, lei ha tradito Vittorio, sta ricominciando a uscire con Claudio, il suo amore ai tempi del liceo; addirittura, senza dirmi niente, mi ha incastrato una sera a cena con suo marito perché si era messa in testa che dovevo essere io a raccontargli tutto. Ora invece la beffa, sembrerebbe che sia Vittorio a tradire lei.

«Chi sputa per aria...» commento tra me e me senza poter fare a meno di sorridere.

«Cosa hai detto?»

«Eh? No, nulla, che c'è un po' d'aria, uno spiffero... Senti, comunque sono a New York, non è che potremmo sentirci con calma?»

«Sì, sì, scusa, ti volevo parlare solo un attimo, è che sei l'unico che sa...»

«Eh già...»

Era meglio se non diceva niente neanche a me.

Fabiola rimane per un attimo in silenzio poi riprende il discorso.

«Cioè... lo sai la cosa più assurda qual è? Che io dovrei essere contenta se Vittorio avesse un'altra così mi leverebbe dai casini, non dovrei dire niente a nessuno...»

«Perché, a chi volevi dirlo?»

«No, dico per dire... Se davvero lui avesse una storia, svanirebbero i miei sensi di colpa e soprattutto le rotture di scatole, i commenti della gente, le cose che succedono in questi casi se le smazzerebbe tutte lei, quella stronza! E alla fine io ne uscirei solo come vittima...»

«Povera ragazza...» commento ridendo.

«Invece è così» continua lei. «Poi farei passare un po' di tempo e alla fine, come nelle commedie sofisticate, mi ripresento a una delle classiche cene di famiglia con Claudio, entrambi felici, strafichi e tutti non potrebbero che darmi ragione! Anzi, già mi sembra di sentirli commentare: "Ha fatto bene a cambiare uomo! Poverina, d'altronde Vittorio si è comportato così male... è normale che Fabiola si sia rimessa con il suo compagno di scuola... Anzi, avrebbe dovuto sposarsi lui fin dall'inizio!".»

Non posso che darle ragione; invece lei non sembra d'accordo.

«E invece no, questa cosa mi ha messo di cattivo umore, cioè sono due giorni che ci penso e sono arrabbiata. E poi chi è adesso quest'altra?»

«Ma Fabiola... è una tua sensazione quella che Vittorio abbia un'altra o hai scoperto messaggi, telefonate, tracce di rossetto sulle camicie?»

«No, nulla di tutto questo, però...»

«Però?»

«Però lo vedo che è distratto, ha altro per la testa...»

Lui ha altro per la testa... Cioè, lei sta avendo davvero una relazione segreta con uno e invece la colpa è di suo marito che ha altro per la testa. Fabiola è pazza, non ci sono altre parole per descriverla.

«Ho deciso che questa cosa non mi sta bene, ecco...! E quello che sento mi fa capire che in realtà a me importa ancora di Vittorio, e anche parecchio! Che cavolo! È questa la cosa assurda... ma ti è mai capitato di amare due persone?»

«No.»

«Ecco vedi, sei più fortunato...»

«Che culo, vero?!»

«Il tuo sarcasmo da fratello saggio non mi è affatto d'aiuto... Allora come va lì a New York?»

«Bene.»

«Avete già deciso che giri farete?»

«Sì... anche se non credo che i miei combacino totalmente con quelli di Ciccio, vorrei...»

«Con Vittorio ci siamo andati tre volte di seguito a New York, eravamo entrati proprio in fissa... C'è stato un periodo in cui pensavamo addirittura di trasferirci tutti e tre lì... A mamma sarebbe preso un colpo.»

Naturalmente Fabiola mi fa le domande ma poi non ascolta le risposte, cioè non gliene frega proprio niente. Infatti continua.

«Siamo stati tutte le sere a Broadway, ci siamo visti uno spettacolo dopo l'altro e poi dopo il teatro andavamo sempre a cena da Star Italy, un tipico italiano, buonissimo, ci dovete assolutamente andare, eh... Anche se il cuoco era pachistano e al posto della mozzarella metteva una porcheria a scaglie che chiamavano "mussarella", da spararargli. Però era buona... Senti, ti volevo dire se mi potevi prendere due cose: un iPhone, iPad mini e... ah, l'ultima GoPro...»

«Fabiola, ma qui sono sempre in giro, me li rubano di sicuro...»

«Guarda che se è un problema di soldi ti faccio un bonifico!»

Niente, non ascolta proprio.

«Ma no! Figurati, il bonifico al massimo lo fai alla Tre quando torno e mi arriva la bolletta.»

«Hai ragione, hai ragione: ora chiudo. Sai che ti dico? Può essere una belle idea che con questa scusa partiamo io e Vittorio e ce li andiamo a prendere a New York. Che dici?»

«Dico di sì, che è una bella idea...»

«Se lui mi dice che non vuole andare vuol dire che c'ha un'altra...»

«Oppure che ha da fare, no?»

Rimane di nuovo un attimo in silenzio.

«Sì, potrebbe essere. Nicco...?»

«Sì?»

«Stai attento...»

Le sorrido. «Tranquilla, New York non è mica una giungla...»

«No, dicevo, stai attento, innamorarsi di una straniera può essere più pericoloso.»

«Ah, certo... quello comunque...»

Sono le classiche frasi alle quali non sai mai cosa rispondere.

«Be', grazie della telefonata.»

Non so se si capisce il mio umorismo.

«Figurati.»

No, ecco, proprio no.

«Nicco?» mia sorella mi chiama di nuovo.

«Che c'è?»

«Divertiti. Ti voglio bene.»
«Anche io.»
Poco dopo entro da Starbucks, Ciccio è nel tavolo all'angolo vicino alla vetrina, con due bicchieri di cappuccino formato famiglia, un piatto pieno di dolci e il giornale aperto. Ma non legge; sta corteggiando la testa di una ragazza che fa l'uomo-sandwich dall'altro lato della strada. Lo becco. «Scusa, ma non sai neanche com'è fatta e le mandi dei baci?»
«Sono un tipo spirituale, io. E poi oggi mi sono messo a lavorare presto. Ho già puntato un paio di tipe da urlo.» Mi fa l'occhietto. «Ah, buongiorno.»
E mi invita a sedermi.
«Potevi aspettare prima di ordinare anche per me» dico guardando il secondo cappuccino sul tavolo. «A quest'ora sarà ormai gelato.»
«Tranquillo. Quei bicchieri sono a prova di Alaska. Li fanno con un cartone che ha una formula più segreta della Coca-Cola.» Tutto questo continuando ad ammiccare alla ragazza-sandwich.
Bevo un sorso, senza togliere il coperchio.
«Ma questo è gelato sul serio!»
Apro e vedo una montagna di panna che spunta minacciosa sotto una granella scura, circondata da crema mou e numerosi cubetti di ghiaccio.
«Ah, sì, dimenticavo, ho preso la versione frozen. Il confronto con Regoli sarebbe stato impietoso.»
E la storia del cartone che mantiene il calore pure al Polo Nord, allora? Mah! E mi rispondo da solo: Ciccio è Ciccio.
Provo a girare quella montagna di calorie con la cannuccia, a ogni strato compare qualcosa di più inquietante e profondamente proibito.
«Con questo, il coma diabetico è assicurato» bofonchio.
Ciccio indica il bicchiere col suo sguardo strafottente. «Sai come si chiama l'incrocio tra un francescano e il caffellatte?» Un attimo di silenzio. «Frappuccino.»
Ecco, qui per davvero tutto assume un altro significato!

Ciccio se la ride mentre io scuoto la testa e poso quel bidone di grassi idrogenati sul tavolo.

«Mi arrendo.»

Mi allunga il piatto con i dolci. «Questi però mangiali. Muffin: li ho presi perché iniziavano con la *m* di maritozzi.»

«Mmm... mica male» commento allungando a dismisura la m iniziale, mentre affondo i denti nell'agrodolce dei mirtilli.

Ciccio mi dà un colpo sulla spalla, compiaciuto della mia battuta.

«Siamo sulla buona strada, ma puoi fare di più!»

«Tipo decidere dove andare?» propongo sfilando la cartina che sta sotto il giornale. «Oggi la troviamo, Ann» dico convinto.

«E la sua amica Raily, no?»

«Anche lei... sempre che abbia un buon ricordo di te! Dopo aver scoperto che stavi con due tipe da più di un anno...»

«Sì, ma io le ho detto che le ho mollate tutte e due proprio perché l'avevo incontrata!»

«Sì, e ci ha creduto...»

Poi Ciccio improvvisamente si illumina. «M'è venuta un'idea!» Ecco, allora comincio a preoccuparmi.

Si gira verso la donna che sta dietro il bancone. Ha una maglietta a maniche corte da cui spuntano dei coloratissimi tatuaggi.

Un po' tremo al pensiero di cosa voglia chiederle.

«*Miss...? Lady...?*» prova a chiamarla.

La donna, che a occhio e croce ha meno di quarant'anni, neanche se ne accorge, immersa com'è tra ciambelle al cioccolato e tranci di torta che sembrano decorati con lo smalto per le unghie.

«Signora...? *Baby...? Honey...?*»

Al terzo richiamo la donna gira gli occhi verso di noi, alza un dito per farci capire di aspettare un attimo e ci raggiunge con il bricco del miele in mano.

«*Here's the honey.*»

Ciccio scuote la testa, non sta a spiegarle l'equivoco. Io

guardo il cuore inciso sul polso della signora con dentro scritto "*A bit of happiness*".

«*No, sorry... where is possibile to find iPhone?*»

Lei fa un'espressione stranita. Poi sembra aver realizzato: «*It's at 767* 5th *Avenue. This week the iPhone 5 is on sale*» spiega gentilmente, prima di lasciarci di fretta richiamata dalla fila di clienti in attesa.

A quella notizia, Ciccio quasi festeggia.

«Il 5! Hai capito qual è la mia idea? Prenderne un botto e rivenderceli al doppio in Italia!»

«Ciccio, con i soldi che abbiamo, ce ne compriamo uno solo.»

Scuote la testa.

«No, non ci siamo. Il tuo problema sai qual è? Che non hai spirito imprenditoriale! Qui siamo nella terra delle occasioni. Guarda questo posto, prendono una cosa che abbiamo inventato noi, il cappuccino, lo gonfiano a bomba e spopolano in tutto il mondo. Starbucks sta dappertutto. E chi l'avrà montata la panna così bene? Uno che ha al massimo la nostra età. Guarda Zuckerberg, e quei due tizi di Google, e ora quei quattro ragazzi di Twitter. Avranno guadagnato duecento milioni di dollari a testa e sai perché? Perché sono americani!»

Gli States gli fanno davvero un buon effetto. Da quando siamo arrivati, Ciccio è diventato un fine psicologo, un mezzo teologo, e ora anche un analista finanziario.

«Guarda Ciccio che ci sono anche tanti insuccessi americani. È che di quelli non se ne parla mai!»

«Ah dici?»

«Sicuro.»

Ciccio ci pensa su, poi sorride.

«Be', allora sai che ti dico? Gli americani sono forti anche in questo!»

Niente da fare, è imbattibile.

Così ci alziamo e ci mettiamo in cammino, mentre tiro fuori la mappa su cui è cerchiato l'indirizzo di Ann, sperando che questo progetto sia il mio, personalissimo, successo.

16

La metropolitana di New York è uno spettacolo nello spettacolo e non costa nemmeno tanto, per la varietà di facce e situazioni che offre. L'ho vista talmente tante volte nei film che è come se ci fossi già stato.

Nei miei ricordi c'è sempre qualcuno che corre, che scappa, che riesce a saltare a bordo della vettura appena in tempo, prima che il suo inseguitore lo acciuffi, proprio mentre le porte si richiudono. Poi, al sicuro, con le porte bloccate a proteggerlo, si appoggia al vetro di schiena e riprende fiato mentre la metropolitana riparte, allora l'inseguitore rincorre i vagoni finché ce la fa, tira pugni contro il vetro ma poi il treno viene inghiottito dal buio della galleria. Finisce sempre così. Qui non aspettano nessuno. Ma soprattutto la metropolitana di New York è un teatro a cielo aperto, anzi al chiuso: puoi incontrare artisti incredibili, musicisti capaci di suonare con virtuosismi qualsiasi strumento. Per esempio ora c'è uno che sta suonando il sax che è una figata e in un altro angolo c'è un concerto di due batterie. Poco più in là tre ragazze in tutù ballano davanti ai passeggeri che aspettano l'arrivo della metropolitana.

«Guarda, guarda quelle!»

Rimaniamo affascinati, a parte dalle loro gambe che si scatenano, soprattutto dal modo in cui questo spettacolo prende vita, così, all'improvviso, con i suoni, i colori, la musica.

«Ehi, mi ricorda un po' *Saranno famosi*, la scena dove

escono dalla scuola e il padre di quello che suona l'organo ferma il taxi e ballano tutti sopra il tetto...» mi dice Ciccio, fiero di aver snocciolato un'altra citazione cinematografica.

E io, completamente rapito, dico soltanto: «È vero».

Ma non facciamo in tempo a vedere altro perché arriva la metropolitana.

«Ecco, è questa.»

Siamo fortunati perché nonostante il vagone sia affollato troviamo due posti liberi. Così ci sediamo e viaggiamo veloci ed eccitati da qualunque cosa vediamo. Non poteva mancare il suonatore di violino, uno con la chitarra a tracolla, un altro che addirittura la suona ma non chiede l'elemosina, e poi un tipo buffo con uno strano monopattino. Quasi tutti i ragazzi hanno delle cuffie alle orecchie, ascoltano musica, qualcuno addirittura canta a voce alta e non gliene frega niente se gli altri lo guardano. Sono sempre connessi, uno di loro magari avrà già gli occhiali Google!

«Ecco, siamo arrivati!»

«Ma dài, di già? È volato.»

Scendiamo, lo seguo e poco dopo siamo di nuovo in superficie.

«Ecco, vedi, siamo davanti al palazzo dove abita Ann, è questo. Il 707 appartamento 181.»

E così improvvisamente mi blocco. E ora? Ora si fa sul serio. Uno sogna, si diverte, fantastica, decide di fare una cosa, di solito ci pensa anche cento volte, ma stavolta non è stato così. Non ho neanche riflettuto, forse avrei dovuto mandarle un SMS, una mail, farle una telefonata, dirle che stavo arrivando. Sì, ma come, poi?

«Troppo tardi per ripensarci...»

Ancora una volta Ciccio sembra leggermi dentro.

Io lo guardo in silenzio. Oh, avesse sviluppato dei poteri extrasensoriali...?

«Be'?»

«Eh, che c'è...?»

«Non lo so! Siamo arrivati, siamo qui, dimmi tu che c'è. Che facciamo, vogliamo aspettare un altro paio d'ore? Non ti piace il colore dei citofoni? Volevi una troupe del telegiornale a riprendere l'evento? Ce ne vogliamo tornare a Roma?»

E per un attimo quello che mi sta dicendo non mi sembra del tutto assurdo.

«Eh... però...» Poi mi ricordo cosa mi diceva mio padre: "Meglio fare e magari sbagliare, che vivere di rimpianti e domandarsi mille volte: 'Ah... se l'avessi fatto...'".

«Dài, citofoniamo. Qual è?»

Ciccio lo trova subito: appartamento 181. «Eccolo qua, citofono?»

«No, no, aspetta un attimo...»

«Va bene. Allora ti lascio qui, mi allontano così ti concentri e poi decidi... ok?»

Annuisco. Ciccio si allontana di qualche metro. Rimango lì, davanti al citofono, e inizio a pensare e mi vengono in mente delle frasi anche carine solo che... mi giro, Ciccio è lì che mi fissa.

«Allora? Che fai? Che aspetti?»

Alzo il mento.

«Suona, no?» Il mio amico sbuffa e scuote la testa. Si avvicina a grandi passi. «Niente, non ci siamo, non devi pensare, Nicco, devi agire! In certi casi è meglio così, e questo è uno di quei casi.»

«No, senti, ho pensato che qualunque frase io dica al citofono lei non capirebbe.»

«Questo è poco ma sicuro: tu a stento parli l'inglese, lei non capisce nulla d'italiano, sai che dialoghi...!»

«E se non mi riconosce? Se non si ricorda di me?»

«Ma scusa, se tutto quello che mi hai raccontato è vero, come è possibile che Ann s'è già scordata quelle fantastiche trombate nell'attico al Colosseo? Mica sono passati dieci anni! Che c'ha, l'Alzheimer?!»

«Vabbè, allora preferisco aspettarla qui sotto. Le faccio una sorpresa.»

«Ma come?! Qui sotto? E se è uscita e torna stasera?»

«Corriamo questo rischio.»

«E se è partita e torna fra tre giorni?»

«Vuol dire che non era destino.»

«Ma tu hai sbroccato e pure de brutto! A noi il destino ce fa 'na pippa!»

E con quest'ultima frase, mi scosta con decisione e guarda dove citofonare.

«No, fermati!»

Troppo tardi. L'ha fatto.

Aspetta qualche secondo poi una voce risponde e lui attacca a parlare e, non capisco bene quello che si dicono, ma vedo che chiacchierano per un po' e lui addirittura ride. Poi sento il portone che viene aperto. Ciccio si gira verso di me e mi fa segno di raggiungerlo.

«Be'?» gli chiedo allibito.

«Be' cosa? Vogliamo salire o preferisci pensarci un altro paio di annetti? Ci aspettano, diciottesimo piano.»

L'ascensore vola via veloce su per questo grattacielo. Ciccio mi guarda mentre io cerco di fissare i punti fondamentali da dire, come partire con questo discorso. Ciccio non mi toglie gli occhi di dosso e capisco che si sta trattenendo dallo scoppiare a ridere.

«E dài! Così mi blocchi!»

«Ah, scusa... dovresti vedere la faccia che hai adesso. Un condannato a morte sarebbe meno triste... Pensa solo a come sarà felice di rivederti, invece! Ogni volta che comparivi, Ann si illuminava... e io mi domandavo sempre...»

«Ma cosa ci troverà in uno come Nicco!?» termino la frase al posto suo.

«Bravo! Vedi...?! Mi capisci, siamo degli amici in perfetta sintonia.»

«E certo... vintage! Pensa se ti stavo sul cavolo cosa avresti potuto dire.»

L'ascensore rallenta. Un *ding!* e il numero diciotto che appare sull'indicatore sopra le porte sono il segnale che siamo arrivati al nostro piano. Usciamo e Ciccio, come un segugio, si aggira sul pianerottolo.

«Ecco, è questo qui!» Mi indica una porta.

«Aspetta!» faccio io.

Troppo tardi, ormai ha suonato. Rimaniamo così, in attesa davanti a quella porta, e i secondi sembrano non passare mai. Ci sono attimi della tua vita che sai già che ti ricorderai per sempre. Questo è uno di quelli. Guardo quella porta verde smeraldo, uguale a tutte le altre, il numero 181 è all'interno di una cornice d'acciaio, nelle scanalature delle porte ci sono degli specchietti insieme a delle strisce nere di gomma. Mentre aspettiamo che ci aprano, guardo in fondo al corridoio dove c'è una grande vetrata attraverso la quale si vedono le cime degli altri palazzi, e più in là dei grattacieli che formano lo skyline della città. Alcuni mi sembra di conoscerli, di averli già visti nelle foto di New York. Le nuvole arrivano quasi all'altezza del punto dove siamo. Sono emozionato. E preoccupato, anzi terrorizzato. Perché sono qui? Riuscirò a dirle qualcosa di intelligente? E lei sarà felice di vedermi? Sarà felice come sembrava tutte le volte che scendeva dalla sua camera? E quando mi trovava giù, ad aspettarla? Ma quanto era bello quel sorriso? Ann si illuminava in un modo che avrebbero potuto spegnere le luci e si sarebbe visto lo stesso. Ecco, non ci sono parole più belle per dire "ti amo" che illuminarsi d'amore in quel modo. E io? Mi sono illuminato così, io? Le ho fatto capire quanto fosse importante per me? Quello che ha significato?

No, forse no, forse non ci sono riuscito. Ero distratto. Stavo ancora pensando ad Alessia, ero zerbinato, ero una "mente-cotta", come direbbe Ciccio.

Ciccio mi osserva, anzi, mi scannerizza, gli sorrido titubante e lui mi fa l'occhietto, mi infonde sicurezza, speranza.

Già... ma all'improvviso mi prende un attacco di panico, avrò la pressione a tremila! Vorrei tornare nell'ascensore e scappare via, oppure scendere di corsa tutte le migliaia di scale... Anzi, no! Vorrei correre verso la vetrata e buttarmi nel vuoto, ma in quel momento sento i passi che si avvicinano alla porta, qualcuno che si ferma lì dietro e chiede: «*Who is it?*».

17

Ciccio vede che non rispondo, che sono lì, immobile, inebetito e così alla fine parla lui: «Siamo noi!». Poi mi guarda, io alzo le sopracciglia. «No, eh?»

«No...» gli dico. Allora cerca di dire qualcosa di meglio. «*We came from Italy, we are friends of Ann.*»

Finalmente sentiamo il chiavistello che si muove. Forse "Ann" è la parola magica come "Apriti Sesamo" e, se è così, vuol dire sul serio che sto vivendo una favola, e se questa favola è a lieto fine, tanto meglio.

Lo sguardo speranzoso sul mio viso si affloscia subito però perché, una volta aperta la porta, ci si presenta un tipo magro con i capelli biondo platino. Indossa degli occhiali dalla montatura celeste, una giacca verde e una camicia gialla, sopra un paio di pantaloni a quadri bianchi e neri, e delle scarpe violette completano il quadro.

«Ci siamo fatti un acido a colazione?» mi sussurra Ciccio disorientato.

«No, se l'è fatto lui...» gli rispondo mentre sorrido sconcertato.

Ci sorride e chiede semplicemente: «*May I help you?*».

Forse stanno girando un film di Tim Burton, ha più colori addosso lui che un arcobaleno. È tutto così incredibilmente assurdo, poi mi viene da ridere, ma alla fine riacquisto sicurezza e parlo.

«*We are looking for Ann...*» gli spiego, sperando di aver articolato bene la frase.

«*Ann? Ann who?*»

«*Yes. Ann. American girl...*»

Ciccio mi guarda allibito.

«Ma come? Non sai neanche il cognome?!» mi chiede.

«No, ora non me lo ricordo ma perché scusa, tu conosci il cognome della tua?»

«No.»

«E allora? Se non lo sai tu perché lo dovrei sapere io?!»

«Perché non siamo venuti a New York per cercare la mia. Stiamo cercando la tua!»

«Magari fosse la mia...! E poi, ora ci penso, sul biglietto che ti ha dato Roberto, il portiere, non c'era scritto il cognome?»

«No.»

«E tu gli hai sganciato cento euro senza farti dare il cognome?! Sei un genio!»

«Gli avevo chiesto l'indirizzo e infatti siamo arrivati fino a qui... Intanto io una cosa l'ho ottenuta, invece tu ci sei stato insieme una settimana e non sai neanche il cognome!»

«Spiegami una cosa... ma tu quando vai con una le chiedi il cognome?»

«Se ci vado no, ma se mi innamoro sì!»

Continuiamo a battibeccare come due dirimpettaie litigiose dei quartieri spagnoli di Napoli e non ci siamo accorti che dall'interno di quell'appartamento, accanto al padrone di casa, è arrivato un altro tipo, vestito – se possibile – in maniera ancora più sgargiante: giacca blu elettrico acceso, camicia rosa, pantaloni a grandi rigoni grigio chiaro e grigio scuro e mocassini di vernice arancione. E la cosa più straordinaria è che questo invece parla italiano!

«Ehi, ma che succede? Cosa state combinando qui?»

Lo dice con uno strano accento che sembra uscito da una comica con Stanlio e Ollio, forse c'era un terzo personaggio e non lo abbiamo mai saputo.

«Stiamo cercando Ann... Vive qui...»

E improvvisamente mi viene in mente anche il cognome: Jones! Ne avevamo riso perché le avevo chiesto se fosse parente di Bridget.

«Jones, Ann Jones» preciso come se fosse chissà quale agente segreto.

Ciccio si gira soddisfatto verso di me. «Ah, vedi che lo sai il cognome... Ann Jones, bello, suona bene! Tipo Indiana, Jones, *you know*?» Si rivolge al nuovo arrivato, l'amico di Stanlio e Ollio, che ci guarda curioso.

«Ann Jones?»

«Sì... ma intanto presentiamoci. Io sono Ciccio e lui è Nicco.»

Ci diamo la mano.

«Io sono Venanzio» fa lui. «Lui è il mio amico Thomas. Sono vent'anni che vivo a New York, diciotto in questo appartamento, e non ho mai sentito di una Ann Jones...»

Ma dài! Che bello trovare un italiano proprio qui. Rende le cose più facili, almeno in questo momento. Anche se la notizia che ci ha appena dato non è che sia così rassicurante.

Thomas ci osserva cercando di capire cosa stia succedendo. Poi guarda Venanzio, che glielo spiega in inglese. Lui annuisce.

«*I see...*»

Ora gli è tutto chiaro, gli sembra normalissimo che due italiani cerchino questa Ann Jones a casa loro, forse capita ogni giorno! In America tutto è così possibile che nessuno si meraviglia di nulla.

«Non so proprio come aiutarvi. Forse vi hanno dato un *wrong address*... un indirizzo errato.» Poi improvvisamente Thomas si avvicina a Venanzio, gli si appoggia, si prendono la mano, si guardano con un sorriso: sono chiaramente innamorati e naturalmente gay.

«Be', allora grazie e scusate per il disturbo, noi andremmo...» dice Ciccio, visibilmente imbarazzato ma con un sorriso di circostanza. Fa per muoversi in direzione dell'ascensore.

«Aspetta, Ciccio, ho capito ma Ann come la troviamo?» lo blocco. Poi gli strappo il foglietto dalle mani e lo metto sotto il naso di Venanzio.

«Per favore, controlla bene. È lo stesso indirizzo? C'è una strada con lo stesso nome? Come posso fare per rintracciarla? Ti prego, è importante.»

Ciccio interviene. «Ma sai quanti Jones ci saranno in America?! Se fanno i film usando questo nome è perché tutti ci si riconoscono! Indiana Jones, Bridget Jones, Mr Jones, i Jones, per non parlare di cantanti e attori: Tom Jones, Catherine Zeta-Jones! E questi sono solo quelli che conosciamo. Ma proprio con una con un cognome così ti dovevi mettere?!»

«E che potevo scegliere?»

«No, hai ragione... al cognome non si comanda.»

Venanzio si mette a ridere ma poi scuote la testa. «Mi dispiace, non so come aiutarvi... Dovreste chiedere a chi vi ha dato l'indirizzo, forse il nome della strada è un altro... *I'm so sorry for you.*»

«Già, grazie, ottima idea. Di dove sei, Venanzio?»

«Perché?»

«No, così per sapere...»

«Calabrese. Entrate, vi offriamo qualcosa.»

«Grazie, ma dobbiamo andare, e sei stato anche troppo gentile... Scusa ancora... Abbiamo fatto un buco nell'acqua... Ciao» rispondo sconsolato.

«*Book in the water...*» traduce loro quel cretino del mio amico.

«Si dice *hole,* idiota. Andiamo...» dico afferrandolo per una manica. Totò e Peppino in America non farebbero meglio di noi.

Venanzio e il suo fidanzato Thomas aspettano educatamente che l'ascensore arrivi al piano e ci salutano con un gesto della mano. Non posso fare a meno di pensare che l'amore è una gran cosa, a prescindere da chi si ama.

18

Ci ritroviamo, delusi e sconfitti, di nuovo in strada, fermi, senza molto da dire e schivati da gente frettolosa che cammina sempre con uno scopo da raggiungere. Beati loro.

«E ora che facciamo?» mi chiede Ciccio.

«Stavo pensando che in effetti Venanzio ha ragione.»

Il mio amico mi guarda sbalordito.

«Senti, non è che cambi idea pure su questo aspetto? Che l'America ti fa passare sull'altro marciapiede, vero?»

Faccio finta di non aver sentito. «Dicevo di chiamare Roberto, il portiere dell'albergo, ce l'hai il numero?»

«Sì, ce l'ho... Che ore sono da noi? Dovrebbe aver attaccato ora...»

Lo vedo titubante.

«Che c'è?»

«No, niente... non ho molto credito sul telefono. Nella fretta di partire mi sono dimenticato di ricaricare e poi non ho molti soldi. Ecco, è che in questo periodo non sono riuscito a piazzare tanti DVD. Vanno da morire i giochi, è che non si riesce a craccarli, capito? I miei risparmi sono tutti venuti con me in America...»

«Certo, tieni» gli passo il mio telefonino «ho una tariffa speciale. Si chiama "illuso 100% giorno e notte", ideale per gli imbecilli che attraversano l'oceano alla ricerca della ragazza giusta ma con l'indirizzo sbagliato... chiama con questo.»

Guarda il numero dal suo telefonino, lo compone sul mio e subito gli rispondono.
«Hotel Fontana, buongiorno.»
«Ecco... pronto Roberto! Come stai?»
«Chi parla?»
«Sono Ciccio, venivo spesso con quel mio amico, Nicco, a prendere le due americane.»
«Ah, sì, certo... Ora scusami però, sono impegnato, puoi chiamarmi tra una mezz'ora? Ci sono degli ospiti che sono appena arrivati.»
«No, no, mi serve solo un'informazione...»
Ciccio avverte che l'altro sbuffa dall'altra parte. «Dài, dimmi, veloce.»
«Ecco, mi sa che mi hai dato l'indirizzo sbagliato...»
«Quale indirizzo?»
«Di una delle due ragazze americane, Ann si chiama, era di New York...»
«Perché?»
«Perché qui all'appartamento 181 non ci abita nessuna con quel nome, ci sono solo due gay e non risulta che ci abbia mai abitato una Ann!»
«Ma perché, stai a New York? Siete andati in America?»
«Eh sì, sennò perché ti chiedevo l'indirizzo, secondo te?»
«Vabbè ma uno chiede l'indirizzo così perché gli piace sognare, perché dice che un giorno andrà a farle una sorpresa, ma poi quel giorno non arriva mai...»
«Invece per noi è arrivato e siamo sotto casa sua.»
«In America?»
«Sì.»
«A New York?»
«Sì. Mi puoi dire se l'indirizzo è giusto? Allora tu mi avevi dato...»
«È sbagliato.»
«Come è sbagliato?»
«Non potevo mica darti l'indirizzo di una nostra cliente, è la privacy. Rischio il licenziamento...»
«*Malimortaccitua!* T'ho dato cento euro per sapere dove

abitava, sono venuto fin qui e adesso ti ricordi che c'è la privacy?!»

«Mi confondi con qualcun altro, io non ho mai preso soldi da nessuno, ora se non ti spiace devo lavorare.»

«Aspetta che torno, vengo lì, te pijo per le orecchie, te scarto come 'na Golia! Pronto?! Pronto?!»

Ciccio guarda il telefonino poi me.

«Ha attaccato. Cioè, questo stronzo ha attaccato. Cioè, lui sa che siamo venuti fino a qui a New York per cercare questa ragazza, sa che ci ha dato l'indirizzo sbagliato, ha quello giusto e invece di darmelo che fa? Attacca. M'ha fregato cento euro per niente! Ma io lo ammazzo, quando torno è morto.»

«Lascia perdere, quello è capace di denunciarti. Metti che gli succede qualcosa, rintracciano le telefonate che ha ricevuto e passi i guai...» gli dico cercando di calmarlo.

«Li passi tu, casomai, perché il telefono è il tuo, quindi se la prendono con te» mi risponde Ciccio, che ha già ritrovato il buonumore.

«Cazzo, è vero!»

«Ma io ho già il piano, tranquillo, noi siamo qui in America e lui viene ammazzato lì in Italia.»

«E da chi?»

«Telefono a Pepe e gli dico che Roberto ha baciato tua sorella Valeria mentre stava con lui e che l'ha preso pure per il culo mentre lo faceva. È già morto...»

«Tu sei completamente matto.»

«Io eh, ma ti sembra normale uno come questo Roberto? Che non ci dà l'indirizzo giusto... se non per i cento euro ce lo poteva dare almeno per l'amore! È una ficata, cazzo, che uno faccia un viaggio del genere come te, è bellissimo, invece sono le persone come 'sto cazzo di Roberto che rovinano il mondo! Fa tutto il fiscale, quando magari frega i soldi al padrone!»

Mi accorgo solo ora che alle nostre spalle c'è un grosso cartellone che resto a fissare come un ebete. Ciccio mi scuote.

«Ti sei incantato? Cosa guardi?»

«È la pubblicità del Radio City Music Hall, uno dei teatri più famosi del mondo, dove mio padre e mia madre volevano andare...» gli spiego con il naso ancora all'insù.

«E allora? Mica ci stanno loro a New York.»

Subito dopo avermi risposto così, Ciccio si blocca, diventa rosso per la vergogna.

«Scusami, Nicco, ho detto una cazzata, non so come m'è uscita. Sì, lo so, ne dico tante.. ma non volevo offenderti, scusami.»

«Non ti preoccupare... Ti va di andarci?»

Sentendosi in colpa, Ciccio si sbraccia subito come un tarantolato e ferma un taxi. Mi sa che la risposta è sì.

La Lincoln gialla sobbalza morbidamente a ogni incrocio che attraversiamo e in poco tempo arriviamo davanti al Radio City Hall. Prima che possa farlo io, Ciccio tira fuori il portafoglio e paga.

Una volta scesi dal taxi, gli passo il mio telefonino e gli dico: «Tieni, fammi una foto!».

«Perché?»

«Mi è venuta in mente un'idea, almeno qualcuno oggi sarà felice...»

«Boh...» Ciccio si porta il telefono agli occhi, controlla l'inquadratura, lo ruota tutto concentrato, lo rimette come prima, uno strazio...

«E sbrigati! C'hanno messo di meno a girare *La guerra dei mondi*!»

«Un attimo...»

«Riesci a riprendere la scritta per intero?»

«Quale scritta?»

«Come "quale"? Quella sopra di me, Radio City Music Hall.»

«Si vede, si vede» mi rassicura mentre scatta. «Guarda!»

Mi ripassa il telefono, osservo la foto, e sorrido soddisfatto.

«Bene, no?»

«Sì, ora dobbiamo solo trovare un posto, un centro di computer, di grafica...» gli dico.

«Agli ordini» fa lui e, come prima, ma meno esagitato, ferma un altro taxi.

Questo è guidato da un italoamericano che ci racconta che il nonno di suo nonno era piemontese e aveva aperto un ristorante a New York e fatto fortuna, ma che poi aveva deciso di ritornarsene in Italia per la nostalgia.

«Ma che era, scemo?» commenta Ciccio. Fortunatamente "taxi driver" non lo ha sentito. Poco dopo si ferma di fronte a un megacentro di informatica.

«Di dove siete voi?» ci chiede prima di lasciarci.

«Roma» rispondo.

«Ah, Roma, che bello... la Tour Eiffel...!» fa quello trasognato.

«Seeee, annamo bene...!» commenta Ciccio e, prima che io gli scoppi a ridere in faccia, chiudiamo lo sportello e lo guardiamo ripartire.

Questo posto in cui siamo arrivati è una libidine per i patiti dei computer. Ciccio letteralmente sbava alla vista di qualunque aggeggio che ci capiti sotto gli occhi e che abbia un pulsante con scritto "on".

«Con un affare di questi a casa, mi scarico anche i film che ancora devono girare...»

Una ragazza dagli occhi verdissimi e che indossa una maglietta con il logo della catena del negozio ci viene incontro per chiederci come può aiutarci. È carina, gentile. Cerco di farle capire cosa mi serve.

«*My mother, my father, but my father is dead...*»

Dice che le dispiace per mio padre. Io tiro fuori dal portafoglio la loro foto che porto sempre con me e gliela mostro. Mi sforzo di spiegarmi tra gesti, mezze frasi in inglese e lei sembra afferrare quello che ho in mente.

«*I understand, please follow me... it won't take so long...*» mi dice affabile.

Non ho capito un accidenti dell'ultima frase ma la seguo lo stesso.

Nel giro di neanche mezz'ora riesco a farmi realizzare quello che avevo in mente. Mostro il risultato della mia trovata a Ciccio, che resta a bocca aperta.

«Che bello! È una genialata!» esclama. È davvero emozionato, glielo leggo negli occhi.

Guardo di nuovo l'immagine, fiero di me: io e i miei genitori davanti al Radio City Music Hall, in un fotomontaggio fatto ad arte. Poi inizio a smanettare col telefono. Sono tutto concentrato, apro i file musicali, scelgo una canzone, la loro preferita, quella che cantavano sempre, poi premo invio. Ecco, è partito.

Sono felice, non c'è niente di più bello che fare qualcosa per qualcuno a cui vuoi bene, è anche più bello di quando qualcuno fa qualcosa per te.

Cammino con Ciccio, passeggiamo in silenzio per New York, è una bella giornata, il sole alto si riflette sulle vetrate dei grattacieli. Guardo su verso il cielo, che sembra più alto qui a New York che in tutti gli altri posti dove sono stato. Le nuvole più lontane, più grandi, atlantiche, non sono minacciose, anzi fanno sembrare il tutto più sereno. E all'improvviso un riflesso sulla facciata del grattacielo dai vetri azzurri che abbiamo davanti mi accarezza il viso, abbagliandomi. Chiudo istintivamente gli occhi per proteggermi dalla luce forte e proprio in quel momento mi squilla il telefonino.

«Amore mio, non dovevi, non dovevi...»

«Mamma...»

Piange a dirotto, sento le sue lacrime, il suo respiro, il suo dolore e poi lo dice quasi sottovoce.

«E anche la canzone... che tenerezza.»

Me la fa sentire. *Luglio* di Riccardo del Turco.

E io la immagino al telefono di casa dal quale mi ha chiamato e con il cellulare in mano che sta guardando la nostra foto mentre riascolta la canzone.

«Ma come hai fatto...?» mi chiede. Tira su col naso ma non singhiozza più. Meno male.

«È stato facile, mamma: porto sempre una foto di voi due nel portafoglio. Sono entrato in un negozio specializzato di informatica, ho fatto scansionare la foto, ci hanno aggiunto la mia, che Ciccio mi ha scattato poco fa e le hanno montate con Photoshop.»

Lei finalmente si mette a ridere. «E secondo te ci ho capito qualcosa?»

«Mamma, come sei bella quando ridi... Ti è piaciuta?»

Rimane in silenzio. Rimango in silenzio anch'io, guardo Ciccio davanti a me che non sa più che dire.

«È il regalo più bello che potessi farmi.»

«Mamma, papà ti vorrebbe sentire ridere più spesso.»

«Non dire così.»

«Me l'ha detto lui...» le dico, e tra un po' scoppio a piangere anche io.

Mi parla sottovoce. «Sto guardando la foto...»

Ogni tanto si ferma perché le sue parole non vengano rotte dal pianto.

«Siamo bellissimi tutti e tre.» Poi fa una pausa e diventa seria. «Perché non hai messo le tue sorelle?»

Allargo le braccia, scuoto la testa e guardo Ciccio che naturalmente non sa che dire. In questa vita c'è sempre qualcosa che non va.

«Perché non avevo dietro una foto con loro, mamma! Mica viaggio con l'album sotto il braccio!»

«Va bene, va bene, stai attento o ti stai abbuffando di tutte quelle porcherie?» cambia discorso lei.

«No, macché! Qui si mangia benissimo e costa poco. Ora però devo chiudere, mamma, che se no tutto quello che non spendo io in mangiare lo spendi tu col telefono.»

«Sì, sì, devi sempre chiudere, tu!»

«Ma mamma, sto a New York!»

«Va bene. Però dimmi una cosa, come stai?»

«Bene, come devo stare?»

«Non lo so, dimmelo tu.»

«Te l'ho detto: sto bene.»

«E come hai preso questa cosa che Alessia sta con quel tuo amico, Andrea?»

Non ci posso credere! Copro il telefonino con la mano. «Ma lo sa pure mia madre!» dico sottovoce a Ciccio.

«Cosa?»

«Di Alessia!»

«Che vi eravate lasciati? Be', le madri sanno sempre tutto...»

«No, di Alessia e Bato!»

Tolgo la mano dal microfono. Scopro il telefonino. «Mamma, ma da quanto lo sai? Te l'ha raccontato Valeria, vero? Perché non me lo hai detto?»

«Non lo sapevo...» fa lei, incerta.

«Ma se me l'hai detto ora!»

«Perché ora so che lo sai!»

Niente, con mia madre è impossibile parlare.

«Niccolò, quella ragazza non ti meritava, non ci pensare più, stai sereno e non pensare a lei. Va bene? Mi darai retta per una volta?»

«Sì, mamma.»

«Mi hai fatto un bellissimo regalo, grazie, torna presto...»

«Ok, ok, però tu stai tranquilla, va bene?»

Poi ci ripensa. «Anzi, Nicco divertiti e torna quando vuoi.»

Chiudo il telefono e rimango a fissarlo.

«Cioè... assurdo! Lo sapevano tutti.» Lo dico tra me e me, quasi inebetito. «Non ci posso credere, lo sapevano tutti e nessuno me lo diceva.»

E improvvisamente, senza ragione, mi viene da ridere.

«Lo sapeva anche mia madre! No, no, è troppo assurda questa storia...»

«Sì, sì, e tua madre non sapeva mai come affrontare il discorso...»

«Ma perché, ne parlavate?»

«Sì, quando venivo da te appena rimanevamo soli lei mi chiedeva: "Ma tu glielo hai detto?" "No..." "E tu?" "No, neanch'io!" "E chi glielo dice?" "Boh". Oddio era tremendo, che ridere.»

E continuiamo così piegati in due come non ci capitava più dai tempi del liceo.

«Dài Ciccio, basta, torniamocene a Roma, tanto Ann non la troveremo mai.»

«Ma no, cazzo, abbiamo già pagato l'albergo! E poi i biglietti di ritorno che abbiamo non possono essere cambiati quindi ci tocca restare...»

«Vabbè... dài, che facciamo qui allora?!»

«Sei pazzo?! Cosa facciamo a New York? Ci sono milioni di cose da fare a New York! Voglio andare sulla Statua della Libertà, all'Empire State Building, a Brooklyn, nel Bronx...»

«... Sì, così t'ammazzano!»

«Ah sì? Allora vado a Broadway...»

Poi Ciccio si accorge che improvvisamente sorrido, che sono felice, che ho la faccia di chi ha la soluzione per tutto.

«Che c'è? Cosa ti è venuto in mente?» mi chiede.

«Guarda, c'è Ann, l'abbiamo trovata.»

19

Dietro di noi, in tutta la sua bellezza indimenticabile, appare Ann, protagonista dello spot Ray-Ban.

È su una spiaggia, si è appena tolta gli occhiali, ha i capelli al vento, indossa un costume blu e mi sorride. O meglio, sorride al mondo, dall'alto di quel grattacielo, perfetta in tutta quella miriade di pixel su uno schermo grande quanto il più grande palazzo di Roma. Poi si gira e si allontana così, sullo sfondo di quel fantastico mare, lasciando mille fantasie sul suo fondoschiena.

«Ammazza...» Ciccio guarda il filmato a bocca aperta. Poi si gira verso di me. «No dico, bellissima... quella spiaggia...»

«Splendida.»

«Ma ti rendi conto? Tu sei stato con quella modella! Ann è una modella.»

«Sì, e sono stato così scemo da non capire quanto mi importasse di lei, però ora è il momento di rimediare. Dunque, abbiamo scoperto che Ann Jones è viva e vegeta e più bella che mai, che ha fatto la modella in questa pubblicità, anzi, aspetta che la filmo.»

Estraggo il telefonino e riprendo tutto lo spot.

«E che quindi lavora come modella. Ora dobbiamo solo capire come la possiamo trovare. Ma a chi ci possiamo rivolgere?»

«Non ne ho idea... Non potremmo parlarne a tavola? Sto morendo di fame» risponde Ciccio.

«Sei la persona più insensibile che abbia mai conosciuto. A me, per l'emozione, s'è chiuso lo stomaco» protesto.

«È una sensazione che non ho mai provato...»

Comunque ha vinto lui e, in effetti, questa scoperta che Ann era così a portata di mano alla fine mette appetito e allegria anche a me. Così ci ritroviamo seduti in un ristorante cinese, a un tavolo di ciliegio rosso e sopra delle sedie che pesano una tonnellata.

«Anche il pollo alle mandorle è più buono qui che da noi. Secondo me a New York i cinesi sono veri, mentre in Italia ci mandano quelli finti. Le imitazioni dei cinesi, appunto... fatte da cinesi.»

«Nicco! *I can't believe it!*»

Mi sento improvvisamente battere su una spalla e per poco non mi conficco la bacchetta in gola con tutto il raviolo al vapore. È Venanzio, e c'è anche Thomas.

New York non è poi così grande, penso.

«Questo è il nostro ristorante cinese preferito, vi abbiamo visti dalla vetrata, che combinazione, eh! Stiamo andando alla mostra di un amico. Volete venire?»

Ciccio mi dà dei calci sotto il tavolo e capisco che della mostra non gliene può fregare di meno e soprattutto di andarci con loro.

«No, grazie, penso che andremo a riposare in albergo...»

«Ho capito... Ma avete trovato la misteriosa Ann, poi?»

Prima che io possa raccontargli della nostra scoperta, Ciccio mi anticipa facendogli un resoconto dettagliatissimo della grande novità, non trascurando nemmeno di informarli sulla perfezione del suo fondoschiena.

«Ecco, questo è il filmato.» Gli mostro il telefonino e perfino Venanzio mostra di apprezzarla. «Bellissima ragazza...»

«Già...»

Thomas gli dà una spinta: evidentemente ha capito cosa ha detto. I due cominciano a discutere in inglese ma si capisce che è più uno scherzo che altro.

Ciccio si avvicina e mi sussurra: «Vuoi vedere che Ann gli fa cambiare idea?». Poi ride come un cretino e Venanzio si rivolge a me e Ciccio.

«Siete fortunati...»

«Perché?»

«Ho fatto tutti gli ultimi casting per Gap e Brooks Brothers...»

«Ho capito» fa Ciccio. «Ma lei ha lavorato per Ray-Ban.»

Venanzio lo guarda con sufficienza.

«Abbiamo contatti continui con tutti, forse possiamo aiutarvi. Devo fare un paio di telefonate però, venite a cena da noi stasera che ne parliamo. Tanto l'indirizzo lo conoscete già, no?»

Stavolta il mio amico quasi mi sfonda un menisco ma Ann è una priorità e accetto volentieri.

«Con piacere, grazie. Tanto non avevamo impegni per la serata, vero Ciccio? Ti va?»

«Eehhh, avoja!» commenta lui con un tono inequivocabile.

Arriviamo puntuali, Ciccio c'ha una faccia che nemmeno se stessimo per entrare nella gabbia dei leoni. Invece Venanzio e Thomas sono gentilissimi e ospitali.

Ci fanno entrare e Venanzio fa subito: «Volete tè, caffè, me?». Come Joan Cusack in *Una donna in carriera*, un film dei tempi loro.

Sono pure spiritosi. Anche se Ciccio non si diverte, è troppo prevenuto.

Il loro appartamento è uno strano incrocio tra una galleria d'arte minimalista e l'ufficio di Lele Mora che ho visto in TV. Ci sono moltissimi quadri colorati, poltrone rosse, fucsia, viola, una serie di sedie dagli stili più diversi disposte intorno al tavolo da pranzo. Ciccio le guarda divertito e sembra, finalmente, tranquillizzato.

«Oh, ne avessero trovata una uguale!» commenta.

«Ma è una scelta! Qualcosa mi dice che lavorano nell'arte» gli spiego.

Venanzio mi racconta che ha amici che si occupano di

pubblicità, casting e agenzie, probabilmente anche di modelli. Questa è la nostra ultima spiaggia, e dalla faccia che devo avere in questo momento credo che abbia capito quanto Ann sia importante per me e la mia salute mentale. In un attimo Venanzio è già al telefono e gira per casa parlando in inglese, a volte lo sento arrabbiarsi.

«*No, no, I want to speak to James Dailer.*»

Dal tono deciso della voce capisco che Venanzio è un nome che conta nel suo ambiente. Si fa passare come se niente fosse le persone più importanti, e chissà, mi chiedo io, se spiega loro il perché di tutto questo suo interesse per quella giovane modella. Quasi mi avesse sentito copre il microfono del telefono con la mano e mi dice:

«Ho detto che volete girare uno spot qui a New York per Armani, lui è molto amato, ce la rintracciano di sicuro.» Poi riprende a parlare in inglese al telefono, annuisce più volte, sorride soddisfatto e alla fine chiude la telefonata.

«Sì, secondo me stiamo sulla buona strada, ora non ci resta che aspettare» commenta rimettendo tutto soddisfatto il cordless nella sua base. «Un po' di musica?»

Non ci dà il tempo di rispondere che ha già acceso un meraviglioso impianto di ultima generazione, e dopo pochi secondi parte George Michael con *Last Christmas.*

«Vi porto finalmente qualcosa da bere.»

E Venanzio sparisce in cucina.

Solo adesso Ciccio si siede sul divano lillà.

«Ehi, Nicco... ma non è che questi ci drogano poi si approfittano di noi?»

«Sei il solito provinciale... Questi nemmeno ti calcolano, stanno a perdere tempo con te, stanno...!» Quando parla per luoghi comuni mi fa arrabbiare. E il fatto che in realtà sia una persona intelligente mi fa arrabbiare ancora di più.

Venanzio si affaccia dalla cucina.

«Volete un vino bianco, un Campari, una Coca o un pomodoro? Cosa volete?»

«Per me una Coca.» Ciccio mi guarda, sembra più rilassato, così decide di azzardare.

«Per me un Campari.»

«Perfetto, ve li preparo subito.»

Ciccio prende il telecomando, accende la TV, e fa come se fosse a casa sua, cominciando a saltellare di canale in canale fino a quando non trova una partita di calcio.

«Fico, c'è la League.»

E così si rilassa ancora di più sprofondando nel divano, leva l'audio della partita e la segue sulle note di George Michael che intanto è arrivato a *Faith*. Oddio, ma non è che ci fanno ascoltare tutta la sera questa roba anni Ottanta?

«Eccoci qui...»

Venanzio rientra in salotto insieme a Thomas con un vassoio pieno di patatine e olive e quattro bicchieri.

«Mentre aspettiamo di mangiare, prego... Fate come se foste... a casa mia!» ci dice scoppiando in un risolino.

Ciccio si tira un po' su mentre Venanzio posa il vassoio al centro del basso tavolino maculato bianco e nero.

«Vi piace?» chiede, notando che Ciccio non smette di fissarlo. «L'ho comprato in un negozio d'antiquariato, l'ho chiamato "101", come i dalmata... Non l'ho pagato nemmeno tanto per quello che vale, cinquemila dollari, è degli anni Trenta.»

«Alla faccia» sbotta Ciccio, che subito cerca di ricomporsi: «No dico, pensavo fosse ancora più antico...».

«Molto carino» dico io.

Poi Venanzio ci passa i bicchieri. «Su, brindiamo... A Ann Jones... e alla nostra felicità!»

Lo ripete in inglese per Thomas, che sembra d'accordo e brinda con noi.

Io e Ciccio facciamo urtare i nostri bicchieri, poi io mando giù tutto d'un fiato la mia Coca-Cola. Lui, naturalmente, tocca appena il suo Campari e poi lo rimette giù, sempre sospettoso che ci possa essere qualcosa dentro. Thomas e Venanzio si sorridono e brindano facendo toccare delicatamente i loro bicchieri, poi si baciano sulle labbra. E per un attimo, per quanto Ciccio potrebbe rimanere sconvolto a questo mio pensiero, li sto invidiando. Sì, li sto invidiando perché sono in questa casa colorata, fatta di tutto ciò che piace a loro, di quello che desiderano, di quello che hanno voluto e ottenuto, perché vestono i colori secondo il loro gusto, perché magari si amano e comunque ora sembrano felici.

Thomas dice qualcosa a Venanzio, che annuisce e si rivolge a noi: «Allora io vado subito a mettere su l'acqua, mi piace da impazzire cucinare quando ho ospiti!», e così sparisce di nuovo in cucina. Il suo compagno invece si alza dal divano e cambia il CD, mette *Tourist* dei St Germain e parte un bellissimo pezzo di jazz che si diffonde per tutta casa, poi, con piccoli passi di danza, si dirige verso un grande armadio laccato bianco.

«*Can we help you?*» chiedo educatamente.

In quel momento Venanzio si affaccia dalla cucina e mi risponde con fare ironicamente tirannico. «Tu vieni qui in cucina che mi fai compagnia, mentre tu Ciccio... ti chiami così, giusto?»

Ciccio, che nel frattempo si è tranquillizzato e si è scolato tutto il suo Campari, annuisce senza dire una parola.

«Ecco, tu aiuta Thomas ad apparecchiare. Era tempo che cercavamo una *sguatera...*» dice poi il nostro ospite che ha tutta l'aria di volersi divertire un po' a stuzzicarlo.

«*Sguatera your sister...*» commenta Ciccio, che finge di non aver raccolto ma rosica. Eccome se rosica!

Thomas si fa spiegare tutto in inglese e alla fine scoppia a ridere.

«*Venanzio is really crazy...*» ci dice per scusarsi.

«Vieni che prepariamo una bella pasta, Nicco.»

Mi fa entrare in cucina.

«Ecco, mettiti qui.» Mi passa un coltello, un tagliere e delle cipolle.

«Affetta queste... Facciamo una spaghettata, dài, anche l'altro giorno avevo preso dei tortelloni perché mi era venuta voglia di mangiare italiano. A volte mi manca l'Italia, sai... come oggi... e chi arriva proprio in questa giornata di nostalgia? Voi due! Ma non è stupendo?»

Comincio ad affettare le cipolle.

«Ecco, così Niccolò, a fettine piccole.»

Mi giro e in salotto vedo Ciccio che sta aiutando Thomas ad apparecchiare la tavola. Sistemano le tovagliette sul grande tavolo: sono di un blu cobalto, acceso. Thomas gli passa poi dei bicchieri e, appena Ciccio li dispone accanto ai tovaglioli, gli afferra le mani e le tira su verso l'alto cercando di coinvolgerlo in un passo di danza. Inutile per Ciccio tentare una ritirata, e in un attimo lo vedo che inizia a ballare con lui.

«No, non ci credo...» commento assistendo alla scena.

«Che c'è?» Venanzio mi guarda incuriosito.

«Ballano...»

«E già, è più forte di lui, Thomas ha la musica nel sangue.»

«Ciccio però no. Il tuo fidanzato ha fatto un miracolo, questa non me la posso proprio perdere!» dico mentre tiro fuori dalla tasca il telefonino e immortalo l'evento. In quel momento, vedendomi, Thomas si lancia addirittura in un twerking! Ma anche Ciccio ora si è accorto che li sto riprendendo.

«E dài, eh no, eh!» urla cercando di liberarsi da Thomas, che però non lo lascia andar via.

«Troppo tardi. Già messo in rete!»

Poco più tardi Venanzio annuncia a gran voce:

«A tavola! Forza che è pronto.»

Ci sediamo e lui comincia a fare i piatti.

«Ce n'è ancora un altro po', se vi piace poi prendetene pure.»

«Certo...» L'assaggio. «Però... bravo Venanzio!» mi complimento: è davvero squisita.

«Uhmmm...»

Venanzio, inghiottito il primo boccone, si batte la testa con la mano.

«Mi sono dimenticato il vino! Vi va bene un Chianti?»

«Sì, perfetto» dico io anche per gli altri, che hanno tutti la bocca piena.

Corre in cucina e riappare poco dopo con una bottiglia di rosso.

«Ho preso un Amarone, invece, lo tenevo per le belle occasioni e questa lo è di sicuro! Tieni Thomas, aprilo tu.»

E glielo passa, mentre come colto da un altro lampo, dice: «Aspettate, aspettate... Voglio mettere su una cosa...».

Leva il CD di jazz e ne infila un altro. «È una compilation.»

Thomas nel frattempo riesce a stappare la bottiglia e annusa il tappo: «*Mmmh, good*». E versa il vino nei bicchieri di tutti, ognuno diverso dall'altro, come le sedie.

Venanzio fa partire la musica.

«Ecco, è tutto italiano. La prima canzone è di Malika Ayane, una cover di *La prima cosa bella*. Sono tutti pezzi vecchi rifatti da cantanti di oggi. Poi c'è *Ma il cielo è sempre più blu* di Giusy Ferreri e subito dopo *Insieme a te non ci sto più* cantata da Franco Battiato. Cavoli, oggi sono di un nostalgico... Sono un vintage nostalgico.» E scoppiamo a ridere.

Venanzio alza il bicchiere ed esclama:

«Ho un'idea, propongo un brindisi. A Ann Jones, la ragazza più fortunata d'America... Anche se ancora non lo sa!»

E ridiamo e brindiamo sbattendo i bicchieri e la pasta è buonissima e hanno anche del pane casereccio ancora caldo e il vino è corposo, alla giusta temperatura e loro sono due amici inaspettati, generosi e colorati! Ecco, questo è uno di quei momenti che a volte non ci rendiamo conto di star vivendo, un attimo di felicità. Ma io questo errore non lo voglio fare più. Ed è come se mi guardassi da fuori, e mi sto gustando ogni momento. Vedo Ciccio che ride, parla un po' in italiano e un po' in inglese, o quello che per lui sembra essere la lingua inglese, cercando di farsi capire da Thomas.

«Guarda, guarda come balli bene» gli dico, mostrandogli il video che ho appena girato col telefonino.

«Cancellalo, cancellalo subito...»

«Sei un uomo ricattabile ora. Credo che domani YouTube andrà in tilt...»

Ciccio ride e non mi dà soddisfazione: «Oh, Venanzio... sei veramente bravo, complimenti, dovresti aprire un ristorante italiano».

Il cuoco ride e lo ripete a Thomas.

«È quello che mi dice sempre lui» spiega poi mentre il suo compagno conferma con la bocca ancora piena.

Ciccio naturalmente si infila al volo.

«Dovremmo farlo sul serio! Vi portiamo le ultime novità italiane, e i prodotti più buoni li potremmo vendere in questo ristorante, che ne dite?»

Lo zittisco subito. «C'ha già pensato Oscar Farinetti.»

«Sì ma noi lo facciamo meglio!» protesta lui. Ciccio la vuole sempre vinta.

Poi, all'improvviso, suona il telefono di casa, e Venanzio si alza per andare a rispondere.

«*Hello...? Yes...* Sì?» È lì fermo davanti alla libreria che ascolta quella voce metallica che arriva fino a noi.

«*Ok, thanks so much.*» Poi richiude e mi sorride. «L'abbiamo trovata, *we got her*!»

Mi sembra quasi impossibile riuscire a rintracciare una persona in America senza veri e propri elementi a disposizione, quindi sono ancora dubbioso, ma Venanzio con il suo entusiasmo è contagioso.

«Guarda che è lei, ne sono sicuro! Pamela, la persona con la quale ho parlato, è bravissima, si occupa dei provini fotografici per tutte le campagne pubblicitarie più importanti. Ha detto che conosce la vostra Ann e che cercherà di fare il possibile.»

S'è fatto tardi, almeno per noi che risentiamo del fuso. Così Venanzio ci accompagna alla porta.

«Ah, aspettate. Dovrei avere una cartina!»

E torna poco dopo con una mappa già aperta.

«Ecco, allora, l'agenzia è qui.» Ci segna con un cerchio rosso il posto dove dobbiamo andare. «Per qualunque cosa, comunque, questi sono i miei recapiti» e ci dà un bigliettino ciascuno.

È un cartoncino molto semplice con la scritta blu su sfondo bianco; trattandosi di Venanzio, mi sarei aspettato qualcosa di più strambo, kitsch o comunque colorato, e invece scopro di lui un lato professionale, un'immagine più seria e composta. E improvvisamente la cosa mi dà fiducia e penso che Pamela sia una supercompetente, che tutto andrà per il verso giusto, che troverò Ann.

Sulla porta salutiamo i nostri ospiti, Venanzio si è dimostrato prezioso, un amico vero. È l'unione perfetta tra il calore della gente del Sud e l'efficienza e il pragmatismo degli americani.

«Grazie, se venite in Italia e passate per Roma, fatevi sentire, saremo felici di ricambiare, almeno vi diamo le indicazioni giuste su dove andare, i locali, i ristoranti buoni... e onesti!» Si mette a ridere, forse "onesti" me lo potevo risparmiare. A giudicare dalla casa non credo che lui e Thomas abbiano problemi di soldi. E così tiro fuori il bigliettino dell'agenzia.

«Ecco, lavoro in una immobiliare, se per caso la tua nostalgia per l'Italia diventasse insopportabile, ho un sacco di case sottomano da farvi vedere, e a prezzi stracciati.»

«*Ok, man, I'll think about it.* Spero di rivedervi... e salutatemi Roma» risponde Venanzio divertito.

Una volta in strada, Ciccio è tornato a essere caustico sui nostri nuovi amici americani:

«Pensa, noi sulla Tigra cabrio con quei due al posto delle straniere... reputazione rovinata!»

«Non ti piacciono ma gli spaghetti te li sei spazzolati, eh!» rilancio io.

«Sono un vintage nostalgico italico» replica lui facendo il verso a Venanzio. «E comunque sembrava di stare in uno di quei film di Ozpetek, però più allegro...»

«Oh, lo sai che c'hai ragione...? Quei film invece hanno sempre come una malinconia...»

«Due palle! Con 'sti gay sempre più tristi della gente normale... e fattela 'na risata!»

«Ma non ti rendi conto di quello che dici! Un gay più triste della gente "normale"? Mica stiamo parlando di alieni!»

«Vabbè, per me lo sono... Alieni ospitali ma sempre alieni. Altro che *Saturno contro,* mi sembrava di stare su *Marte fashion*!»

20

Una volta in un articolo ho letto che gli americani quando vanno in giro non guardano in faccia nessuno tanto che pare che perfino gente famosa come Sting e Michael Bublé si sia esibita in incognito nella metropolitana, e nessuno li abbia riconosciuti. Non so se tutte queste storie sono vere, so solo che da noi dicevano che Alex Britti suonava la chitarra nella metropolitana di Londra poi qualcuno l'ha sentito e ha deciso di produrre un suo disco. Forse la metropolitana porta fortuna, speriamo bene.

«Dài, è di qua!» mi dice Ciccio indicando la fermata.

«Madonna, ho un sonno assurdo, ho guardato la TV fino alle tre. Ma lo sai che qui in America sono già alla terza stagione di "Trono di spade", che da noi è appena iniziata.»

«Ma dài... quindi hai capito tutto quello che è successo nelle altre.»

«No, ho capito che avrei dovuto studiare inglese!»

Ed entriamo ridendo nella metro. In un angolo una band sta proponendo una cover di Bruce Springsteen. Una ragazza bionda dagli occhi azzurri canta così appassionatamente che sembra stia flirtando col suo microfono. Dalle piccole casse laterali esce nitida la sua voce, che non è per niente male. Qui cantano e suonano bene tutti, ma la gente non sembra farci caso poi molto.

«Ecco, è questo che dobbiamo prendere!»

Ciccio con la cartina in mano mi fa segno di seguirlo. Saliamo su uno dei vagoni del treno appena arrivato, che è pieno di disegni colorati. Alcuni mi ricordano dei manga, e altri potrebbero essere esposti in un museo di arte moderna, tanto sono espressivi. Si vede che anche i writer in America hanno una marcia in più, peccato che sono così numerosi che di vagoni puliti non ce ne sono più. Il treno riparte immediatamente, e noi troviamo due posti a sedere.

Per un po' ce ne stiamo zitti, poi Ciccio non resiste. Evidentemente da piccolo non era un drago nel gioco del silenzio. «Certo che l'idea di un ristorante italiano non sarebbe male, eh?»

Io lo guardo. Ho ancora la testa rintronata dal sonno, ma faccio lo sforzo di rispondergli.

«Ma ce ne sono già tanti!»

«Allora potremmo fare qualcosa come Roscioli o Frontoni a Roma: pizza bianca sfornata a tutte le ore e farcita con un sacco di roba, mozzarella, pomodoro, salame, prosciutto di Parma, mortadella, tutti prodotti italiani di qualità. Secondo me sarebbe un successo... e giù soldi!»

«Da che dovevi sfondare nel mondo della new economy, inventare app nuove, essere il primo italiano a fronteggiare Zuckerberg e quelli di Google, ora sei tornato all'idea del ristorante italiano in America. Proprio una ventata di creatività e originalità, eh...»

«Uno non esclude l'altro, e infatti ti faccio un'app che ti permette di ordinare e di non fare la fila o di farti arrivare le cose direttamente a casa.»

«Esiste già.»

«Io la farei meglio e poi...»

«... E poi ci quotiamo in borsa e diventiamo milionari. Racconti sempre la stessa storia.»

«Guarda che se non sogni in grande non arrivi da nessuna parte. Se parti già con il sogno in saldo... ti ritrovi con un successo da povero. Che poi se ci pensi è il concetto del Machiavelli: tira la freccia in alto perché se anche non raggiungerà il cielo cadrà comunque molto lontano!»

«A te, del liceo, ti sono rimaste poche ma ben precise nozioni, eh...»

«A proposito» fa Ciccio con aria di cospirazione «hai notato che quelli che andavano bene a scuola sono crollati all'università? Ho fatto una verifica tra i nostri compagni di classe e vuoi sapere una cosa? La maggior parte di quelli che prendevano sempre quattro hanno già trovato lavoro come apprendisti in qualche studio, mentre i secchioni, quelli con la media dell'otto, be', finita la triennale stanno tutti a spasso...»

«E allora? Che vuoi dire?»

«Che la scuola porta sfiga!»

Una ragazza con dei lunghi capelli neri e gli occhi azzurri, un piccolo piercing al naso, dei jeans larghi come i suoi fianchi e una giacca rosso ciliegia che le va corta, si mette a ridere. Ciccio si gira verso di me.

«Ma qui tutti capiscono l'italiano» dice a bassa voce.

«O forse rideva per come ti agitavi...»

La metro si ferma. La ragazza si alza e scende. Solo ora Ciccio si accorge della fermata in cui siamo. «No, era a quella prima che dovevamo scendere, mi sa!»

«Ma come?»

«Sì, cioè dovevamo scendere e poi cambiare... Dài, usciamo!»

E così ci fiondiamo fuori dal vagone prima che le porte si richiudano. La metro si rimette in marcia e noi, seguendo sulle scale la ragazza che rideva, ci incamminiamo svelti verso l'uscita.

«Scusa, scusa...» Ciccio cerca di fermarla. «Sai dove siamo?»

Lei sorride ma scuote la testa come a dire che non capisce.

«*Here... Where are?*»

«*Ah... Here is The Bronx...*»

«Come *The Bronx*?! E mo' che facciamo?»

Ciccio tira fuori la cartina. «*And here?*»

Le mostra il segno rosso sulla mappa.

La ragazza lo guarda ma scuote la testa. «*I don't know. I'm sorry.*»

E si allontana velocemente mentre Ciccio ripiega la cartina.

«Allora ho capito tre cose: uno, non parla italiano; due, rideva per cavoli suoi; tre, hai sbagliato strada e siamo rovinati...»

«Perché?»

«Siamo nel Bronx, il quartiere più pericoloso di New York. In tutti i film americani quando uno si perde nel Bronx finisce male.»

«E allora andiamocene, no...?!»

In effetti, sarà la suggestione, ma la strada dove siamo sbucati non ha un aspetto accogliente.

E proprio in quel momento, dalla curva in fondo alla strada sbuca un gruppo di motociclisti. Hanno i giubbotti di pelle, tutti uguali, e delle moto dalla forcella lunga, dei chopper, con lo schienale alto e il manubrio largo pieno di fronzoli e di stemmi, con gli specchietti piegati all'ingiù.

«Ecco... guarda... Ti ricordi quel film, *I guerrieri della notte*? Sembrano loro!»

Si fermano con le moto intorno a noi, rombando, dando gas, facendo un baccano infernale. Ciccio e io non sappiamo che fare.

«Mi sa che ce l'hanno con noi.»

Spengono le moto, fanno scattare con gli stivali il cavalletto laterale, poi scendono. Sono tutti grossi; forse sono i giubbotti, il look prepotente che li fa sembrare così, o forse è la nostra paura che ingigantisce la realtà, fatto sta che con quei gilè neri di pelle, le magliette con i teschi, i bicipiti pompati e quell'abbondare di tatuaggi, non sono proprio le persone più indicate a cui chiedere informazioni. Non solo, ma ora si sono accorti di noi e ci vengono incontro. Che ci diranno? Boh, tanto non li capiamo.

Sono sempre più vicini. Ma le botte che stiamo per prendere, quelle sì che hanno un linguaggio internazionale. Per un attimo vorrei sparire, non esistere, essere già per terra colpito da un pugno. Ann Jones, sarebbe stato bello rivederti, vieni a trovarmi se puoi in quell'ospedale dove finirò...

Eccoli, sono a un centimetro, allora chiudo gli occhi.

Ma non sento nulla, non succede niente.

Quando li riapro mi accorgo che questi biker ci hanno del tutto ignorato e stanno entrando nel pub alle nostre spalle.

«Non ce l'avevano con noi» dico a Ciccio, che è bianco come il riso bollito.

«Fiuuu...! Mi sembrava già di leggere il titolo sul giornale: *Due italiani pestati a sangue da una banda di motociclisti.*»

«Sì, e Ann e Raily che vedevano il servizio in televisione, con noi talmente gonfi di botte che non ci riconoscevano.»

«Be', cerchiamo di capire da che parte dobbiamo andare, prima che ci ripensino, va.»

Ciccio apre di nuovo la cartina e la poggia sul cofano di una macchina.

«Dài, dammi una mano che non ci capisco nulla. Dove cavolo siamo finiti...?»

In quel momento dal pub esce uno di quei motociclisti, forse il più giovane tra loro. Tira fuori una bustina di tabacco, poi una cartina e con grande maestria si arrotola una sigaretta. In pochi secondi è pronta e, dopo essersela accesa, dà un lungo tiro guardandosi in giro. Ciccio, invece, gira più volte la mappa cercando di capire da che lato va letta, poi guarda la strada nel disperato tentativo di scovare qualche indicazione. Il tipo butta fuori il fumo e ci chiede:

«*Ehy mate, got lost?*»

Ma non aspetta la risposta, si avvicina con la sigaretta in bocca, si infila tra me e Ciccio davanti al cofano della macchina e si mette a studiare la cartina, la rigira poi punta il suo dito cicciotto su un riquadro ben preciso.

«*Here we are... Do you have to go there?*» Indica il punto rosso.

«*Yes!*» Annuiamo sorridendo, felici come due disperati nel deserto a cui abbiano appena offerto una Coca ghiacciata.

«*It's not very far from here. Ehi, Bruce!*»

Il nostro salvatore richiama l'attenzione di un suo "collega" uscito dal pub, proprio quello che sembrava il più sanguinario tra tutti quegli Harleisti. I due parlano in un americano strettissimo del quale riesco a capire solo l'ultimo e strascicato "*yeah*".

Un minuto dopo ci ritroviamo a bordo di due potenti e

aggressive Harley, senza casco, con i capelli al vento, e corriamo a tutta velocità per le strade del Bronx, seduti dietro a quei due centauri.

Ciccio, che ha ripreso il colorito abituale, mi urla da dietro la sua moto:

«Ma le inventano apposta queste storie sul Bronx, per farci i film? Qui sono tutti buonissimi. Sono dei teneroni. Hanno insistito per darci un passaggio!»

«Sei tu che dicevi che il Bronx era pericoloso, sei troppo pessimista Ciccio, cerca di vedere il lato migliore delle cose...»

«Sì, sempre che non ci stiano rapendo, per portarci nel loro covo, darci un fracco di botte e poi chiedere il riscatto alle nostre famiglie.»

«Saranno pure pieni di muscoli e tatuaggi, ma mica so' scemi! Hanno capito subito che nel caso devono pagare loro per farci riprendere.»

Ciccio ride come un pazzo, forse una risata liberatoria, perché lui fa il duro ma sotto sotto è sempre in tensione.

I tipi accelerano, il rumore del motore è assordante, ho l'adrenalina a mille, finché, dopo qualche minuto, cominciano a scalare, danno gas e nello stesso momento tutti e due piegano la moto, imboccando una strada a destra. Infine si fermano davanti a un palazzo, altissimo. «*Here we are*» annuncia il più giovane.

Scendiamo e li ringraziamo per la loro cortesia, gli diciamo che se verranno a Roma ci farebbe piacere ricambiare, magari li portiamo in giro anche noi. Allora immagino una serata con questi due Harleisti e Venanzio e Thomas, noi sei tutti insieme a mangiare da Pizza Re! Non sarebbe male. Forse hanno capito, forse no visto che non ci chiedono neanche il telefono, ma comunque con una sgasata ripartono subito.

Entriamo nel palazzo. Ciccio è su di giri.

«Che ficata questa corsa in moto, appena torno a Roma me ne voglio comprare una! Ho già il giubbotto di pelle di Bruce Lee, ci manca solo che mi faccio crescere il codino.»

«Le canne già te le fai... sei a posto!»
Il portiere, elegante nella sua divisa, ci apre la porta e ci chiede dove dobbiamo andare.
«*Hi, we go to Infinite Advertising. Pamela Willow.*»
Ci indica di aspettare lì. «*Just a moment.*»
Solleva la cornetta del telefono e, dopo aver composto il numero di un interno, parla con qualcuno. Pare che la persona all'altro capo sia stata avvisata del nostro arrivo.
«*Twentieth floor, please.*» E ci indica un ascensore dove entriamo: in pochissimi secondi arriviamo a destinazione. L'intero piano appartiene alla Infinite. Alle spalle di un elegante bancone una miriade di ragazzi e ragazze si muove indaffarata portando in giro fogli, cartelle, progetti, bozze, disegni, prototipi, fotografie.
Sulle pareti alte almeno quattro metri campeggiano i cartelloni di alcune importanti pubblicità: Gap, Levi's, H&M, Marc Jacobs, e tra le tante immagini non poteva mancare.
«Ehi, eccola la tua amica Ann Jones.»
In una grande foto c'è proprio lei. Ha un filo di trucco, la pelle bianca, immacolata, e tiene sul palmo della mano il vasetto di crema idratante che l'ha resa così bella: Lancôme. Ma no, non è vero, la crema non c'entra nulla, lei è così e basta, il merito è tutto suo.
«*May I help you?*»
La signorina al bancone ci riporta alla realtà.
Ciccio è più veloce di me.
«*Yes, Pamela Willow.*»
«*Just a moment.*»
Come il portiere poco prima, anche questa compone un interno e parla con qualcuno.
«*Yes, sure.*»
Annuisce. Poi riaggancia ed emerge dal bancone.
«*This way, please...*»
Ci fa accomodare in una sala da attesa molto moderna con dei divani in pelle marrone, i muri in cortina bianca con appesi grossi quadri di vari colori, blu, giallo, viola, in cornici di legno chiaro. Il pavimento è invece fatto di gros-

se assi di legno scuro, dall'aspetto consunto, con bulloni di ferro zincato che sembrano tenerle fissate a terra. Davanti al nostro divano c'è un tavolo basso d'acciaio brunito con sopra dei grandi book, elegantissimi, che contengono le foto di tutte le campagne pubblicitarie che lo studio ha curato. Alcune le riconosco, altre non le ho mai viste, ma quasi tutte mi sembrano belle, spesso geniali. Ciccio ne sfoglia uno.

«Ehi guarda, eccola qui.» Mi mostra una foto. «E qui.» Gira altre pagine. «E anche qui.»

Ann è in diversi servizi: in intimo, vestita da sposa, in posa per un'acconciatura, in costume, con degli occhiali, con un vestito chiaro, uno scuro.

«Ann deve avere un sacco di soldi! Vuoi vedere che hai appeso il cappello nel posto giusto? Finisci che ti accasi con una che non solo è così fica ma è pure ricca! Che culo... tu... e lei!»

«Certo che te e la poesia siete tutt'uno, eh...! A parte che chi se lo poteva immaginare che fosse una modella. E poi Ann non sa neanche che sono qui, anzi vuoi vedere che mi porti pure sfiga?»

«Cioè?»

«O non la troviamo o non le fa piacere vedermi!»

«Ma figurati...»

«Ehi, ma siete italiani! Venanzio non mi aveva detto! Forse voleva farmi una sorpresa. Sono due matti, Veni e Thomas...»

Ci viene incontro una ragazza sorridente e con la mano tesa. È bellissima, bruna, capelli a caschetto ma particolari, sicuramente opera di qualche parrucchiere che fa tendenza e che costa un botto.

«Già...» mormora Ciccio, che pare folgorato dalla sua apparizione.

«Io sono Pamela Willow. Piacere.»

Ci stringiamo la mano e ci presentiamo.

«Domenico.»

«Niccolò.»

Si siede sul divano vicino al nostro.

«Sedetevi, sedetevi... Allora, *speak* piano perché parlo

l'italiano ma non benissimo... cosa posso fare per voi? Venanzio mi ha detto qualcosa... Voi volete Ann Jones, giusto? Ma perché la volete?»

Mi viene da ridere, ma per fortuna Pamela continua.

«Che pubblicità è? Avete già un copy? La volete girare qui o in Italia? Si tratta di campagna magazine?»

Ciccio la guarda rimbecillito, un po' le sorride. E lei ricambia divertita anche se aspetta curiosa che qualcuno le spieghi qualcosa.

«Parlo io?» chiedo a Ciccio.

«Sì, meglio... va.»

E così comincio a raccontarle tutto dall'inizio. Non so neanch'io bene perché ma le parlo della mia vita, della mia famiglia, della perdita di mio padre, della mia storia con Alessia, di come improvvisamente da un giorno all'altro mi abbia lasciato. E le racconto di Ilaria De Luca, che io credevo fosse l'amante di mio padre e che invece era una donna che mio padre aveva aiutato per curare la figlia, e di come quella signora sia scoppiata a piangere nell'edicola restituendomi i soldi di papà che poi abbiamo usato per il viaggio, e le ripeto le battute di Ciccio sul fatto che mi credesse un gigolò. Pamela lo guarda e scuote la testa, lui le sorride come un ebete.

«Poi un giorno nella mia vita è arrivata Ann...»

E le spiego come abbiamo iniziato a uscire con lei e la sua amica, i giorni passati a Venezia, Napoli, Firenze e come senza accorgermene mi stavo innamorando di lei e come stupidamente pensavo ancora ad Alessia e come Ann abbia capito tutto questo e sia ripartita senza salutare, per non soffrire più.

«Perché forse non riuscendo a farla sentire importante come in realtà era, lei ha creduto di essere per me solo un'avventura... Allora ho deciso di venire qui a New York a cercarla e ho portato anche Ciccio... Lo chiamo così.»

Ora Pamela lo guarda e sorride.

«Anche se lui ha paura dell'aereo...»

«Avevo paura..» Ciccio cerca di precisare.

Pamela annuisce attenta e divertita. Poi le racconto della scoperta fatta, cioè di quello che Ciccio mi ha detto in aereo pensando che io già lo sapessi, e cioè che Alessia si è messa con uno dei miei migliori amici, ma che proprio lì ho capito che non me ne importava più nulla da tempo, che nel mio cuore c'era già Ann, ma ero troppo distratto per accorgermene...

Pamela rimane in silenzio per un po'.

«Quindi non c'è nessuno spot?»

Ciccio sembra risvegliarsi dal torpore dovuto alla contemplazione di Pamela.

«Sì, ma ci devi scusare...» Poi gli viene un dubbio. «Ti posso dare del tu, vero?»

Pamela scoppia a ridere. «*Sure!* Credo di non essere tanto più piccola di te, e poi tutti qui danno del tu a tutti, a ogni età.»

«Scusa se abbiamo fatto dire a Venanzio questa storia della campagna per Armani... però, ecco Pamela, è anche vero che tu dovresti apprezzare la nostra sincerità.»

Pamela sorride: «È il mio mestiere, qui passano modelle e agenti tutto il giorno, tutto l'anno. La vostra scusa, in ogni caso, avrebbe retto pochi minuti, vi avrei già *sgarato*... No, come dite voi?».

«Sgamato.»

«Ecco, vi avrei sgamato subito. L'ho imparato durante un master a Milano e ho origini italiane... Ecco perché parlo l'italiano. Insomma, vi avrei scoperto subito e Ann l'avreste continuata a vedere solo in foto.»

Ciccio si alza in piedi.

«Pamela, quindi ci stai dando una possibilità, uno spiraglio, non ce la dobbiamo dimenticare, vero? No, perché sennò Nicco dice che alla fine è colpa mia che gli ho portato sfiga!»

Pamela scoppia a ridere. «Ma che c'entra?»

Ciccio continua. «C'entra, c'entra... Guardalo.»

Pamela mi pianta gli occhi addosso e io non so bene che faccia fare, non ho minimamente idea di dove Ciccio voglia andare a parare.

«Lo vedi?»

Ciccio continua: «In questo momento è un ragazzo in bilico, la sua vita è incerta... Ha fatto quasi settemila chilometri per trovare questa ragazza; è riuscito a coinvolgere perfino un suo amico, che poi sarei io, che aveva paura di volare...».

Pamela alza un sopracciglio.

«Per farla breve, Pamela... siamo nelle tue mani. Tu puoi decidere della vita di un essere umano, tu lo puoi rendere felice o triste per sempre, dare o togliere felicità... puoi far nascere un amore, una famiglia, un figlio... Pamela, in questo momento tu sei Dio!»

Pamela si alza in piedi con un'espressione contrariata.

«Allora: a parte il fatto che non mi piace scherzare su queste cose...»

«Ma era per farti capire!»

«Ho capito benissimo... a Roma tu fai l'attore comico, *don't you*?»

«No... io scarico...» Poi Ciccio capisce che si sta mettendo ancora più nei guai.

«*What?*» chiede lei un po' sorpresa.

«Scarico... casse.»

«Si occupa di telecomunicazioni» intervengo io cercando di metterci una toppa. La situazione sta precipitando...

Ciccio mi guarda. «Però, in effetti, l'attore...»

La ragazza sembra esasperata. «Ecco, fai pure lo spiritoso! Qui invece le cose sono serie. Io non posso dare telefono e indirizzo di una persona che è una professionista e che non so nemmeno se davvero vi conosce e, oltretutto, se ha voglia o no di vedervi. Qui esiste rispetto per la privacy e se lo vengono a sapere i miei boss vengo licenziata all'istante. *Do you understand?*»

«Ho capito, ma tu gli spieghi che era per una giusta causa...»

«No, non hai capito, il sistema qui non è come in Italia, se fai un errore vai in galera e non ci sono amici, né ragioni. Hai visto Wesley Snipes? Non ha pagato le tasse. Anche gente famosa finisce in galera. Mi vuoi far fare la stessa fine?»

Ciccio rimane un attimo in silenzio poi risponde: «No... Ma se tu trovassi...».

«Non posso, non ho soluzioni... E soprattutto non voglio, scusatemi.»

«Ma fai uno sforzo...» insiste ancora lui.

«Mi dispiace, no, e ora devo tornare al mio lavoro.»

E così ci accompagna all'ascensore. Ci fa entrare e quando pigio il numero zero Pamela mi rivolge un ultimo sguardo, solo per me.

«Mi dispiace...»

Niente, ormai a questa frase mi ci sono abbonato. Quando le porte si chiudono però, quasi mi mangio Ciccio.

«Bravo! Bravo!» Gli batto le mani. «Complimenti. Hai fatto il buffone, sei contento? Grazie, veramente. Sei stato di grande aiuto. Hai una carriera assicurata, hai sentito cosa t'ha detto Pamela: sei un attore comico, un attore nato!»

«Mi piace un casino... la amo...» risponde lui, per nulla toccato dalla mia sfuriata. E nemmeno minimamente pentito.

«E capirai! Ti piacciono tutte, basta che respirano.»

«No, no, con lei è diverso.»

«Ciccio, sai quante volte ti ho sentito dire questa frase? Centinaia... se non migliaia! Ti dovrei sbattere al muro! Era l'unica chance per trovare Ann e tu ci scherzi pure!»

«Non sto scherzando, forse per la prima volta mi sono innamorato.»

«Ciccio non fare il cretino.»

«Ti giuro, ma perché non mi vuoi credere? Per la prima volta non ho desiderato farmela, volevo continuare a parlare con lei, a guardarla... hai visto quando si morde il labbro?»

«No.»

«Mentre le parlavi e le raccontavi tutta la storia, lei si mordeva il labbro piano piano e si commuoveva e io ti giuro: ho provato una stretta al cuore, una sensazione stranissima, non l'avevo mai provata.»

Guardo Ciccio, sembra serio. «Allora forse c'è qualcosa di vero.»

«Per la stretta al cuore?»
«No, per il labbro, quando ci accorgiamo di un dettaglio insignificante facendolo diventare la cosa più splendida di questo mondo, allora sì...»
«Cosa?»
«Siamo innamorati.»
«Mi è venuta un'idea.»
Appena l'ascensore si ferma e le porte si aprono, lui schizza via correndo verso il portiere, che sgrana gli occhi terrorizzato da tanta irruenza. È matto, non sa che qui per molto meno ti sparano o, se ti dice bene, ti arrestano? Ma vedo che alla fine scherza, parla, gesticola e sembra riuscirci. Si fa dare un foglio, ci scrive su qualcosa, lo piega e lo riconsegna al portiere, poi gli dà una pacca su una spalla e ritorna di corsa da me.
«Fatto, andiamo!»
«Cosa?»
«Non ti preoccupare.»
«È proprio quando dici così che mi preoccupo...»
«Dài, non rompere! Vedrai, sarà una figata!»
Usciamo dal grattacielo con lui che mi abbraccia. «Vedrai che andrà tutto bene! La troviamo, Ann... stai tranquillo!» Lo guardo dubbioso. Ma il suo ottimismo in qualche modo mi contagia. Forse è vero.
Dopo aver camminato per poche centinaia di metri, ci ritroviamo in pieno centro.
«Ehi, guarda i negozi. Cazzo, entriamo in quello della Nike. Ammazza, saranno tre piani!» mi dice eccitato. Pare abbia già dimenticato quello che ha appena fatto da Pamela.
«Ehi, ma quello... quello è...»
E proprio in quel momento ci passa davanti agli occhi Pierce Brosnan, elegantissimo e distinto come nei film.
«Ma quello è James Bond!»
«Ex, ora lo interpreta Daniel Craig...»
Anch'io rimango stupito però. Non è da tutti incontrare per strada l'ex 007, da noi al massimo rischi di incrociare Valerio Mastandrea.

«Ma vanno in giro tutti così tranquilli? Cazzo... l'America è fichissima!»

Trascorriamo le successive due ore a girare per negozi, entrare e uscire in posti pieni di idee e di novità e alla fine ci ritroviamo a Broadway, compriamo i biglietti per *Mary Poppins* e anche se non capiamo quasi niente lo spettacolo ci diverte moltissimo e sono pazzeschi gli effetti speciali del musical: Mary Poppins vola davvero e passa a un palmo dalle nostre teste.

Usciamo e discutiamo su come hanno fatto a farla volare così bene e poi ci accorgiamo che a ogni metro c'è uno spettacolo: *Mamma Mia, The Lion King, Chicago, Spiderman* e *Cinderella.* E la gente entra ed esce da quei teatri, fa la fila ordinatamente. Alla fine ci ritroviamo a mangiare da Stardust, il locale che mi ha consigliato Alfredo Bandini. È veramente forte, anche qui continua lo spettacolo perché, oltre a delle ottime soup e a dei sandwich da sogno, i camerieri sono veri e propri cantanti che salgono sui tavoli ed eseguono alla perfezione pezzi degli anni Cinquanta. E così, stravolti dalla giornata, torniamo in albergo e sfondiamo i letti del Metropolitan.

«Mi faccio una dormita che il materasso diventa la fossa delle Marianne...» dice Ciccio tuffandocisi a pesce.

Entro nella mia stanza, mi spoglio, mi infilo nel letto e, nonostante la stanchezza, mi ritrovo a ragionare sul fatto che nelle ultime ore, complice forse *Mary Poppins,* i camerieri-cantanti dello Stardust e la bontà di quel cheeseburger, non ho più pensato ad Alessia e a quello che sta facendo in questo momento dall'altra parte del mondo. Ecco, sono contento. Devo continuare su questa strada.

Spengo la luce, rimango a fissare il chiarore che proviene dalla finestra, i suoni lontani delle avenue sempre trafficate e penso, mi auguro, che questo viaggio non sia stato inutile, perché non sarebbe giusto che finisse così, senza aver potuto rivedere Ann. Devo incontrarla un'altra volta, non chiedo altro: questo favore, la vita, me lo deve!

E così, con questo strano credito che penso di avere, mi addormento soddisfatto.

21

Un piccoletto di quattro o cinque anni, biondissimo, mi sgattaiola tra le gambe e si infila giù per le scale dell'albergo. Mi aggrappo al passamano per non cadere, quando vedo Ciccio spuntare dal fondo del corridoio. Neanche il tempo di raggiungermi, che il nano dalla faccia nordica questa volta compare alle spalle del mio amico e, veloce come un furetto, lo scansa e si precipita giù.

«Oh, come ha fatto a liberarsi? L'avevo rinchiuso nel ripostiglio!» lo indica Ciccio con aria ancora assonnata.

Strabuzzo gli occhi: «Hai rinchiuso un bambino in un ripostiglio? Sei pazzo?».

«Si è messo a cantare dietro la mia porta alle sei del mattino. Sembrava il catalogo Ikea in musica.»

È pazzo, ma una risata me la strappa lo stesso.

«Ci conviene prendere l'ascensore» dico premendo il pulsante di chiamata. «Saremo più riposati quando giù ci sarà un addetto del telefono azzurro americano pronto a portarci in carcere» commento scherzando, ma neanche troppo.

Sbarcati al piano terra, vediamo il furetto biondo: prima da un lato della hall, poi dall'altro. Giriamo la testa velocemente ma, per quanto possa essere agile, solo un effetto speciale potrebbe catapultarlo da un punto all'altro in un nanosecondo. Ci accorgiamo solo adesso che i bambini sono due... due gemelli! «Ecco, è il sosia che l'ha salvato» bofonchia Ciccio, recuperando il suo orgoglio da carceriere.

I due fuggitivi raggiungono al banco della portineria una giovane coppia, circondata da altri due frugoletti: uno sui tre anni, attaccato ai pantaloni del padre, e una bimba piccolissima imbracata in un marsupio in spalla alla madre.

Ecco, penso, i nordeuropei non si fanno mai problemi. Anche a Roma li vedi vagare con quaranta gradi e mille figli a testa senza scomporsi. Penso ai miei genitori, dicevano sempre che non sarebbero mai potuti venire a New York finché io, Fabiola e Valeria non fossimo cresciuti. "Come fai ad andare in giro con tre figli piccoli" ripeteva mamma. Questi ne hanno quattro e stanno per andare al Moma o a fare un picnic a Central Park, felici come un tifoso quando segna la propria squadra. Penso che abbiano ragione loro, bisogna buttarsi, osare, solo così non ci si perde il bello della vita, le sorprese che possono capitarti all'improvviso in ogni angolo del pianeta. Se mamma e papà non avessero aspettato di farci diventare grandi, magari l'avrebbero vista anche loro la Statua della Libertà dal vivo e l'avrebbero fatta loro due, insieme, la foto al Radio Music City Hall.

In quel momento vedo uno dei due replicanti puntare il dito contro Ciccio: oddio, faccio dietrofront, quando qualcuno bussa sulla mia spalla. «Ehi» sento terrorizzato una voce femminile che mi chiama. Sarà mamma Ikea che ci accusa di essere torturatori di bambini, che ci addita come discepoli di Erode, che è pronta a consegnare il nostro scalpo all'UNICEF. Non ho il coraggio di girarmi.

«Non ci posso credere» esulta Ciccio dieci semitoni sopra il normale.

Mi volto: davanti a noi c'è Pamela Willow. Gonna al ginocchio, sottilissima giacca di pelle, borsa enorme di quelle che portano le modelle... e quelle che lavorano con le modelle! Tutto ovviamente nero. Qui sembra che l'eleganza abbia un solo codice: *total black*.

Devo dire che, a proposito di sorprese, questa è davvero tra le più inaspettate.

«Siete proprio in vacanza, eh? Sono le 10.30 e non avete ancora messo piede fuori dall'hotel.»

Ciccio si passa una mano tra i capelli, rinvigorito.

«A sapere che passavi, avremmo visto l'alba insieme.»

Pamela non coglie la battuta, o finge di non aver capito quel tentativo di corteggiamento. Io colgo il tono insolitamente incantato di Ciccio, invece: ma che gli sta succedendo, sul serio?

«Scusa, come hai fatto a trovarci?» le chiedo per lasciare il tempo al mio amico di riprendere fiato.

Ma mentre lo dico mi viene in mente quello che loro due esclamano all'unisono: «Venanzio!». Già.

Ciccio la guarda e sorride. «Oh, che feeling!» Ora anche Pamela sorride.

«Siete stati fortunati.» Ci mostra un foglio. «Ecco qua! Ieri hanno fatto una richiesta importante per Ann Jones...»

«Sì, noi...» dico confuso io «volevamo sapere dov'è, no?»

Pamela mi guarda come fossi uno di quei bambini svedesi che trotterellavano per la hall, che intanto sono allegramente usciti con i genitori. Insomma, un ingenuo.

«Parlo di un contratto strepitoso per uno spot da milioni di dollari.»

Ciccio, ormai perso, mi segue a ruota. Sembriamo davvero Totò e Peppino in vacanza.

«Tutti per lei?» si lascia sfuggire, mentre in realtà sta pensando: "Io pagherei milioni di dollari per prendere un caffè con te".

Pamela ora ride proprio.

«No, è il costo totale dell'operazione. Devo andare a farle la proposta, è il mio lavoro. Ma pensavo che, se vi va, potreste accompagnarmi.»

Per motivi diversi, a me e a Ciccio sembra di sentire gli angeli cantare.

«Io sono molto distratta... perciò non vi avrò visto durante il viaggio. Ok?» Strizza l'occhio.

Accordo fatto. Annuiamo entrambi. «E adesso andiamoci a prendere un bel caffè.»

Ora è proprio la voce di Dio che parla.

Ci porta in un bar dietro l'isolato, ignorando completamente l'esistenza di Starbucks quando ci passiamo davanti.

«Eppure, ti dirò, non è male quel bicchierone che fanno là dentro. Insomma, anche se siete arrivati dopo, ci sapete fare...» sussurra come un usignolo Ciccio, cercando di ingraziarsela, appena superata la vetrina con la scritta "Frappuccino" sotto l'immagine di uno di quegli intrugli assassini.

Pamela fa una smorfia: «Quella robaccia? Ma dài».

«No, infatti, era lui che diceva il contrario ieri. Io l'ho detto subito che è *very shit*» cerca di recuperare Ciccio.

«Nero, forte, ristretto, così deve essere il caffè» dichiara Pamela di fronte a tre tazzine fumanti di vera porcellana serviteci in un localino piccolo, dove si consuma in piedi, i dolci sono di dimensioni umane e tutto ciò che è commestibile ha un colore che esiste in natura. Altro che cartone termico a prova di Alaska e torte fucsia e argento!

«Dopo tre anni a Milano, e viste le mie origini, non posso bere altro» ci spiega con quel suo accento incerto ma molto *cool*, come direbbero qui.

«Dovresti provare come lo fanno a Roma» invita la voce flautata di Ciccio.

«Be', anche a Napoli non è male» mi inserisco io.

Mi dà una gomitata che per poco la tazzina non vola per aria. «Ma tu da che parte stai?» rimprovera tra i denti.

Pamela lo osserva perplessa. «Eh? In che senso?»

«No, dicevo a Nicco da che parte sta del bancone... si è preso tutto lo spazio.»

Così, tra un imbarazzo, un equivoco e un'allusione, sembriamo tre amici che si vedono da sempre, abituati a fare colazione insieme, a ridere e scherzare. Pamela si scioglie, è molto più amichevole rispetto all'atteggiamento professionale che ha sfoggiato nel suo ufficio. Ci parla del suo soggiorno studio in Italia, di quanto si sia divertita, e di quante cose abbia imparato.

«Avevo un fidanzato di Grossissimo... no...»

Aggrotta la fronte in cerca della parola giusta, le viene da ridere. Ciccio invece si rabbuia.

«Grossissimo?»

«No... no, ecco, Grosseto, di Toscana, volevo dire. Oh, quanto era romantico.»

Ciccio si rianima.

«Era... nel senso che... è morto?»

Pamela scuote la testa con decisione.

«Oh, no, no! Le cose cominciano e finiscono... *that's life*. Dopo master io dovevo tornare in America e lui si è trasferito a Singapore. Ma voi italiani siete così... poesia, non pensate solo al lavoro...»

«Lui, ci puoi scommettere, al lavoro non ci pensa sicuro» scherzo io, alludendo a Ciccio.

Pamela continua. «Il racconto di ieri mi ha fatto ridere un sacco ma alla fine mi ha anche commosso. Di solito dietro ogni cosa che si fa c'è sempre *something else*, un interesse, io sempre credo... Eppure stavolta la tua voglia di vivere bene questa *love story* sembra vera, sincera...» Mi guarda, appassionata.

«E poi secondo me è stato bello che tu hai deciso di partire prima di sapere del tuo amico... Cato...»

«Bato...» la correggo.

«Eh sì, sennò sembrava classica ripicca, *the attempt* disperato di volersi per forza mostrarsi felici, di avere qualcuno a cui pensare mentre la propria *mezza* ci ha tradito... Invece tu non per fare dispetto a nessuno, sei venuto davvero solo per Ann.»

Un velo di amarezza, di rimpianto, mi attraversa lo sguardo. «Purtroppo lei non lo sa. Ci sono un sacco di cose che non le ho detto.»

«Per forza» sfotte Ciccio «lei non capiva una cippa di italiano, tu in inglese sei una mezza sega...»

Pamela ride, anche se i vocaboli poco ortodossi che usa Ciccio non devono esserle molto familiari.

«Guarda che col linguaggio dei gesti si possono dire un sacco di cose» ribatto a Ciccio e allargo le mani, tendendo indice e pollice, come a dirgli: "Ti faccio un culo così!".

Ciccio cerca alleati. «Devi farlo anche a Pamela, perché sta ridendo pure lei!».

La giovane manager americana finge di non capire. «Cosa? Cosa ci devi fare?»

«Una bella torta... grande così, se davvero riesco a realizzare il mio sogno e a rivedere Ann» glisso io.

«Solo ingredienti bio, mi raccomando» ammicca Pamela, che è molto più sveglia di quanto vuol far credere.

Scuoto la testa e mi gusto l'ultimo sorso di caffè, anche se non è terribile quanto quello americano, non è proprio come a Roma. Mi domando cosa possa aver mai scritto Ciccio in quel biglietto per convincerla a fare questo passo. Ieri sera ho insistito fino alla morte, ma niente da fare, ha detto che se me lo avesse raccontato avrebbe portato sfiga.

Ora non so se avrebbe portato sfiga sul serio, sta di fatto che il segreto ha funzionato. Il biglietto il suo effetto l'ha avuto.

Pamela prende il portafogli rigorosamente nero dalla borsa nera e paga i caffè, Ciccio cerca di bloccarla.

«No, due uomini non possono far pagare una signora.»

«Vi metto in nota spese, *take it easy*» risponde pragmatica Pamela, che è un interessante mix di determinazione e femminilità. Ogni sua frase sembra un ritrarsi e un concedere. E infatti...

«Su, sbrighiamoci. Si parte tra un'ora e mezza, ho già preso i biglietti del treno.»

«Cioè oggi? Subito?» le chiedo inebetito. A volte quella cosa di contare fino a dieci prima di parlare, come mi ha insegnato mio padre, me la scordo completamente. E faccio immancabilmente la figura del cretino.

«La pubblicità è veloce, amico mio. Si fa tutto e subito.» Schiocca le dita, facendo cenno di seguirla.

«Tutto, eh?» sottolinea Ciccio gongolante, con la mente già a un letto king-king size e Pamela in sottoveste di pizzo al suo fianco. Poi, cercando di mascherare quello che almeno io gli leggo chiaramente in faccia, prova a capacitarsi di ciò che ci sta accadendo.

«Cioè, tu vieni con noi?» domanda estasiato, fantasticando già su una sorta di luna di miele che li vede uniche star.

«Siete voi che venite con me... Anzi, mi seguite a mia insaputa, non dimenticatevelo! Anche se si tratta di lavoro, ho deciso di prendermi una specie di vacanza, di annullare solito viaggio e solito hotel, e di fare *street* alternativo. Mantenendo tutti gli impegni, *of course*. Insomma, voglio essere una specie di *Cupid*... Cupido dite voi? E vedere come va a finire questa *incredible* storia di *ammore*!»

Ciccio ormai sogna a occhi aperti. «La nostra, dici?» Si accorge dello sguardo dubbioso di Pamela. «Ehm... la loro, certo» si salva in corner.

E adesso sono io quello che arrossisco, protagonista di uno spettacolo a cui tutti vogliono assistere, ormai. Comincio ad avere l'ansia da lieto fine, non vorrei deludere chi partecipa con me a questa avventura e soprattutto non vorrei rimanere deluso io. Per la prima volta, forse, mi rendo conto di quello che ho fatto: sono dall'altra parte dell'oceano e sto per incontrare una ragazza che magari avrà voluto concedersi un'avventura proprio come accade mille volte a molti di noi, che forse mi ha già dimenticato, che vedendomi potrebbe voltare le spalle e scappare via.

Vorrei chiedere a Pamela: "E se è fidanzata? Se ha un *boyfriend*? Se la sua storia di *ammore*... non è la mia?". Ma sto zitto, arrivati a questo punto so che potrebbero uccidermi, sia lei che Ciccio, se mi mostrassi indeciso.

Intanto, abbiamo camminato fino al Metropolitan. Pamela, professionale, guarda l'orologio.

«Quanto ci mettete?»

Ciccio esagera «Dieci minuti. Pure cinque. Prendiamo giusto due cose.»

«Dacci mezz'ora» rettifico, più realista.

«Ok, tra mezz'ora ci rivediamo qui sotto. Intanto, è arrivata la mia assistente per portarmi alcune cose.»

Indica col mento una macchina che accosta al marciapiede, mentre noi ci infiliamo nelle porte girevoli dell'albergo. «Hai capito, ci ha pure l'assistente» tiro una gomitata a Ciccio, che rimane però voltato verso di lei fino quasi a schiantarsi sulle vetrate a bussola dell'ingresso.

«Ci ha un sacco di altre cose» mi dice senza staccarle gli occhi di dosso.

Pamela raggiunge la ragazza che sta scendendo dalla berlina, anche lei rigorosamente in nero, e che la saluta con un veloce bacio sulle labbra e le consegna uno zaino di pelle e poi se ne va.

Ciccio per poco non stramazza al suolo, quasi piagnucolando.

«Non sarà lesbica? No, eh?»

Lo spingo con forza in ascensore.

«Smettila con i tuoi pregiudizi, abbiamo fretta.»

«Quali pregiudizi! Ho visto e ho dedotto: è un giudizio.»

«Sono due amiche, punto.»

«Anche noi due siamo amici, ma non ci baciamo sulla bocca per salutarci.»

«Ciccio, io non ti bacerei sulla bocca neanche se fossi una donna, non sei il mio tipo» lo prendo in giro.

«Sì, ma le ha portato anche il bagaglio già bello e fatto, c'è dell'intimità... E poi, pure quella storia col toscano... scusa, hai visto, si sono lasciati e lei non ha fatto una piega, *that's life*, ha detto. Magari perché le piacciono le donne.»

«Vorrà dire che avete più cose in comune» continuo mentre attraversiamo il corridoio che ci porta alle camere.

«Niente, non mi convince. È così perfetta che ci deve essere per forza la fregatura.» Ciccio torna serio: è incredulo per ciò che gli sta accadendo, tenta di trovare un alibi per sfuggire all'incantesimo dell'amore.

«Eppure sono pazzo di lei. Mi piace tutto, come ride, come gesticola, come tiene la tazzina, come beve il caffè, come ci mette in nota spese... E mi piace come cammina, mi piace come si veste, mi piace il suo profumo. Mi piacerebbe anche se puzzasse.»

Comincio a pensare che la versione romantica di Ciccio sia ancora più dispersiva di quella sciupafemmine.

«Ciccio! Tra venti minuti ci aspetta giù. Vai a mettere un

paio di mutande in una borsa se non vuoi essere tu a puzzare!»

Lo lascio sulla porta e mi fiondo in camera.

Ho bisogno di stare solo qualche minuto. Di tirare il fiato. In fin dei conti è successo tutto all'improvviso. Avevo perso le speranze e neanche un'ora fa mi si è presentata la possibilità di capire veramente cosa voglio e cosa provo. Sto per rivedere Ann. Magari mi sono fatto un film nella mia testa, mi sono costruito una passione per lei, ho pensato che fosse il rimedio per dimenticare Alessia. O forse mi sono inventato un'altra malattia, perché credevo non si potesse trovare la cura. Ho ingigantito la nostalgia che avevo di Ann perché ogni amore che sembra irrealizzabile è il più grande e bello che sia mai esistito. Le storie che non si vivono, che non si consumano, che rimangono sospese, sono le più importanti.

Ma allora è vero, solo gli amori impossibili non finiscono mai?

Poco più tardi mi ritrovo nella hall con una sacca in spalla e lo stesso entusiasmo dei gemelli svedesi di stamattina. Ho deciso che la felicità è possibile e io voglio darle una chance. Voglio darmi una chance. Guarderò Ann negli occhi e ascolterò cosa dice il mio cuore, capirò se la amo davvero.

Arriva anche Ciccio, piomba giù con uno zaino enorme e mille cose appese intorno. Sembra stia partendo per un'isola deserta. Si è portato perfino le pantofole di spugna fornite dall'albergo.

«Guarda che rimaniamo nel ventunesimo secolo. Non c'è bisogno delle pietre per accendere il fuoco» lo redarguisco.

«Non potevo lasciare certo il giubbotto di Bruce Lee, se la voglio stendere, Pamela. E c'ho un paio di DVD che farebbero arrossire persino Rocco Siffredi... E poi, che ne sai quanto restiamo fuori?» poi sorride: «È la magia dell'*ammore*» mormora con enfasi, prima di essere attirato, come un marinaio da una sirena, dal braccio di Pamela, che dietro i vetri ci vede e ci fa cenno di raggiungerla.

È appoggiata alla berlina nera con in mano lo zaino che le ha portato l'assistente.
Saliamo in macchina e Pamela dà indicazione all'autista di condurci alla Grand Central Station.
«Ah, partiamo da lì?» domando, ormai divorato dalla curiosità.
Annuisce con aria misteriosa e non scuce una parola di più.
«Fico avere l'autista. Anch'io a Roma volevo buttarmi in qualche partito solo per questo. È l'unico modo per beccarsi un'auto blu.»
Sospiro. L'*ammore*, come lo chiama lui, non l'ha ancora cambiato fino in fondo.

22

Quando avevo nove anni, mi persi alla stazione Termini. Eravamo andati a prendere Fabiola che tornava dalla gita scolastica a Firenze e il preside aveva scelto il treno perché in quel periodo molti pullman da turismo avevano fatto degli incidenti mostruosi. Mamma teneva Valeria stretta per la mano, con lei che si lamentava, già allora con il suo caratterino tutto pepe. "Così me la stritoli, tanto vale che finisco sotto il treno, se mi cadrà la mano almeno non è colpa tua." Papà le aveva sorriso e le aveva assicurato che esisteva una colla fatta apposta per riattaccare le mani delle bambine. Però di far attenzione, perché se la mamma le avesse tagliato la lingua, la colla per quella non c'era.

Mentre come al solito loro si beccavano a vicenda, io ero uscito nel piazzale esterno per vedere l'orologio che segnava quanto tempo mancava al Duemila. Quel conto alla rovescia mi sembrava così misterioso, non sapevo se dovevo prenderlo come una fine o come un inizio. Sta di fatto che quando mi ritrovarono, cominciai a temere che al Duemila non ci sarei arrivato proprio, con tutti i rimproveri di mamma e papà.

Ora mi trovo nell'atrio principale della Grand Central Station di New York e non riesco a staccare gli occhi dal vecchio orologio a quattro facce. Da ogni angolo lo guardi, è come se fosse un unico esemplare. «Caspita, vedo le stelle» balbetta Ciccio esterrefatto. Colpa dell'*ammore*, penso tra me. Invece mi volto e lo becco con la testa per aria: ha ragione lui, sul soffitto è illustrata tutta la volta celeste. Lancio un'occhiata intorno e mi domando un bambino che si perde qui che fine fa: è la stazione più estesa del mondo!

«Qui al piano di sopra partono tutti i treni per le grandi destinazioni. Giù quelli locali» ci spiega Pamela mentre prosegue verso i binari, non so neanche quanti sono, vedo solo i numeri progredire fino a cifre impensabili. Il lampo luminoso di un'insegna mi ricorda per un attimo l'asteroide che colpiva la stazione in *Armageddon*. Fuoco, fiamme, distruzione. Ma per fortuna è solo la scritta di un ristorante, noi siamo tutti sani e stiamo partendo alla volta di una destinazione che non conosco. Per andare a costruire un amore, non per distruggere. Già mi basta questo per sentire l'adrenalina a mille.

«Il nostro è quello per Philadelphia.»

Finalmente scopriamo la meta segreta.

«Philadelphia? Allora è lì che si trova ora Ann!» esclamo sorpreso e felice allo stesso tempo.

Pamela annuisce con aria soddisfatta. «Sì, la città dell'amore.»

Io e Ciccio ci guardiamo incerti: scherza? È un'allusione alle storie che nasceranno lì tra me e Ann e lei e Ciccio? Sa già anche lei che avrà un futuro col mio amico?

«Dell'amore fraterno» continua lei «sì, insomma, dal greco, il latino... sono le vostre origini, *you know*?»

Ma dov'è finita la leggenda che gli americani sono ignoranti?

Cerco di buttarla sullo scherzo. «Figurati, Ciccio fino a poco fa pensava che Philadelphia fosse solo un formaggio spalmabile...»

«Io? Ma guarda che lo so benissimo quant'è importante. Ci hanno intitolato pure un film, oddio, quello con coso, terribile, sì, Tom Hanks malato di Aids con la flebo al braccio e la musica lirica...» Si batte le dita sull'incavo del braccio, come a dire quanto fosse mortalmente noiosa la pellicola.

«Tanto noioso che sei uscito prima che finisse quando ce l'hanno fatto vedere a scuola» rido io.

Un'espressione di disappunto si disegna sul volto di Pamela.

«Non posso pensare che c'è qualcuno tanto superficiale da lasciare a metà un film del genere. Era così profondo, così importante... È uno dei miei preferiti.» Più va avanti, più sembra inorridita. Ciccio si adegua all'istante.

«Hai ragione, solo un insensibile prende e se ne va. Infatti... io ero uscito per andare a comprare i kleenex. Poi sono andato apposta in un cinema dove danno vecchi film e l'ho rivisto tutto da capo. Ho pure pagato il biglietto.» Più lo dice, più sembra convinto. Non ci credo! Vuoi vedere che è innamorato davvero? Non aveva mai permesso a nessuno prima d'ora di discutere le sue valutazioni su un film, una donna poi non veniva presa neanche in considerazione, per lui le ragazze al cinema vanno bene solo per una cosa: "E devi essere in fondo alla sala... sennò ti beccano!". E adesso è disposto pure a fingersi paladino del cinema impegnato.

Cerco di toglierlo dall'impaccio. «Comunque Philadelphia è anche la patria del grande Rocky, non dimentichiamocelo. Se c'è tempo, voglio farmela anch'io una corsetta sulla famosa scalinata... Tatàratatataratatatà» canticchio accennando un paio di saltelli sul posto con una botta di energia. «Adrianaaa!»

Ed è in quel momento che ho la piena percezione che ormai Ciccio è irrecuperabile, perché mi guarda schifato, come fossi l'ultimo degli sfigati, lui che si è visto in streaming, il giorno stesso che usciva, pure il sesto episodio, quello con Sly ormai vecchietto.

«Bah! Robaccia» sentenzia spocchioso. «Dài, non sarai così rozzo da appassionarti alla storia di uno che tira pugni, insomma...! Sei d'accordo, no?» E guarda Pamela in cerca di approvazione.

«No, per niente: Rocky non si tocca, non me ne sono

perso uno. Per noi è un eroe» lo incenerisce lei. Anche per Ciccio, ma cambiare idea ancora una volta non gli gioverebbe, perciò è costretto a incassare quel bel dritto in silenzio.

Saliamo sul nostro scompartimento e facciamo appena in tempo a sederci che il treno parte. Usciamo fuori in pochi secondi dalla Grand Central Station ed è uno spettacolo vedere quanti sono i binari che si intersecano, si incrociano, si mescolano per arrivare tutti nello stesso punto, e da lì poi ripartire per chissà quale città. Mi sembra la pista che avevo da bambino, moltiplicata per dieci, per cento, per un milione. Un fascio di ferro, di tecnica e maestosità. Il treno prende subito velocità, si allontana svelto dalla stazione e fa una grande curva: dal mio posto riesco a vedere in sequenza la Statua della Libertà, il ponte di Brooklyn, le navi che attraversano quel tratto di mare, i traghetti che fanno su e giù tra Manhattan e la terra. Ancora una volta mi sento immerso in una cartolina vivente, tutto è poetico e leggendario. Per un attimo penso che, se la vita si bloccasse come in un fermo immagine, potrei rimanere per ore a godermi questo panorama, a scoprire dei particolari sempre nuovi e a cercare di ricordarmi dove li ho già visti.

Ciccio invece è già con la mente avanti, traffica con l'iPhone in cerca di risposte immediate.

«Allora, Google Maps dice che Philly è a circa centocinquanta chilometri, in un'ora e mezza dovremmo esserci.»

Pamela lo guarda con un'espressione a metà tra malizia e rimprovero.

«Sei uno impaziente, eh? Pensa che ho scelto questo treno che ci mette di più, invece di quello superfast, per prendermela comoda... ma volevo conoscere meglio chi ho davanti.»

«Se è per quello, chiedi pure, sono pronto a soddisfare ogni tua curiosità» dice Ciccio, ricacciandosi il telefonino in tasca. «Nel senso che... anche a me piace conoscere chi mi circonda. Pensa, ieri sera mi sono messo a parlare con un barbone sotto l'albergo...»

Pamela sorride, ha inquadrato il tipo, ma una cosa non

l'ha ancora capita: quando Ciccio scherza o fa sul serio. Devo ammettere che a volte il dubbio viene anche a me.

Intanto le squilla il cellulare.

«*Hi, darling! Yes, yes, we're on the train. Everything's fine.*»

Ciccio è semisbiancato, gli è bastato "*hi darling*" per metterlo in allarme. Già frigge dalla gelosia.

Pamela riattacca. Un sospiro affettuoso. «Ellen, la mia assistente. Senza di lei sarei persa.»

La notizia non solleva il mio amico, anzi riattizza il sospetto. Sento che sta per dire qualcosa, quando la musica che parte in sottofondo per le carrozze del treno, in qualche modo, lo blocca.

È un soul funky d'annata. Pamela tiene il tempo muovendo le spalle e chiudendo ogni tanto gli occhi.

«È bel-lis-si-ma» sillaba Ciccio come un pesce nell'acquario.

La sua principessa riapre gli occhi, si scosta i capelli come fanno solo le ragazze della *city*.

«Quando torniamo a New York vi voglio portare al Boom Boom Room, è la discoteca del momento. Si entra solo con la tessera, ma conosco qualcuno nell'ambiente... Sono sicura che vi... *stupiscerà*. Un posto, come diciamo noi, molto *cool*.» Poi mi guarda e mi fa l'occhietto. «Magari ci andiamo con Ann!»

«Sì, magari...» E nello stesso istante in cui rispondo deglutisco, cercando di mandare giù quello strano groppo alla gola. Sento l'euforia che si trasforma in tensione. Come al solito, man mano che le cose si avvicinano comincio ad aver paura di non riuscire ad afferrarle.

Ciccio invece non ha alcuna incertezza, fosse per lui, Pamela non gliela strapperebbero neanche i Marine. Lo vedo da come la guarda, da come segue il suo corpo sinuoso che ondeggia a suon di musica. Pamela avverte la carezza di quello sguardo.

«Ti piace ballare?» quasi lo provoca.

«Molto...»

Ciccio mi guarda facendo finta di nulla, ma mi implora

di tacere con una mezza alzata di sopracciglio: sappiamo entrambi che sta mentendo.

«A Roma non mi perdo un'inaugurazione. Se c'è il lancio di qualche nuovo locale, io sono lì. Sono pure andato all'apertura del Gay Village a giugno.» Ciccio s'è lasciato trasportare dalla fantasia e ora si morde la lingua. Ha paura di essere frainteso, cretino com'è. «Cioè... così... perché... sì, è un posto come un altro.»

«Eppure a guardarti sembri...» Pamela fa una pausa, pare quasi studiata. Ciccio comincia a sudare. Che sembra? «... Sembri più uno a cui piace guardare gli altri ballare, invece che ballare tu.»

La nostra Cupido ha colpito nel segno: Ciccio è nudo ai suoi occhi. Peccato che non siano da soli su un atollo tropicale, perché lui ci manca poco che si strappi i vestiti di dosso, pronto a diventare per sempre il suo schiavo. *Slave to love...*

Con elegante disinvoltura Pamela si alza. Non fa niente per essere seduttiva, anzi sembra mettercela tutta per mostrarsi distaccata. Eppure le riconosco questo suo fascino adulto: leggermente autoritaria ma mai sgradevole. Ecco quale dev'essere il segreto che ha catturato l'imprendibile Ciccio. «Mi guardate la roba che vado un attimo in bagno, *please*?»

«Certo.»

Esce dallo scompartimento e subito Ciccio mi si attacca addosso, inizia a tormentarmi.

«Cazzo, non è che con quella palla del Gay Village si è fatta scoraggiare? Capirai, manco so dov'è. Potevo starmi zitto.»

Sorrido. «Non credo che Pamela sia il tipo che si scoraggi davanti a nulla.»

Allora Ciccio si butta sulla sua borsa e comincia a frugare.

«Ma sei matto?»

«Voglio vedere quanti anni ha.»

Trova il portafoglio, lo apre.

«Ma dài, Ciccio, che fai? Magari arriva e ti becca così, pensa che le stai rubando i soldi, dopo tutto quello che ha fatto per noi... Sai che figura. E dài!»

«Ecco, c'è la sua carta d'identità. 16 maggio 1987... Quindi ha?»

«Mettila a posto!»

Riesco a fargli posare il portafoglio appena in tempo.

«Ventisette! Ha tre anni più di me! Mi serve proprio la donna matura. Voglio essere il suo toy-boy, sì, il suo Ciccio Bello! Miao, miao, miao...» mugugna come un micio castrato.

Proprio in quel momento ritorna Pamela. «Ma c'è un gatto?»

Ciccio cerca di giustificarsi. «Dicevo che in italiano ci sono delle parole che si assomigliano come "ciao" e "miao". Ma tu lo conosci bene, lo saprai. Magari con un anno intero passato qui parleremmo anche noi inglese come tu parli la nostra lingua.»

«Ah, sì, certo, la pratica è la cosa migliore, *very* importante. Calcolate che sono stata tre anni a Milano.»

«Per fortuna non hai preso l'accento toscano con Grossissimo, là, come si chiamava...»

«Lorenzo. Come Lorenzo il Magnifico» sorride Pamela al ricordo del suo ex, che non sembra per nulla turbarla. «Però ho imparato "*bauscia*" e "*bela madunina*"» spiega divertita.

«Allora adesso ti manca qualche lezione di romano. Quando vuoi, ti faccio un corso accelerato...»

«Uhm... Facciamo scambio-casa, io vado da te quando tu vieni da me» lo frega Pamela, scherzando. Non sa che è davvero uno scherzo, perché in Italia a ventitré anni viviamo ancora tutti con i genitori. E quando va male anche molto più a lungo. Me la immagino Pamela, così glamour, con la mamma di Ciccio che cucina la coratella...

Il mio socio mi guarda e dice a bassa voce: «Eh, no, ma così non la vedo... bella fregatura».

Rilancia, senza arrendersi. «Facciamo fifty-fifty. Due mesi a Roma insieme e due mesi qui a New York, così io ti porto nei posti giusti lì e tu mi porti nei posti giusti qui. Ti faccio da Cicerone, come si dice in Italia.»

Pamela scoppia in una risata fragorosa. «*Ceceroni*... oh,

mi ha fatto sempre molto ridere questa parola. Come pasta e *ceceroni*.»

Anche noi adesso ridiamo, trasportati dalla sua simpatica pronuncia e da quelle parole storpiate con cui infarcisce il suo italiano.

«A proposito, volete mangiare qualcosa?»

Si gira per prendere la borsa, la vede mezza rovesciata.

«Dev'essere caduta...» tento di giustificarmi. Ciccio invece abbonda di particolari, la prima prova di colpevolezza per un sospettato. «L'abbiamo salvata in corner... Il treno ha preso una curva...» Certo, come se fossimo a Indianapolis.

Pamela risistema la sua borsa-mondo sulla poltrona e tira fuori due contenitori che sembrano usciti dritti da Tiffany.

«Ecco i miei lunch box...» Apre: all'interno ci sono delle bottigliette e dei sandwich. «Ho preso dei panini per voi. Formaggio, uova, tacchino, con o senza cipolle. Immagino che queste cose vi piacciono.»

Lo dice quasi con disprezzo. Infatti subito dopo prende un altro lunch box, ancora più bello, più prezioso: smaltato di rosso con dei decori giapponesi.

«Per me solo insalata, spremuta d'arancia e pane integrale. *All natural*. Questa verdura viene da Farmers' Markets di Union Square.»

Se non fosse che Pamela lo dice davvero in maniera *all natural*, potrebbe risultare odiosa. Dal suo modo di fare pragmatico, spiccio e sicuramente *results-oriented*, così direbbe lei, si capisce però che non è una posa, che quella mania salutista è davvero la nuova religione della bella gioventù newyorkese. Anni di grassi saturi hanno smosso le coscienze.

«Organizzazione perfetta» si complimenta Ciccio afferrando il panino senza cipolla per apparire meno colpevole ai suoi occhi.

Pamela si stringe nelle spalle e annuisce. «All'Infinite mi occupo soprattutto di pianificazione... anche se di solito non porto la colazione al sacco» ride. «Semmai mando i cestini... ma questa per me è una vacanza-lavoro.»

Non so se è perché mi sono beccato il panino con la cipolla, ma dopo un boccone mi si chiude lo stomaco. Forse è l'ansia all'idea che tra poco incontrerò di nuovo Ann. Mi sembra come quelle cose che facevo da piccolo, contare al contrario qualcosa. Meno cento, gli ultimi giorni di scuola, meno venti al mio compleanno, meno dieci al Natale, meno cinque al rientro dalle vacanze della mia ragazza, meno uno e si tornava a scuola. Sì, come il grande orologio che segnava il countdown al Duemila davanti alla stazione Termini. E allora questo è l'inizio di un nuovo meraviglioso amore con Ann?

Mancherà al massimo qualche ora al punto zero. Alla verità. Nell'attesa bevo anch'io la spremuta d'arancia, mi ricollego con la realtà e le chiacchiere di Ciccio, che non lascia nulla di intentato. È un vero *Ceceroni.*

«Vuoi dire che non sei mai stata all'Argentario?»

«Dove c'è Buenos Aires? Argentina, dici.»

«Ma no, l'Argentario... Be', ma allora il tuo Magnifico tanto magnifico non era. Scusa, uno di Grosseto non ti ha portato mai al mare?»

«Ma lui abitava a Milano, prima di Singapore, e aveva litigato con genitori, non tornava mai a casa.»

«Allora ti ci porto io, devi conoscere quella costa della Toscana. Ci si mette un'oretta e mezza da Roma... è fantastica.»

E continua a fare programmi a manetta su un ipotetico viaggio di Pamela in Italia e su tutte le spiagge meravigliose da vedere. Pamela dal suo canto racconta di esserci stata al mare, in Italia, con delle amiche del master. Alle *Olio,* dice, sono finite in un'isoletta dove le donne facevano il pane in casa e si girava solo con gli asini. E lei non ci poteva credere, si sentiva in uno di quei film degli anni Cinquanta.

«Allora succede anche a voi, anche gli americani ogni tanto si sentono in un film! Meno male, un po' di giustizia» sospiro sollevato.

«*Oh, yes,* Fellini, la dolce vita...» fa lei sospirando, gli occhi al cielo.

«Quella che potrei farti fare» commenta Ciccio a bassa voce, aiutato da una frenata che copre le sue parole. Il treno rallenta e si immette nella stazione di Philadelphia. Siamo arrivati.

Ciccio si offre di portare lo zaino di Pamela, che in confronto al suo equipaggiamento da esploratore è assolutamente minimale, con tutta una serie di cerimonie e complimenti che non gli ho mai visto fare. E alla fine ci riesce.

La stazione, qui, è molto meno affollata rispetto a New York, e io mi distraggo a guardare gli altri passeggeri, a cercare di intuire dai loro occhi il motivo del loro viaggio: se è un ritorno, una visita veloce, una nuova scoperta. Mi immagino una risposta per ognuno di loro, ma quello che in realtà sento mentre scendiamo è lo scambio di battute tra Ciccio e Pamela.

«Sei tu che hai scritto il biglietto che mi avete lasciato in agenzia?»

«Allora mi hai scoperto!» conferma orgoglioso.

«Ti ho scoperto sì» e gli sorride. «E mi è piaciuto quello che hai scritto ma...»

Ciccio pende dalla sue labbra, è convinto di averla conquistata, si aspetta che da un momento all'altro lei gli metta le braccia collo. «Ma?»

«La prossima volta chiedimi l'età, non frugare nella borsa!» Allarga le mani tendendo pollice e indice. «Sennò ti faccio... una torta così. E poi te la tiro in faccia.»

Be', sono parecchie le cose che ha scoperto Pamela.

23

Se New York mi era sembrata un tuffo al cuore, emozione allo stato puro, con tutto il caos, i rumori, le meravigliose esagerazioni che la contraddistinguono, Philadelphia è come un massaggio in un centro benessere: c'è tutto quello che ti serve e ti fa star bene, mentre intorno regna la tranquillità. La differenza è un po' come quella che c'è tra un superalcolico e un bicchiere di vino. I grattacieli sono grattacieli anche qui, e le vie enormi, gente di ogni colore quasi più che nella Grande Mela, intere strade sono coperte da murales, ma l'atmosfera è ovattata, rilassante. Assomiglia quasi a una capitale europea. Almeno questa è l'impressione che mi arriva dal taxi che abbiamo preso per andare in albergo. Forse il fatto che questa città viaggi a ritmi normali mi aiuterà a contrastare il tamburo che sento nel petto ogni volta che penso a Ann e a quello che sto facendo per lei. In fondo, se l'avessi incontrata a New York il cuore mi sarebbe potuto scoppiare: in un posto che va a mille non puoi andare a mille anche tu. Qui ho il tempo di riprendere il fiato, di sintonizzarmi sui suoi sentimenti. Quante sono le probabilità che coincidano con i miei? Non riesco a fare il calcolo.

Chi invece in materia non perde un colpo è Pamela.

«Ho scelto il Knights Inn basandomi sull'hotel che avete preso a New York. Insomma, volevo rimanere in linea con le vostre esigenze. Costa quarantasei dollari a notte, c'è wi-fi gratis, e il prezzo comprende tasse e commissioni» ci spiega la regina dell'efficienza. Io la guardo con ammirazione, Ciccio ormai con amore.

«Caspita! Ti dovrebbero chiamare a fare il ministro delle Finanze in Italia. Nel giro di un paio di mesi rimetti a posto i conti.»

Pamela si prende i complimenti con una certa grazia. «E pensa che fare numeri non è la mia attività preferita, anche se mi tocca pure quella. Mi piace molto di più occuparmi di organizzazione, preparare gli incontri... Per questo sono qui con voi: voglio vedere come va tra Nicco e Ann» dice entusiasta.

«Spero di vederlo anch'io, se non svengo prima» mormoro abbassando il finestrino. Ho bisogno di prendere una boccata d'aria ora che il momento si avvicina. Anche Ciccio finge di guardare fuori, mentre in verità ha occhi solo per lei.

«Bella Philadelphia, eh? Tutto sommato l'errore di Roberto...»

«E chi è Roberto ora?»

«Roberto è il portiere dell'albergo romano che ci doveva dare l'indirizzo di Ann, solo ce l'ha dato falso pensando che non saremmo mai venuti fino in America...»

Pamela sorride, il nostro coraggio le piace.

«Ma l'indirizzo era quello di Venanzio e Thomas. Per un po' credevamo che fosse nascosta là dentro. E invece non sapevano neanche chi fosse...» riassumo io.

«Per forza, a loro le modelle gli fanno un baffo» Eccolo Ciccio, che non trattiene la battutina acida. Gli do una gomitata. «Sono stati davvero carini con noi. Quando ci siamo incontrati di nuovo, dopo aver visto la faccia di Ann sul cartellone, ci hanno persino invitati a cena.»

«Oltre che farci conoscere te» strizza l'occhio Ciccio.

Pamela sposta abilmente il discorso.

«Ma avete visto come cucinano da sogno quei due?»

«Eh, bisognerebbe mandarli a "MasterChef"» ironizza Ciccio.

«Guarda, se un uomo mi invita a casa sua e mi fa mangiare così io mi innamoro all'istante!»

«Ah...» Ciccio mi guarda e fa un'espressione eloquente come a dire: "Vedi? Basterebbe poco...".

Se non fosse che lui ha qualche difficoltà anche con un uovo strapazzato.

Pamela sospira. «Peccato che nessun uomo etero sa fare queste cose.»

«Be'... Ne sappiamo fare altre...» ammicca Ciccio.

«Non sono sempre le più divertenti» sibila Pamela con un tono volutamente equivoco.

Proprio in quel momento il taxi si ferma, Pamela paga velocemente e scende. «Sempre in nota spese?» scherza Ciccio, ma lei è già sulla porta dell'albergo. Non è una che perde tempo.

Lo guardo e gli dico piano: «Ti vedo male... Questa non è il tuo solito target».

Mi batte una mano sulla spalla. «Non ti preoccupare, ho già la soluzione in tasca, mentre parlava ho scaricato un'app sulla cucina.»

Così scendiamo anche noi. Appena entro al Knights Inn la prima cosa che mi viene in mente è il salone da parrucchiere dove va mia madre: le poltroncine della hall hanno una tappezzeria molto simile, mi avvicino per accertarmi che anche i disegni geometrici sullo sfondo senape siano uguali a quelli di Tony Beauty Hair dove mia madre ha sfogliato migliaia di inutili riviste per anni in attesa della tinta. Ciccio mi tira per la giacca. «Ma che cerchi, i pidocchi?»

Devo dire che il verde oliva delle pareti, il legno scuro dei mobili e un portiere ancora più scuro di quel legno, conferiscono all'hotel un'aria più austera del negozio di Tony. Consegniamo i passaporti e prendiamo le chiavi, mentre Pamela è di nuovo al telefono con Ellen, l'assistente. Ciccio storce il muso: «Neanche io e te quando dobbiamo andare allo stadio ci chiamiamo così spesso».

Miss Willow si libera e ci raggiunge.

«Che facciamo?» chiedo incerto.

Pamela mi guarda, poi ingrana la marcia della donna manager. «Non so Nicco, mi devi dire tu che vuoi fare. *One*: stare un po' da solo. *Two*: riflettere. *Three*: vuoi che stabiliamo una strategia tutti insieme? Posso fare un *planning*...»

Solo l'idea mi fa rabbrividire: noi seduti intorno a un tavolo con i diagrammi delle possibilità di un amore tra me e Ann. La blocco subito. «Forse è meglio che prima mi do una rinfrescata... e poi decidiamo.»

«Ok, anch'io ho bisogno di *relax*. E devo ancora controllare i termini del contratto della nostra top model, Miss Jones.»

Ciccio premuroso si sporge per aiutarla di nuovo a portare il suo zaino peso piuma. «Noi abbiamo già preso le chiavi, ma se vuoi ti aspettiamo per salire insieme.»

Pamela mi sfila una delle chiavi di mano con un sorriso. «Quarantasei dollari e wi-fi gratis erano per la doppia, *of course*. Una di queste è mia. Voi dormirete insieme. Ma, tranquilli, state comodi.»

Non possiamo darle torto: la stanza ha due letti matrimoniali enormi, che se Ciccio fosse quello di due giorni fa, il pre-Pamela, già penserebbe a organizzare un'orgia.

Invece abbandona quella specie di casa portatile che ha in spalla e si lancia sul letto vicino alla finestra, baldanzoso.

«Dici che l'ha fatto apposta? Ha preso solo due camere per fare in modo che poi, con la scusa che russi, vado a dormire da lei?»

«Ciccio, ma sei tu che russi! Se c'è qualcuno che deve cercare riparo altrove sono io.»

Appoggio la sacca sulla poltrona e anch'io mi sdraio sul letto.

«Ma secondo te io le piaccio?»

«Ti devo dire la verità?»

«Come ho sempre fatto io con te.»

Lo incenerisco.

«Vabbè, sì, ma per la storia di Bato non ho mica mentito, ho solo omesso.» Poi lancia un cuscino per aria, sorpreso di se stesso. «Cazzo, come parlo bene! Certe parole non sapevo neanche io di conoscerle, è l'*ammore*, è l'*ammore*!»

Il cuscino gli ricade in faccia. Come la mia risposta.

«No, secondo me non le piaci.»

Si volta di scatto e si mette a sedere.

«Allora ho ragione io, è lesbica. Non può esistere donna a cui non piaccio. Hai visto, sta sempre attaccata al telefono con quella Ellen. E poi tutte le allusioni sugli etero... Però non sembra proprio, è così femmina.»

«Sei il solito troglodita: per te i gay vanno in giro in tutù e le lesbiche sono tutte camioniste. Sempre con 'sti luoghi comuni. E allora Jodie Foster? Quella biondona di Portia De Rossi? Non sono femminilissime? E Lindsay Lohan, che tanto si sa che le piacciono le donne pure a lei? E la rossa di "Sex and the City"?»

«Comunque, se non è questo, devo capire qual è il suo grande difetto.»

Mi tolgo le scarpe e allungo i piedi sulla coperta a quadrettini.

«Una donna non può essere perfetta?»

«No, ma ci si può avvicinare tantissimo!»

Niente, sta proprio male.

«Comunque era meglio se mentivi.» E si ributta giù. Poi si tira di nuovo su. «Scusa, ma allora perché è venuta fin quaggiù con noi? Poteva andarsene in macchina con l'autista.»

«Le piacciono le storie d'amore.»

«Be', può andare a vedersele al cinema. No, non mi convinci...» E si ributta giù.

«Hai ragione, le piaccio io, vuole vedere come va con Ann e poi, se mi dà buca, si propone lei.»

Mi diverto a prenderlo in giro, ma il gioco non sembra divertirlo. Anzi, mi sa che non ha capito proprio che sto scherzando.

Si rialza, minaccioso. «Non ti azzardare a guardarla.»

«E perché?»

«Perché neanche ti piace.»

«Ora che ho come prima scelta Ann non mi piace, ma se lei non ci sta magari come ripiego...» Me lo sto cucinando bello bello.

«Eh no, eh...»
«E dove sta scritto?»
«Perché piace a me!» s'impermalosisce di brutto. «E perché siamo amici.»
«Ma scusa, anche io e Bato eravamo amici, eppure si è messo con Alessia.»
«Tu e Alessia vi eravate lasciati. E comunque io non sono Bato, tu non sei Bato, noi abbiamo delle regole.»
Non lo correggo sulla storia di Alessia e Bato, preferisco continuare a stuzzicarlo: «Le regole sono fatte per essere trasgredite... Perciò mi ci metto lo stesso con Pamela».
Affondo il coltello, godendomi la sceneggiata. Cerco di trattenermi, ma di botto scoppio a ridere. Ciccio finalmente capisce e mi lancia un cuscino addosso. Io rispondo con la stessa moneta. Stiamo lì a fare la guerra dei cuscini per un bel pezzo, come due bambini in campeggio, divertendoci come pazzi. Poi Ciccio colpisce inavvertitamente il mio comodino, facendo cadere un portafiori decorativo. Lo salvo al volo. «Attenzione, sennò lo mettono sul conto di Pamela!» ghigna lui.
«Non erano quarantasei dollari danni compresi?» ribatto.
Ci ricomponiamo. Ciccio torna serio. Si tira su, si mette a gambe incrociate e si appoggia allo schienale con un cuscino dietro. «Non avevo mai perso la testa così.»
«Avercela una testa, Ciccio» lo sfotto.
«È che non riesco a non pensare a lei. Quando siamo vicini, non riesco a non toccarla, la sfioro in continuazione, le tocco il braccio anche se non c'è ragione. Sono drogato di lei, non me n'è fregato mai niente delle donne, sono sempre state una seccatura, e ora attraverso Pamela le amo tutte, mi sembrano la cosa più bella del mondo. Quando l'ho salutata e le ho dato un bacio sulla guancia, l'ho stretta in vita e sentirla così vicina mi ha fatto impazzire e la vorrei salutare altre mille volte...»
«Ma quando vi siete salutati, scusa? Non ci siamo mai separati.»
«Ecco vedi, hai ragione, pensa come sto, me la sono so-

gnata.» E inizia a ridere come un cretino. «Sono rovinato, Nicco... Ma lei magari sta con qualcuno, le piace un altro.»

«Sulla carta d'identità cosa diceva? Nubile? Già, tu l'inglese non lo capisci!» lo punzecchio.

«Non è bello che ti prendi gioco dell'*ammore*...» risponde crucciato.

«A proposito di amore, ti ricordo che siamo venuti qui per dare una possibilità alla mia storia, per trovare Ann, e che facciamo invece? Parliamo tutto il tempo di Pamela... Vado a farmi una bella doccia, va', magari mi viene in mente un piano, qualcosa...»

Così mi levo i pantaloni e la camicia e mi avvio verso il bagno.

«Tu che sei un pozzo di idee, vedi di trovare qualcosa di buono per me.»

Mi infilo in bagno. Apro il rubinetto della doccia per regolare l'acqua. Succede che è sempre troppo fredda o troppo calda. Un po' come il mio cuore: devo trovare la temperatura giusta. Mentre scorre, mi guardo allo specchio. Ho ventitré anni, sono a New York e cerco l'amore. È questo in due parole il mio identikit, penso analizzando la situazione. In fondo cosa c'è di sbagliato? Perché non ce la dovrei fare? E mi ficco sotto il getto potente che spero mi aiuti a schiarire le idee. Mi rilasso sotto l'acqua, inizio a pensare a cosa fare.

Dove è giusto incontrarla? Dovrei preparare una sorpresa? No, meglio di no, troppa enfasi, troppo rumore, se poi fallisce sai che sputtanamento... Devo colpirla con qualcosa di più profondo, più intimo. A volte nei piccoli gesti si svelano i sentimenti più grandi. E poi devo trovare le parole, le parole per dirle quello che provo, quanto è importante per me. Non sono bravo con queste cose, è un mio difetto, lo so. Formulo un paio di frasi nella mia mente, ma mi viene da ridere, mi autocensuro da solo. In amore sono stato una frana in italiano, figuriamoci cosa posso combinare in inglese. Avrei bisogno di qualcuno che scrivesse per me, di un animo nobile che mi infondesse la sua sensibilità, di un poeta che mi prestasse le sue parole...

«E se la porti sul toro meccanico e ti dichiari lì?» mi urla all'improvviso Ciccio da fuori. Eccolo, il poeta.

Mi insapono la schiena e sospiro, sconsolato. Metto fuori la testa dal box doccia per farmi sentire.

«Aveva ragione il professor Gioia a scuola: "Se cerchi una mano nel momento del bisogno, la trovi alla fine del tuo braccio".»

Un attimo di silenzio. Poi sento la risposta di Ciccio.

«Nicco, ma che ti stai facendo una sega?»

24

Una donna è sdraiata sul lettino di uno studio medico. È imbacuccata fino al collo, un maglione larghissimo con i polsini che le coprono metà dita. Scuote la testa, il dottore cerca di incoraggiarla. La donna, ritrosa, indugia, finché il dottore prende coraggio e le tira su le maniche del maglione. Ha gli avambracci coperti di macchie rosse. La donna spiega qualcosa, affranta, ripetendo più volte "*shame*". Vergogna. Capisco solo che si vergogna della sua strana orticaria. Ciccio, di fianco a me sul divanetto senape della hall, afferra il telecomando e cambia velocemente canale, rabbrividendo.

«Che impressione! Perché guardi 'sta roba?» Prende a grattarsi dappertutto. È uno di quei programmi che danno pure in Italia in cui qualcuno è afflitto da qualche malattia rara che gli provoca grandi imbarazzi. Se anche il mio amore per Ann fosse una malattia, un sentimento non corrisposto, ci sarebbe un medico pronto a curarmi dall'imbarazzo di essermi precipitato fin qui?

Pamela, dal fondo del salottino, col cellulare ancora all'orecchio e una cartellina sottobraccio, ci raggiunge a passo deciso.

«*Ok, ok, see you soon. Bye.*»

Chiude la telefonata e si siede sulla poltrona di fronte a noi, posa la cartellina sul tavolo. «*Perfect!* Ecco la base per le nostre azioni. L'ho detto anche a Ciccio, mentre ti aspettavamo: questo angolo con il tavolo è come la nostra sala riunioni. Molto *privacy.*»

Lancia un'occhiata intorno, in effetti non c'è nessuno. Si sente solo la TV che gracchia sopra la nostra testa. Alzo lo sguardo, ora ci sono delle persone che corrono per le corsie di un supermercato caricando i carrelli all'inverosimile.

Pamela mi guarda per un attimo contrariata, poi pigia un tasto sul telecomando e spegne. Nulla deve ostacolare il suo planning, per lei è davvero un lavoro. Si frega le mani soddisfatta.

«Non ci posso credere, stiamo per decidere qualcosa che magari cambierà la tua vita, Nicco... e quella di Ann. Lei non sa che sta per accadere tutto questo... non sa che tu sei arrivato fino a qui, che sei a pochi metri da lei, dalla sua vita, che stai per riscrivere la storia...» Riscrivere la storia non è troppo? penso io.

Ma Pamela lo dice come se stesse decidendo di un attacco nucleare, una rapina alla riserva aurea, dello sbarco su Marte di una colonia di bambini. In maniera scientifica, come se davvero tutto possa essere pianificato nei particolari, studiato a tavolino. Forse è questo suo approccio così razionale che la rende affascinante: non lascia spazio all'imprevedibilità. Tutto è possibile. E, se Ciccio si è innamorato di lei, davvero tutto è possibile...

«Ecco, in fondo, è come succede in alcuni film» continua sicura «di quelli che piacciono alle ragazze. Che le fanno sognare a occhi aperti. Perché quasi mai le cose poi vanno in quel modo, ognuno torna a casa e magari la sua vita è triste, *blue,* litiga col suo ragazzo, o forse neanche ce l'ha il ragazzo...»

Analisi di mercato. Più o meno questo è il tono. Ciccio la studia attentamente, cerca di scoprire qualcosa in più su di lei attraverso quei ragionamenti.

«Insomma, ogni ragazza aspetta uno che vola con l'aereo dall'altra parte del mondo per lei, che non è neanche sicuro di trovarla, che non sa se è fidanzata o no... Tutte sognano un uomo così...»

Ciccio non si trattiene. «Anche tu?»

Astuta come una volpe e sfuggente come una pantera, Pamela sorvola.

«Stiamo parlando di Nicco. In questo momento è lui... l'uomo dei sogni.» Lo dice con una concretezza che sfiora la malizia. Ciccio davvero comincia a pensare che sia attratta da me, mi guarda con odio.

«Speriamo non dei sogni di qualcun altro» aggiungo col mio solito pessimismo, la mente rivolta a Ann. E senza alcun intento allusivo a Pamela, giuro. Ma Ciccio mi dà un calcio sotto il tavolo, mentre lei, chissà se consapevole o meno dell'effetto delle sue affermazioni, non si scompone neanche un po'.

«Lo scopriremo presto» chiarisce invece col solito pizzico di ambiguità. Quindi prosegue inarrestabile a esaminare la strategia vincente. Forse è il fatto di applicare a una storia d'amore metodi usati sul lavoro che la entusiasma tanto.

«Vediamo un po' cosa ti sei inventato per colpire suo *heart*. *One*: una cosa strabiliante, *amazing*, come un aereo che passa con la scritta "Ann ti amo", o palloncini a cuore che volano sotto la sua finestra...» fa una smorfia «un po' *trash*.» Sbarra con una grossa X uno dei fogli che ha tirato fuori dalla cartellina. Valuta una seconda possibilità. «Oppure *two*, una cosa più *minimal*, più tranquilla, più in linea col tuo carattere. Insomma *elegant*.»

«Bah, *elegant*» bofonchia Ciccio guardando il mio cappellino da baseball.

«Non ho pensato nulla.» Li guardo, sorrido, allargo le braccia. «Niente di niente. Anzi, se devo proprio essere sincero, vorrei prendere il primo aereo e tornarmene a Roma.»

«*Impossible!*» Pamela si agita sulla poltrona. «Come non hai pensato nulla? Sei venuto fin qua, hai attraversato l'oceano a nuoto, hai visto lei su un cartellone di pubblicità, hai trovato la sua agenzia, rimanendo lì sotto chissà per quanto tempo...»

Sorrido. «Ma non è andata così!»

«Ho capito... ma intanto ce la possiamo vendere così... Solo questo fa già mille punti!»

Eccolo, il suo animo commerciale, la propensione a piazzare il prodotto. Mi sa che se prendo lezione da lei riesco a vendere anche la mia collezione taroccata dei Pokemon di quando ero piccolo.

In quel momento un cameriere con un vassoio si ferma al nostro tavolo. Non ha il coraggio di interrompere la riunione. Pamela alza lo sguardo.

«Ah sì. Ho ordinato un tè. *Thanks a lot, leave it here please and put it on my room, 201.*»

Il cameriere lascia il vassoio al centro del tavolino e si allontana.

Pamela tira su il coperchio della teiera e lo poggia di lato. Poi prende le bustine da tè da un cestino di finto argento. Le esamina.

«Avete preferenze?»

«C'è il tè verde?»

Guardo Ciccio sbalordito.

«Ma...»

Ciccio annuisce. «Ho letto che è il migliore contro i radicali liberi.»

Pamela taglia corto.

«Sì, eccolo qua. Va bene anche per te?» chiede rivolta a me.

«Sì, sì...» Qui siamo davvero al miracolo. C'è di sicuro la mano di Dio. Ciccio ha bevuto sempre e solo birra, per andarci leggero, o gin, vodka e qualsiasi tipo di shottino possibile, per sbronzarsi sul serio. E ora prende del tè! Verde, poi! Se l'avessi fatto io, già so cosa mi avrebbe detto: "Ma che sei diventato frocio?". Adesso eccolo, il cacciatore spietato degli antiossidanti.

Pamela immerge le bustine nella teiera, le muove su e giù colorando quell'acqua bollente che a poco a poco si tinge di un pallido giallino.

«Sono sicura che questo ci aiuterà a trovare la soluzione migliore. Ci sono pure i biscotti, se volete...» E indica il cofanetto trasparente, dove sono perfettamente allineate tre file di biscotti.

«Cioccolato, zucchero di canna e cocco» illustra sapientemente.

Ciccio ne prende uno al cioccolato. «Però, fico quest'albergo. Per quarantasei dollari ti danno pure tutte queste squisitezze.»

«Veramente li ho ordinati io al *bakery* di fronte. Purtroppo quelli ai mirtilli erano finiti. Di solito sono i preferiti dei clienti alle riunioni...»

"Clienti" lo dice con una nonchalance invidiabile. Questo siamo per lei? Certo, Ciccio ormai sarebbe pure disposto a pagare per averla al suo fianco fino all'ultimo dei suoi giorni.

Pamela mi versa il tè ormai scuro nella tazza, io prendo un biscotto al cocco.

Poi si rivolge a Ciccio. «Tu ne vuoi?»

«Certo, non vedo l'ora!» Più si impegna, meno risulta credibile a volte.

«Guarda che se ti va una birra o qualcos'altro *no problem*, eh? Qui hanno tutto...»

«No, no, perché mai? Mi va il tè... giuro.»

Pamela lo scruta qualche secondo, poi fa un sorrisetto divertito. «Non ti avrei mai fatto un tipo da tè...» Un'altra provocante frecciatina, prima di posare la teiera.

«Non sai quante sorprese nascondo ancora... Quest'America mi sta tirando fuori tutto un mondo che avevo dentro, sì, che non vede l'ora di uscire.»

Pamela sgrana gli occhi.

«Di rotolarsi nei prati... scaldarsi al sole...» addolcisce il possibile fraintendimento Ciccio.

Pamela non replica, le vedo però un lampo di soddisfazione negli occhi. Prende un biscotto allo zucchero di canna.

«Li abbiamo presi tutti diversi...» commento.

«Ecco, Nicco, può sembrare cosa *stupid*, ma il fatto che tu noti anche queste semplici sfumature per una donna può essere un grande pregio...»

«Sì, le cinquanta sfumature di Nicco...» sfotte Ciccio.

Pamela lo fulmina con gli occhi.

«Mi state prendendo in giro?»

«Assolutamente no. Vuol dire che noti i dettagli. Alle

donne piacciono i ragazzi attenti. Chissà di quante cose ti accorgerai ogni giorno che passerai con Ann. Noterai se si taglia i capelli, se si fa un colore diverso, se indossa una T-shirt nuova, se c'è qualcosa che la rattrista, qualcosa che la fa felice... Questo ti rende *irresistible* per lei.»

«Mi sembra che ti sei cambiata le scarpe» dice Ciccio, dopo essersi chinato a raccogliere una zolletta di zucchero che ha abilmente fatto cadere a terra.

«Quelle avevano tacco troppo alto e troppo sexy per fare questo lavoro» risponde Willow Woman, senza specificare quale lavoro stia facendo veramente. Cuocere Ciccio a puntino e poi mangiarselo in un boccone? O difendere il suo cuore da ogni turbamento, giocando a fare la distaccata?

Alla fine non so chi la vincerà, ma mi sembra che la battaglia se la stiano giocando alla grande.

«E comunque tu hai la vittoria in pugno...» dichiara Pamela scorrendo un foglio su cui si è appuntata strani ghirigori.

«Lo dicono i tuoi grafici?» scherzo.

«Me lo hai detto tu ieri. Questa ragazza era innamorata di te!»

«Be', ora non esageriamo...»

Ciccio si prodiga per perorare la causa. «Ma sì, si illuminava quando ti vedeva!»

Cerco di ridimensionare tanto entusiasmo. «Sì, ma non vuol dire niente. Era in vacanza con un'amica in un altro Paese, ha trovato uno che le piaceva, che la portava in giro per la città e... ha passato dei giorni felici. Tutto sembra più bello e romantico lontano da casa... ma poi le cose si ridimensionano.»

Pamela non si lascia scoraggiare, analizza, compara, trae le conclusioni.

«Non è così *automatic*. Non tutte le americane si mettono con un italiano solo perché è vacanza. Ad esempio, lei e sua amica Raily hanno avuto un comportamento tutto diverso.»

«Cioè?» Da dove spunta fuori Raily? Vuoi vedere che Pamela è anche una veggente?

«Be', a quanto mi ha detto Ciccio, se ho capito bene...»

Ciccio subito interviene, senza lasciarle il tempo di finire. È lui il mio ufficio stampa, nessuna facoltà magica di Pamela.

«Mentre aspettavamo che ti facevi bello, le ho spiegato meglio tutta la vicenda. Sì, insomma il fatto che tu hai avuto una storia con Ann, mentre con Raily è andata come sai...» Assume un'espressione triste, che neanche Nemo quando pensa alla mamma morta.

E come sarebbe andata, secondo lui? Quale diavoleria si è inventato questa volta?

Il telefonino di Pamela prende a squillare. «*Ellen. Just a moment...*» Pamela si alza e si allontana mostrandoci l'indice e chiedendo solo un minuto. «Torno subito.»

Guardo Ciccio davvero incuriosito. «Cosa non sarebbe successo tra te e Raily? Che cazzate le hai raccontato? Voglio proprio sentire.»

«Ma niente, ero sceso prima per stare un po' con lei, per capire come muovermi. Mi ha chiesto delle due ragazze, che cosa è nato tra di noi... Mi è venuto naturale dirle che tra me e quella poverina non c'era stato niente.»

«Che angioletto! Quella "poverina"... Ma sei scemo? Pensa se ne parla con Ann che figura ci fai!»

«Oh, senti, ho pensato che magari le facevo tenerezza, visto che non funziona in altro modo. Le ho raccontato che è da tanto che non sto con una ragazza perché quella con cui stavo...»

«Quella con cui stavi?»

«Ha avuto un incidente... ed è morta!»

«Morta! Cazzo, sei vedovo e neanche me lo dici!»

«Non ho fatto in tempo.»

«Ora mi dici cosa diavolo le hai scritto in quel benedetto biglietto, Ciccio. Tu sei capace di tutto. Magari pure di dire che vedere Ann è il mio ultimo desiderio perché ho la leucemia.»

«Tanto si può curare nella maggior parte dei casi, che problema c'è?»

«Sai qual è il tuo problema? Che, per quanto tu ne dica, un'etica proprio non ce l'hai.»

«Chi è che fa questione etica?»

Ci giriamo, Pamela è alle nostre spalle con l'iPad in mano.

«Eh? No, no, patetica. Nicco si preoccupava che, a chi non la conosce, la mia storia può risultare patetica...»

«Melò» grugnisco «rende di più l'idea.»

«*Soapish*, diciamo noi» puntualizza Pamela con una smorfia altera che non lascia pensare si sia molto commossa ai racconti strappalacrime del mio amico pazzo. Quindi ci mostra lo schermo dell'iPad.

«Ellen mi ha mandato il link con localizzazione dell'indirizzo preciso di Miss Jones. Che carina, vero?»

«Proprio 'n ammore» schernisce Ciccio.

Un puntino rosso lampeggia a nordest della mappa scaricata sul display.

«Qui abita Ann, ad appena una decina di chilometri da noi.»

All'idea che siamo così vicini mi si stringe di nuovo lo stomaco, prendo un altro po' di tè, ma ormai è freddo. Vorrei alzarmi e andare io stesso in cucina a scaldarlo pur di allontanarmi, scappare, e mollare tutto. Signore e signori, abbiamo scherzato, ora io me ne torno a Roma.

«Ecco, io avrei un'idea...» mi inchioda Pamela come un quadro da venti milioni di dollari nel museo più sorvegliato e sicuro del mondo. A volte penso che ci sono situazioni in cui ci vorrebbe davvero il teletrasporto. Già mi vedo con le orecchie del signor Spock sparire all'improvviso. Ma questa è fantascienza, perché nella realtà Pamela ha attaccato a esporre tutte le teorie, i calcoli, le ipotesi sulle reazioni di Ann alla mia apparizione. Secondo un'equazione che non saprei neanche ripetere ma che dovrebbe renderla una donna felice.

«Ho capito, ma se ha un ragazzo?»

«Se è stata con te qualche problema con questo ragazzo c'è... Nel caso puntiamo a quello!»

Ciccio concorda. «Ma poi in America è diverso, non c'è quella gelosia, quella possessività che c'è da noi. Una può stare oggi con un ragazzo, domani con un altro...»

«Chi te l'ha detto?» Pamela lo guarda intrigata.

«L'ho... l'ho letto sulla guida. E poi, scusa, la Statua della Libertà, la dichiarazione di indipendenza a che servono? Che significano?»

Questa volta Pamela ride, divertita. «Che sei un *colione*. Si dice così, no?»

Rassicurato, Ciccio si sente a suo agio: continua con la sua filippica, che in realtà ha un solo obiettivo.

«Tu per esempio hai preso, sei partita così dall'oggi al domani, senza nessuno ostacolo...»

«È il mio lavoro. Vengo qui tre giorni per chiudere un importante contratto: se c'è la Jones c'è anche il cliente.»

«Sì, ma anche il tuo ragazzo non ti ha fatto problemi...»

Eccolo, Ciccio, arrivare al dunque. La guarda impaziente, dopo aver buttato quella bomba, nell'attesa che esploda. Ma Pamela, scaltra, non cade nella trappola.

«*Maybe...*» risponde maliziosa. Poi si alza, raccoglie cartellina, iPad e fogli vari. «*Come on*, andiamo a scoprire le nostre carte.»

Si avvicina alla portineria per lasciare le chiavi della stanza. Ciccio mi tira per un braccio per farmi rimanere un po' indietro.

«Ma che vuol dire *maybe*?»

«Forse.»

«Lo so, grazie, sei un amico! È una delle poche parole che mi ricordo dal liceo... Cretino. Volevo dire: secondo te cosa intendeva con *maybe*?» s'inalbera.

«Che forse non le ha fatto problemi, forse glieli ha fatti o forse non ha il ragazzo. Vuol dire... forse!» ribatto volutamente fumoso.

«La prossima volta faccio prima a leggere l'oroscopo di Paolo Fox» mi rimbrotta deluso.

Pamela sta chiedendo al portiere di chiamarci un taxi, mentre una coppia di clienti anziani prende posto sul nostro divanetto, si impossessa del telecomando e accende la TV.

«Allora, almeno hai deciso cosa le dirai?» mi domanda la mia Cupido, disorientata da una tale mancanza di strategia. Indugio, mi vergogno un po'. Poi tiro fuori un foglio tutto rovinato. «Mi sono scritto un mezzo discorso, uscendo dalla doccia. Sì, è un po' bagnato.» Pamela e Ciccio sbirciano entrambi, curiosi. «L'ho tradotto meglio che potevo, ma l'inglese non è il mio forte...»

Pamela mi sorride. «Se vuoi ti aiuto io.» E aspetta la mia risposta, che in effetti tarda ad arrivare. Mi sento un po' *coglione.* Uno scolaretto a lezioni d'amore. Ma ormai siamo arrivati fin qui, Pamela ci ha accompagnati, ha pure indetto una specie di meeting per risolvere il problema, tanto vale che mi corregga questo discorso.

«Ok» cedo. Me lo sfila dalle mani e comincia a leggere, concentrata. Ogni tanto sorride, poi torna seria, vedo gli occhi che un po' le si illuminano, vuoi vedere che si è emozionata? Invece scoppia a ridere. La guardo stupito, non capisco cosa la diverta tanto.

«C'è un errore, se usi due negazioni sembra che non la vuoi vedere più!»

Lo correggiamo insieme, mentre Ciccio mima una bella sviolinata, facendo il buffone. Alla fine Pamela mi dice che è una bellissima lettera, si vede che è scritta con il cuore. Sono poche le donne così fortunate da ricevere parole come quelle.

«Neanche il tuo *"maybe"* ti ha mai scritto una cosa del genere?» la provoca Ciccio.

Pamela gli sorride e fa soltanto: «*Maybe...*», alza le spalle e si avvia all'uscita. Il taxi è fuori che aspetta. Ciccio la segue, un servitore fedele alla sua regina. E io mi accorgo che ho lasciato il cappellino da baseball sul divano. Torno indietro a recuperarlo. I due vecchietti che hanno preso il nostro posto guardano la TV soddisfatti. Sullo schermo un uomo con la barba lunga e gli occhi scavati non riesce a muoversi in una casa stracolma di oggetti, rifiuti, animali. Ogni volta che prova a estrarre qualcosa crolla tutto. I due vecchietti seguono con lo sguardo assorto.

Mi chiedo quando faranno un programma televisivo in cui i concorrenti si sfidano con le loro dichiarazioni d'amore.

Magari potrei essere io il vincitore?

25

Il taxi ci lascia al 28 di Arlington Street, l'indirizzo dove dovrebbe trovarsi la casa di Ann. Pamela paga l'autista e mentre io scendo dalla macchina sento che Ciccio puntualizza con lei qualcosa.

«Stai tenendo la nota di quanto hai speso? Dobbiamo fare i conti di tutto...»

«Sì, certo, non ti preoccupare» lo rassicura lei.

«No, no, mi preoccupo eccome, non voglio andare mica a vela con te...»

«Andare a vela? E che significa?»

Li osservo entrambi e mi sembra di sentire già quello che Ciccio ha in mente di dirle: parole che abbiano l'effetto di incollarli, l'uno all'altra. Penso a ciò che ho sempre detto io non solo per far colpo su qualcuna, ma perché volevo che questa qualcuna non mi considerasse uno dei tanti ragazzi nella sua vita, ma quello della sua vita, *the one,* come dicono qui. Chissà se la storia di Ciccio e Pamela potrebbe mai essere come la mia... Una volta mio padre mi disse che le storie d'amore sono in fin dei conti tutte uguali, ma ognuna è speciale. E aveva ragione.

Vedo Ciccio con l'aria trasognata che continua a parlare, gesticola, sorride, dice cose... Gli uomini quando vogliono conquistare una donna diventano perfino ridicoli. Il mio amico sta cambiando, gli trema anche un po' la voce, ha delle accortezze verso di lei che non gli conoscevo. Sta regolando il suo respiro su quello di Pamela. È incredibile come ci si trasformi quando ci si sente innamorati, come si cerchi di captare cosa potrebbe piacere di noi all'altra persona.

E l'immagine di Ann mi arriva improvvisamente forte, prepotente. Guardo la casa, pochi metri mi separano dalla sua porta. È una costruzione semplice, lineare, non vistosa e con un certo gusto. Non poteva mancare un piccolo ma curato giardino, con una manciata di siepi fiorite su un prato tagliato di fresco; c'è anche un garage, e accanto una panchina verniciata di verde acceso a cui è appoggiata una bicicletta, forse quella di Ann.

Quanto vorrei avere un telecomando della vita tra le mie mani adesso. Schiaccerei il pulsante che permette di saltare le scene dei film in DVD e selezionerei subito quella sequenza in cui io e Ann pedaliamo allegri, felici: io che fingo di essere affaticato, lei che mi supera, ma non sa quanto sono competitivo, e allora io con due pedalate la raggiungo e, nonostante la corsa, cerco di baciarla sporgendomi dalla mia bici verso la sua, evitando per un soffio di travolgere tutto quanto al nostro passaggio, anche quella vecchina che, anziché urlarci contro, scuote la testa sorridendo, pensando a quando quelle cose le faceva lei. E Ann ride e mi dice che sono matto come tutti gli italiani e poi mi sussurra "*ailoviu*" e "sbrighiamoci che dobbiamo andare a fare la spesa", perché stasera vuole che cucini io, perché si ricorda di quello che mangiavamo insieme a Roma e di quanto andasse pazza per le tagliatelle al pomodoro.

Mi accorgo che sto sorridendo, me ne rendo conto ora che sono tornato alla realtà, perché io quel telecomando non ce l'ho, accidenti! E allora mi viene in mente una cosa molto semplice, sulla quale non avevo ragionato, e cioè che io con lei sono stato semplicemente me stesso. Non ho dovuto inventare nulla, non c'è stata una cosa che ho detto apposta per lei, per fare colpo su di lei. Non ho fatto nulla che non fosse deciso da me, da Nicco: non sono mai stato qualcuno a cui Nicco avrebbe voluto somigliare solo per sedurre una ragazza americana. Sono stato come sono e mi sono aperto come non avevo mai fatto nella mia vita, dicendole tutto quello che pensavo, quello che mi era successo, quello che avevo provato e per cui soffrivo. E questo non mi era mai riuscito con nessuno, né con i miei, né con Ciccio o qualche altro amico, meno che mai con Alessia. Non è paradossale che abbia deciso e sia riuscito a essere veramente me stesso proprio con Ann, che non capiva mai perfettamente quello che dicevo mezzo in italiano mezzo in inglese? Forse è stata vigliaccheria essere cristallino in quella maniera. Sì, lo so, Ciccio mi risponderebbe subito: "E certo, ma così so' boni tutti...!", e non avrebbe torto, ma con Ann è successo qualcosa di speciale. Mi ricordo come mi guardava, come ascoltava le mie parole magari pur non capendole del tutto, come mi sorrideva nei momenti giusti, come mi sembrava che mi capisse più di ogni altra persona con un semplice sguardo. È per questo che adesso sono qui.

«Non ci credo... e quindi queste ragazze vanno a vela» sta dicendo Pamela.

«Sì» sento Ciccio rispondere.

«E sono molte?»

«Abbastanza...»

«Ehi...?» faccio io, distratto dai miei pensieri.

Si girano entrambi verso di me. «Sì?»

E si devono essere resi conto, anche loro, di come si erano estraniati da tutto e tutti, sicuramente rapiti dalla loro reciproca attrazione, capace di rendere un momento come il loro quasi sospeso. Ciccio, almeno, è partito, ha perso la brocca, infatti mi guarda male, come se io avessi interrotto qualcosa sul più bello.

«Scusaci, Niccolò. Hai detto qualcosa e non abbiamo sentito?» fa Pamela come se fossimo a una riunione di lavoro.

«No, no, mi è venuta un'idea, andiamo a parlare lì dentro» rispondo, indicando un bar accanto a un distributore di benzina, all'angolo della strada.

«Se mi facessi dare da Nicco un dollaro per tutte le volte che dice "ho un'idea", sarei milionario, altro che Steve Jobs: iDea. Lo voglio registrare subito! C'è un ufficio brevetti da queste parti?»

Pamela sorride.

«No, ma c'è un'ottima casa di cura per malati mentali...» rispondo io mentre attraversiamo la strada. Poi ci sediamo e Pamela ordina tre caffè. Io vorrei chiedere al ragazzo che serve ai tavoli se hanno un espresso ma rinuncio subito.

«Di che si tratta?» chiede la nostra amica, una volta che il cameriere si allontana.

«Stavo affrontando la cosa in maniera troppo superficiale... Se siamo arrivati fino a qui una ragione ci sarà.»

Ciccio e Pamela annuiscono fissandomi tutti seriosi.

«Sì, ok, ma se mi guardate così mi blocco subito.»

Allora Pamela si mette a ridere. «Che ne so, sei tu che sei partito con un tono, sembrava che ci stavi per dire chissà cosa!»

«Sì, in effetti neanch'io ti avevo mai visto così, ero convinto che stessi per annunciare di aver scoperto la formula della Coca-Cola...»

«Vabbè... volevo solo dire che sono felice di essere arrivato fin qui. Quindi ti ringrazio, Ciccio, di aver superato la paura dell'aereo e di avermi accompagnato.»

«Grazie a te.»

«E poi grazie soprattutto a te, Pamela» continuo. Anche Pamela arrossisce. «Se siamo qui davanti alla sua casa.»

«Ma ci sareste arrivati ugualmente, era solo *matter of time*. L'uomo che desidera veramente qualcosa se la prende e basta...»

«Sono d'accordo con te, vediamo solo se ci riesco.»

Evito di guardare Ciccio e vado avanti.

«Ma senza la tua organizzazione perfetta, i biglietti del treno, il pranzo al sacco, l'albergo prenotato, non saremmo andati lontani, ne sono certo...»

Abbassa lo sguardo imbarazzata. «Ma non ho fatto nulla.» Poi lo rialza verso di me. «Veramente, è proprio il minimo...»

«E invece per me è il massimo. Sei una persona speciale,

Pamela. Grazie, davvero... Anche per aver corretto la mia lettera e aver tirato fuori quella bellissima risata che hai. Cioè, in realtà non avevo mai visto nessuno sganasciarsi dalle risate così mentre legge una sofferta lettera d'amore...»

«Oh, scusami ma se ripenso a quello che avevi scritto, ricomincio a ridere. In pratica stavi dicendo a Ann che non la volevi più» fa lei agitando una mano e ci manca poco che ricominci.

«Lo so, lo so, e infatti io ti sto ringraziando perché, correggendola, mi hai fatto sentire sicuro, come uno che ha una possibilità.»

Pamela mi guarda e ha gli occhi lucidi, ma non è per le risate. Si sta commuovendo sul serio.

«E infatti è così, ce l'hai, ce la devi avere, perché quello che senti è bello, è vero, e le tue parole sono *beautiful*.»

«Grazie. Allora vi racconto quello che ho in mente...» E così spiego tutto e alla fine sia lei che Ciccio concordano con me. Ma Pamela, che è sempre un po' più avanti rispetto a noi, suggerisce una cosa alla quale io non avevo minimamente pensato e che rende il piano perfetto. La classica ciliegina sulla torta.

Ciccio annuisce tutto il tempo e non fa altro che guardare estasiato Pamela, che intanto ha tirato fuori dalla borsa una grossa agenda e si sta annotando alcune cose.

«Ok...» fa poi convinta richiudendola con un gesto deciso. Proprio in quel momento arrivano i caffè, lei ne prende uno, ci mette un po' di zucchero, lo mescola velocemente e se lo beve in un sorso.

«Vado, capisco e torno... Non andatevene da qui, eh» dice poi alzandosi.

«E chi si muove...» risponde Ciccio guardandola con un sorriso da ebete.

Ciccio prende il suo caffè e inizia a sorseggiarlo senza staccarle gli occhi di dosso fino a quando lei non esce dal bar.

«Ehi, non hai messo lo zucchero...»

«Fa nulla...»

«Sicuro? Di solito lo bevi smielato...»

«È Pamela il mio zucchero, il mio Dietor, il mio miele...»

«E invece chi è il tuo psichiatria? No, perché dobbiamo parlarci...»

«Ma dico, hai visto come ha tirato fuori l'agenda e ha preso appunti perfino su tutta questa storia?»

«Ho capito, ma ci stiamo occupando di questo! Su cosa li poteva prendere sennò?»

«Sì, ma è bello proprio come fa le cose, mi fa impazzire... Ecco, e poi come tratta ogni cosa dandogli importanza, con la massima professionalità.»

«Vero...»

«E nello stesso tempo non è di quelle ciniche spietate e calcolatrici, perché si emoziona, le vengono gli occhi lucidi...»

«Vero.»

«E poi mi piace che siamo qui tutti e tre e tutto accade con una semplicità incredibile. Non mi era mai capitato di trovarmi così bene con una donna insieme anche a un mio amico.»

«Vero anche questo! Oh, se ne dici un'altra ci ripenso, ti cedo Ann e mi metto con lei!»

Lui mi guarda e per un attimo temo che mi voglia scaraventare addosso quel che resta del caffè. E invece ha tutt'altro nella testa.

«Proviamo a pensare» comincia «che non siamo noi che scegliamo e decidiamo ma sono loro che forse scelgono noi.»

«Oddio, è iniziata l'ora di filosofia...»

«Dico sul serio... io mi sento un altro quando sto con lei» mi spiega serio, ma subito ritrova la sua verve «e comunque se ti azzardi a provarci con Pamela ti stacco un braccio e ti ci meno!»

«Si chiama "innamoramento", tutto qui...» spiego.

«Sì, forse, ma ti assicuro che non me ne frega più niente di un sacco di cose, di diventare famoso, di volere che la gente un giorno parli di me. Ho solo voglia di lei, di stare con lei, di starle semplicemente vicino...»

«Se tu le avessi scritto o detto queste parole... le sarebbero piaciute più di quanto le sono piaciute le mie.»

«Ma non ci riuscirò mai. Comunque per me è stata un'illuminazione, cioè... io sono un altro.»

Si rende conto di come io lo stia guardando.

«Ti giuro, non sto scherzando. Per esempio, hai presente Claudia Koll, quella che aveva fatto i film erotici di Tinto Brass...? Che tra l'altro a me sono piaciuti da morire...»

«E certo... Be'?»

«Be'... a quella storia che ha trovato la fede e che ora va in giro a parlare sempre di quanto è bello essere devoti, che è andata in Africa... io non ci avevo mai creduto, pensavo fosse una strategia di immagine studiata a tavolino. Invece ora capisco che le è successo qualcosa di simile.»

«Forse il paragone non è proprio il più azzeccato. Lei ha visto la luce, mentre tu ti sei innamorato di una ragazza...»

«E ti pare poco?! Abbiamo incontrato l'amore.»

«Va bene, va bene... Basta che non ti metti a scrivere libri e vai a "Porta a Porta", eh!»

«Vedi, e poi sarei io che non parlo mai seriamente...»

«Hai ragione. Scusa. Però ti do un consiglio veramente importante: evita di fare a Pamela questo paragone con la Koll... Va bene?»

E proprio in quel momento, guardando fuori dalle vetrate del bar, ci accorgiamo che Pamela è arrivata davanti alla porta della casa di Ann.

26

Pamela ha appena suonato, si gira verso di noi e ci guarda. Poi sorride da lontano come a rassicurarci, ma si capisce che è impaziente quasi quanto me.

«Guardala, guardala...» dice Ciccio sottovoce, come se temesse che lei, da quella distanza, potesse accorgersi che ne stiamo parlando.

«Eh, la vedo, la vedo...» lo rassicuro io.

E proprio in quel momento si apre la porta della casa. Subito mi sposto sulla sedia per vedere meglio: chi apparirà davanti a Pamela...? In una manciata di secondi, nel tempo che una mano impiega a impugnare la maniglia e la porta ad aprirsi, mi immagino quello che potrebbe accadere, e cioè il volto di Ann che si chiede cosa ci faccia Pamela lì in piedi sulla soglia; penso a come possa essere vestita, se anche in casa abbina i colori perfettamente come quando era a Roma e la andavo a prendere in hotel, o se, addirittura, le possa mai balenare – almeno per un millesimo di secondo – il pensiero che dietro quella porta, a suonare il suo campanello, possa esserci quel ragazzo italiano con cui ha fatto l'amore in un attico con vista sul Colosseo, cioè io. Invece, come un vecchio vinile che viene graffiato dalla puntina del giradischi straziandone il suono, i miei pensieri sono rigati senza pietà dall'apparizione sull'uscio di una signora.

Intuisco che Pamela si sta presentando, l'altra ora le sorride, e cominciano a chiacchierare, poi la signora scuote la testa. Sento mancarmi la terra sotto i piedi.

«Non c'è, non è in casa...» dico buttando fuori dai polmoni un pesantissimo respiro.

Ciccio mi guarda sorpreso.

«E chi sei? Hai capito pure cosa ha mangiato a colazione? Ma che c'hai, le orecchie bioniche?»

«Cretino.»

Continuo a seguire Pamela che saluta la signora e torna verso di noi. Quando si risiede al nostro tavolo la sommergo di domande.

«Allora? Cosa ti ha detto? Ann non c'è, vero? L'ho capito da come quella donna scuoteva la testa. Ma è qui in America, vero?»

Pamela si mette a ridere.

«No, è appena partita, è tornata in Italia a cercarti!»

Io sgrano gli occhi come un matto. Il mondo si ferma tutto intorno a lei. E allora ride ancora più forte:

«Scherzo, ma pensa che storia bellissima era!»

«Be', mica tanto, io che allora torno subito in Italia a cercarla, lei che ritorna in America pensando di trovarmi qui...»

Ciccio si infila: «Sì e poi tutti e due, delusi pensando che l'altro non ne voglia più sapere, partite per un'isola per dimenticarvi... e vi ritrovate proprio su quell'isola... con Alessia e Bato!».

«Come sceneggiatore, Ciccio, non vali un cavolo e nemmeno tu, Pamela.»

«Sei tu che hai cominciato... Vuoi sapere dove sta Ann, *don't you*?» replica la nostra agente speciale, risentita.

«Sì, certo.»

E così mi spiega che ha saputo che Ann è andata semplicemente a fare la spesa in un centro commerciale poco distante da lì e che la madre, la signora che le ha aperto la porta, è felice che sia tornata un po' a casa visto che non c'è mai.

«Ma ti ha detto se è andata da sola o in compagnia?»

«Non potevo chiederglielo! Che senso avrebbe avuto? *Oh my God!* Io sono qui in veste professionale, le ho racconttato che desideravo incontrarla per proporle questa nuova pubblicità dove la vogliono protagonista. Tu invece la potrai incontrare per caso in questo *mall* se non perdiamo altro tempo prezioso!»

«E certo! Ci crederà di sicuro se mi incontra, che io sono capitato qui per caso... D'altronde chi non verrebbe qui, da Roma, a fare la spesa?! Io ci vengo sempre perché hanno dei detersivi convenientissimi. Esco da casa la mattina presto, vado all'aeroporto faccio settemila chilometri in volo... Ma com'è contenta mamma quando torno con il detersivo americano... Mi viene solo mille euro a flacone, però sentissi che profumo di pulito...»

«L'altra alternativa» dice Pamela serissima «è restare qui a pensare su quello che avrebbe potuto essere e non è stato e poi prendere il vostro aereo e lasciare che Ann sia solo un ricordo e *bye bye*... Se è così, ditemelo subito perché io non amo perdere tempo e tornerei al mio lavoro volentieri.»

Io guardo lei, poi guardo Ciccio, Ciccio guarda Pamela che guarda il suo orologio, carica di disappunto. Ehi però, questa ragazza è tosta. Penso a Ciccio e alle sue abitudini, la vedo una situazione abbastanza difficile.

«Dov'è questo centro commerciale?» faccio.

«Pochi chilometri *from here,* ferma quel taxi che sta passando» risponde lei sospirando. Ciccio scende dal marciapiede e riesce a bloccarlo.

«Gli dici se trova un fioraio?» chiedo a Pamela che sta dando l'indirizzo al tassista.

«Ottima idea! Gli italiani sono sempre i più romantici» commenta lei.

«No, è che io quando vado a comprare un detersivo mi porto sempre una rosa!»

Il tassista ascolta le indicazioni di Pamela e annuisce, dice di ricordare che ce n'è uno sulla strada, e infatti poco dopo si ferma davanti a una costruzione bassa, con alcuni negozi tra cui proprio un grande fioraio. Scendo dalla vettura e per un attimo mi sembra di essere in quel film dove Ashton Kutcher vendeva fiori e alla fine si metteva con la sua amica.

«Ciccio, come si chiamava quel film con Ashton...»
Non faccio in tempo a finire.
«*Appuntamento con l'amore*, regia di Garry Marshall.»
«Sì, giusto, ecco, qui dentro è identico!»
E naturalmente ci lavora un ragazzo del Bangladesh, esattamente come in quel film. Qui i fiori sono coloratissimi e sembrano quasi finti, come la frutta nei negozi di New York: mele ordinatissime, pulite, lucidate, ma insapori. Mi decido e scelgo una bella rosa rossa dal gambo lunghissimo. Pago, il signore orientale che gestisce il posto me la incarta con un foglio di plastica e me la porge sorridendo.
Poi salgo in macchina.
«Ehi, che bella rosa... andiamo?» fa Pamela.
«Sì...»
Ciccio le sorride, lo fa anche Pamela e poi tacciono. Ecco, ora non ci sono più possibilità. Tutto sta per accadere. Il taxi riparte. Ciccio forse vorrebbe dire qualcosa, mentre lei gioca con i manici della borsa che tiene sulle gambe, lui che ha sempre trovato la frase giusta da dire al momento giusto, la battuta per far ridere chiunque. Ma questa volta Ciccio resta in silenzio a fissarla e non trova parole da dire. Lo vedo respirare solo il leggero profumo che lei ha, vivere il suo sguardo, il suo sorriso, i suoi capelli in leggera controluce... E allora io mi rendo conto che all'improvviso ha capito. Questo silenzio vale più di mille parole, questa è la poesia che non avrebbe mai saputo scrivere, la musica che non è capace di comporre. La radio trasmette un vecchio successo che spopolò anche da noi, ma di cui non ricordo né titolo né interprete. Ora Ciccio ha uno sguardo diverso, forse sta pensando che tra pochi giorni potrebbe non rivedere più Pamela; Pamela probabilmente ha capito che il mio amico è cotto di lei e si sta chiedendo cosa potrebbe succedere se decidesse di dargli una chance.

Io sto zitto e basta. Non voglio pensare a nulla, guardo questa rosa che ho tra le mani. Che cosa ne sarà di me e di te, povera rosa? Se Ann non c'è, finirai in un cestino dei rifiuti o, se ti va bene, tra le dita di una persona sconosciuta, in un vaso qualsiasi... e Ann...? Ann non saprà mai quello che ci sarebbe potuto essere. E io? Io che farò a quel punto? E che ci faccio in questo taxi?

Pamela piomba tra i miei pensieri.

«Vuoi ripassare un'ultima volta la lettera?» mi chiede poggiandomi delicatamente una mano sulla spalla.

E così ripeto quello che ho scritto. Ormai la so a memoria. Pamela mi ascolta e annuisce.

«*Great*...» commenta.

Il tassista ha assistito alla scena e ascoltato tutto. Sorride alla nostra amica e le chiede qualcosa, in uno slang e a una velocità tale che se anche avessimo studiato tutto l'anno al British non avremmo comunque capito nulla.

Pamela ride e gli risponde. Quello annuisce vigorosamente con la testa.

«Che cosa voleva?» le chiede Ciccio.

«Mi ha detto: "È forte questo pezzo ma di chi è? È di un poeta o di un cantante?" E sai cosa gli ho risposto io? "L'ha scritto un uomo innamorato." Tutto qui...»

La macchina si ferma davanti alla grande vetrata del centro commerciale.

«*Good luck, man!*» mi dice il tassista con una strizzatina d'occhio mentre scendiamo.

Quando rimaniamo soli, Pamela cerca di tirarmi su.

«Dài, sono sicura che andrà benissimo...»

«Dici? Speriamo che Ann sia d'accordo con il tassista.»

27

Eccomi all'interno del centro commerciale. Cinque piani di negozi, boutique di stilisti famosi, *stores* di abbigliamento sportivo, centri di elettronica e poi gelaterie, ristoranti, e a ogni angolo fontane improbabili con annesse panchine. Non è che mi faccia poi molta impressione perché di spazi così ce ne sono un po' ovunque e i dintorni di Roma sono pieni di centri commerciali sconfinati. La differenza però è che a Roma l'ultima volta ci ero entrato con Ann, perché voleva comprare un regalo italiano a sua madre; stavolta invece ci sto entrando *per* Ann, e la cosa mi mette un'ansia pazzesca.

Mentre salgo con la grande scala mobile mi accorgo che, nel senso contrario, qualcuno mi sorride incuriosito dalla rosa che reggo come fosse un cero votivo: è una signora con tre grosse buste di negozi alla moda e dal trucco pesante del quale va ingiustificatamente fiera. Se non avesse da fare, probabilmente mi seguirebbe per vedere a chi consegnerò il mio fiore. In effetti oggi tutti vivono con una curiosità morbosa, tutti vogliono sapere se quello sta ancora con quella, se hanno una nuova storia, la gente si preoccupa più delle storie degli altri che delle proprie. Penso alla faccia che farebbero mia madre, le mie sorelle, il mio datore di lavoro, e tutti quelli che conosco, se mi vedessero in questo momento. Poi penso a mio padre, me lo immagino che mi prende in giro in quel suo modo divertente che adoravo e allora mi sento quasi protetto, e vado avanti. Arrivo al piano superiore ma di Ann nemmeno l'ombra. In compenso, laggiù in fondo, scorgo l'entrata del supermercato. Mi avvio.

Il cuore mi batte forte, più forte, mentre cammino tra gli scaffali lunghissimi e straripanti di merci, notando un sacco di marche italiane, alcune mai sentite da noi ma che qui forse spacciano come nomi della nostra tradizione culinaria. C'è una lasagna surgelata di marca Nonno Giovanni che solo a vederla mi viene la gastrite, tanto deve fare schifo. E anche qui, come in Italia, è pieno di bambini che mitragliano di domande le mamme indaffarate a comprare, controllare, comparare quello che mettono nel carrello. Alcuni urlano e piangono ma vedo che la mamma media americana non se ne cura poi molto, continua la sua spesa senza battere ciglio. Un supermercato è sempre un supermercato, insomma. E inevitabilmente mi viene in mente quella canzone di Battisti in cui parlano di surgelati rincarati e di spingere un carrello sottobraccio e di far la coda mentre lei si appoggia a lui. Non c'è niente da fare, l'amore è un miracolo, riesce a trasformare in poesia persino quella rottura di scatole che è fare la spesa.

Poi, di colpo, la vedo. Eccola lì, riflessa in uno di quegli specchi in alto, nella corsia a fianco, sta scegliendo qualcosa tra gli scaffali. Afferra un barattolo, ne legge l'etichetta, se lo gira tra le mani, sembra soppesarlo, poi lo mette nel carrello. Quanto è bella, più bella di quell'ultimo ricordo che ho di lei. Per un secondo valuto la possibilità di imboccare il corridoio accanto, di nascondermi alla sua vista, di sparire così, di andarmene... E invece resto. Ann spinge il carrello mentre passa in rassegna altri barattoli, flaconi, scatole. Sta venendo proprio nella mia direzione. Prendo un respiro lungo, più lungo, come se dovessi fare tutta una vasca sott'acqua. Tiro velocemente fuori dalla tasca la lettera e rileggo al volo solo le prime due o tre parole, le ripeto a fior di labbra; poi la ripiego e la faccio sparire di nuovo nei pantaloni, tanto già lo so che non dirò nulla di quello che era piaciuto al tassinaro, ho già dimenticato tutto. Lei ancora non si è accorta di me ma io sono fermo all'inizio del corridoio, accanto alle uova in confezioni da dodici, così bianche che sembrano verniciate. Rimango lì nell'angolo, sorridente con la rosa in mano, me la guardo sognante: ha una camicetta bianca, una gonna blu, dei mocassini scuri, sportivi ma eleganti, sta cercando ancora qualcosa sui ripiani a destra e sinistra, ma non guarda mai dritto, davanti a sé... e tra poco ci incontreremo.

Ma poi sento: «*Ann?*». Qualcuno la chiama dal fondo, una voce maschile, e all'improvviso vicino a lei si materializza un ragazzo alto, con i capelli biondi, gli occhi azzurri, le spalle larghe, un bel sorriso. Un fico della Madonna, insomma...

«*Is that what you were looking for?*» le chiede mostrandole un cartone di succo di qualcosa che tiene in mano come fosse un animale pericoloso e lui un domatore senza paura.

Il tipico americano che infatti parla in americano e che agisce da americano.

«*Yes thank's. I couldn't find it.*»

E si sorridono come due che stanno insieme. Lui le si affianca e, teneramente, proprio come in quella canzone di Battisti, iniziano a spingere il carrello insieme e anche sottobraccio. Più chiaro di così...!

Ann si volta nella mia direzione, faccio appena in tempo a poggiare la rosa dall'altra parte dello scaffale quando lei mi vede. È appena a un metro e mezzo da me, e rimane sorpresa, stupita, arrossisce per un attimo ma poi si riprende.

«*Nicco, what a surprise!*»

E continua a parlarmi in inglese, credo che mi stia chiedendo cosa ci faccio qui ma io non capisco assolutamente nulla, e mentre l'ascolto annuisco sorridente, mi sporgo di poco a destra e vedo che la rosa è caduta per terra e per fortuna una signora l'ha raccolta e tutta felice se l'è messa nel suo carrello. Avrà pensato che fosse un regalo premio per chi comprava quella confezione di caffè che aveva appena scelto. O chissà cosa... ma non mi importa. La gente crede quello che vuole credere.

Ann sembra a suo agio, se è rimasta di stucco non lo dà a vedere. Mi presenta il bisteccone biondo, che ovviamente è gentile, cordiale, educato.

«*Hi, I'm Mark.*» Mi dà la mano, è grossa, tozza, e la sua stretta mi avrà fratturato tre falangi. Come minimo è un campione di football americano e avrà picchiato tutti quelli che hanno osato guardare Ann o le hanno rivolto la parola. Figuriamoci come potrebbe conciare chi con Ann ci ha fatto l'amore, cioè io. E non ho più nemmeno la rosa da sbattergli in testa...! Chissà quando lo ha conosciuto... fortunato come sono ultimamente, sarà successo come per Bato e Alessia: Ann e il suo armadio biondo si detestavano e poi è bastato giocare a Candy Crush per farli cadere una nelle braccia dell'altro; oppure si sono scontrati con le rispettive valigie al check-in in aeroporto quando lei è tornata... è stata una sfilza di "c'ero prima io, no io, tocca a me" e poi al decollo già discutevano sul colore del letto matrimoniale o del nome da dare al figlio nel caso fosse un maschio, anche se lui avrebbe tanto voluto una femminuccia... Ma no, no, forse non stanno insieme, penso. E allora lui l'abbraccia e la stringe a sé e mi sorride come se mi avesse letto nel pensiero, forse per togliermi qualsiasi possibile dubbio. Sì, vabbè, ho capito: state insieme.

Ann gli sta raccontando che sono stato la sua guida a Roma, che siamo stati in giro, la sento nominare: «*Venice, Florence, Naples...*». E lui annuisce, come approvando la narrazione. Naturalmente Ann omette alcuni "trascurabili" particolari, non gli racconta dell'attico a Roma e di tutti quei momenti fantastici che abbiamo passato insieme. Mark, che ora, mi accorgo, ha uno sguardo vagamente bovino, l'ascolta e ogni tanto la guarda, continuando ad annuire. Non è minimamente geloso, è di una serenità totale, un asceta, al di sopra di qualsiasi turbamento umano; e se non fosse che Ann mi ha detto che è figlia unica, mi verrebbe da pensare che sia suo fratello. Ma forse anche qui fanno "C'è posta per te", forse è sul serio quel fratello che solo ora Ann ha scoperto di avere.

Poi lui le mostra l'orologio, le fa segno che è tardi e lei sembra quasi grata per questa informazione. Capisco il suo imbarazzo ma mi ferisce da morire che l'idea di chiedermi cosa ci faccio lì non la sfiori nemmeno. Mi tratta come un ex compagno di scuola che abita nei dintorni e che non incontrava dal giorno della maturità.

E io, invece di continuare a sorridere, vorrei gridare, dirle tutto, urlarle il mio amore, buttare all'aria tutti gli scaffali, prendere a calci il pupazzo gonfiabile della pubblicità dei cornflakes accanto a noi, correre da quella signora che si è fregata la rosa, strappargliela dal carrello, darla a Ann e poi baciarla davanti al suo ragazzo, e peggio per lui se quello stronzo non è suo fratello! Ecco, questo vorrei fare, ma non accade nulla, queste cose succedono solo in certi film, e io purtroppo non sono Dustin Hoffman nelle scene finali del *Laureato*... E questa è la sequenza finale del peggior film che io abbia mai visto: il mio.

Ann però prende un biglietto dal suo portamonete, ci scrive su qualcosa e me lo dà.

«*Call me, ok?*»

E io dico semplicemente: «*Yes*».

Lei si gira e affretta il passo verso Mark, noto che lo affianca ma non lo prende sottobraccio.

Mentre io resto lì, fermo, circondato e protetto da cereali, frutta sciroppata, burro di arachidi – che esiste davvero e non è un'invenzione dei telefilm. Rimango lì a guardarli mentre si allontanano con quel carrello. E se ne vanno via così, di schiena, proprio come in *Mille giorni di te e di me* di Baglioni. Come la odio quella canzone, ora anche di più.

Quando ci si saluta all'aeroporto o alla stazione, uno inizia a camminare e si allontana mentre l'altro rimane fermo e aspetta che almeno una volta, alla fine, prima di salire su quel treno o di sparire dalla vista, l'altra persona si giri. E così anch'io, nonostante il bisteccone biondo, rimango lì a sperare, ad aspettare che qualcosa accada. Sto per arrendermi quando, proprio prima di arrivare alla cassa, Ann si gira, mi guarda per un secondo brevissimo e sorride. E in quel sorriso io ci ho visto la sua sorpresa, la sua felicità, tutti i nostri ricordi e la bellezza di quei momenti. E quell'attimo ci ha reso di nuovo complici, oltre, al di sopra di tutto e tutti... sempre che io non me lo sia solo sognato.

28

La giostra con i cavalli su cui mi portava mio padre in piazza Navona il giorno della Befana era la ciliegina sulla torta di tutta un'infilata di felicità crescenti: la preparazione dell'albero, l'apertura dei regali, poter andare a letto tardi, i film a cartoni animati e il sacchetto di mandorle caramellate al cinema di pomeriggio. E poi quel giro finale in mezzo alle bancarelle, con quel tripudio di dolciumi, di folletti e di casette del presepe che entro qualche ora gli ambulanti avrebbero riposto negli scatoloni fino all'anno successivo. L'ultima gioia prima di tornare a scuola. Non volevo mai salire sul cavallo per prolungare il tempo della festa, per non concludere con il solito rito il pacchetto vacanze e illudermi che il sogno non finisse mai.

Poi a mezzanotte la Befana si affacciava dalla torre della chiesa di Sant'Agnese e salutava i bambini. Non so se accade ancora. So che speravo sempre che non accadesse, così avrei potuto tirare papà per la manica del cappotto pesante e avrei potuto dirgli che non ce ne potevamo andare, che ancora non era finita.

Ora, sulla pista dell'area giochi del centro commerciale, le lucette colorate, il suono di finte sirene in cima a trenini fosforescenti e le parole incomprensibili che i pupazzi giganteschi intorno a me continuano a ripetere a chiunque sia alto dal metro e mezzo in giù, mi riportano in qualche modo al 6 gennaio della mia infanzia.

Vorrei che non fosse finito il mio viaggio alla ricerca di Ann, che il sogno di aver rivisto nei suoi occhi quella luce speciale quando mi ha guardato poco fa non fosse solo un sogno.

Come quello che si disegna adesso davanti a me in questo mondo artificiale per bambini: sono Pamela e Ciccio quei due bestioni che hanno invaso "The enchanted forest", come dice l'insegna sopra alla biglietteria? Ficcato dentro un bruco, Ciccio, con le ginocchia ripiegate che gli arrivano fino alle orecchie, insegue una macchinina a forma di fungo, dove è infilata Pamela, le caviglie sottili quasi al volante. La raggiunge, la sperona, suona il clacson a trombetta. Willow Woman, esaltata da quella gara, ride a crepapelle.

«Ma tu in Italia fai il pilota, allora!» urla raggiante, cercando di schivarlo.

Per una volta sembra aver dimenticato le sale riunioni, i planning, le strategie, i suoi segreti che forse esistono forse no, e si lascia andare al divertimento puro.

«Nel tempo libero» scherza lui sterzando in modo da affiancarla «purtroppo durante la settimana... studio...»

Giusto perché è nel Paese dei Balocchi, Ciccio si concede una bugia così grossa. Pamela lo guarda con aria scettica. E Ciccio, come non gli è successo mai prima d'ora, vorrebbe dire la verità, vorrebbe essere un cristallo per lei trasparente, un vaso prezioso da riempire con mille fiori candidi, ma si accorge, come Pinocchio, che la sua vita è falsa e virtuale, che quello che fa è disonesto, che scaricare ogni genere di materiale video, giochi e simili, e venderlo clandestinamente non è lusinghiero. Fossero stati sulla nave pirata, almeno, avrebbe potuto svelare che è il comandante, il re dei pirati, ma si trova su un bruco e un bruco si sente in questo momento.

«Che cosa studi?» chiede Pamela.

«Economia e commercio, anche se forse voglio passare a Giurisprudenza... Sai, il mondo ha sempre bisogno di avvocati» impapocchia Ciccio che, se continua così, a non dare un esame, a imbrogliare i suoi e a piazzare DVD taroccati, di un avvocato ne avrà bisogno per primo lui.

Ma il funghetto è arguto e conosce i suoi bruchi: «Secondo me nel tempo libero studi... e durante la settimana fai tutto il resto» se la ride Pamela.

I musi delle loro macchinine ora sono uno contro l'altro, come se si stessero baciando. Può un fungo baciare un bruco?

Ciccio prova a darsi un tono. «Be', in realtà, il mio idolo è Steve Jobs.»

«Perché non si è mai laureato?» lo sfotte Pamela che, ripresa la corsa, inchioda sul volante, premendo inavvertitamente il clacson trombetta. Un riccio le sfila davanti. «*Fuck!*» tuona il bambino alla guida nel mondo dove l'innocenza è perduta.

«No, no, cosa c'entra...» tenta di riprendersi Ciccio.

Ora Pamela accelera e lo lascia indietro. Sporge la testa dal minuscolo abitacolo per farsi sentire.

«Era anche il mio idolo. Perché aveva un sogno, *a dream*... e lo ha realizzato!»

Mi disprezzerà Pamela perché il mio non l'ho ancora realizzato, perché non sono uscito da quel supermercato con Ann? Perché non ho io il suo carrello pieno di barattoli e succhi di frutta sottobraccio e lei, così bella, al mio fianco?

Ciccio gira la testa per accertarsi di non avere nessuno dietro, supera il tostissimo riccio e riparte alla rincorsa, quando si accorge che sono seduto sulla spalliera della panchina di fronte alle giostre. Come un papà che aspetta che i bambini finiscano il giro.

«Ehi, Nicco!» mi saluta con la mano.

Anche Pamela si volta a guardarmi. «È tornato!»

Parcheggiano velocemente fungo e bruco e, dopo essere usciti con qualche difficoltà dalle automobiline, mi vengono incontro.

«Mentre ti stavamo aspettando abbiamo pensato di fare una corsetta in mezzo ai nani» affanna il mio Lucignolo.

«Allora, come è andata?» mi chiede impaziente Pamela.

«Mi pare che ve la siete cavata bene. Anche se il riccio vi odia.»

«Ann, l'hai trovata?» incalza Ciccio.

Annuisco, le mani incrociate sulle ginocchia.

Pamela non mi dà il tempo di aggiungere altro: «Le hai dato la rosa? Sei riuscito a dire quelle bellissime parole? No, *wait, wait*... Hai preso lettera e gliel'hai data, ok? *Did she cry?* Sì, lacrime» dice passandosi le dita sotto gli occhi. «Secondo i miei calcoli è un tipo *really romantic*!»

Abbasso la testa, mi fisso i lacci delle scarpe, i piedi appoggiati sulla panchina. Ciccio subito capisce. Si siedono entrambi sulla spalliera, accanto a me.

«È andata male, eh?»

«*Yes*» riesco a dire stringendomi nelle spalle.

«Non mi dire che è diventata grassa e tutta piena di brufoli... in sole due settimane» cerca di buttarla sullo scherzo Ciccio, per tirarmi su.

Sorrido. «Se è possibile è ancora più bella. Un'apparizione... La vedo riflessa nello specchio che cerca qualcosa tra gli scaffali nella corsia a fianco. Continuo a seguirla, senza che se ne accorga, la osservo mentre cammina, mentre prende il latte dal frigo, legge l'etichetta, mentre aggrotta la fronte controllando la scadenza, sto per avvicinarmi e darle la rosa... quando arriva qualcuno che l'abbraccia...»

L'espressione di Pamela si incupisce.

«Non era sola?»

«Mica Raily, vero?» lancia lì Ciccio preoccupato, quasi per scaramanzia.

«Magari.»

Ciccio piega la testa da un lato, come a dire "insomma".

«Scusa, chi era *with her*?» preme Pamela, a metà tra una spettatrice che aspetta il colpo di scena nel suo telefilm preferito e un medico in sala operatoria che deve capire quanta vita resta al paziente.

«Non lo so, non ci ho capito più nulla... una specie di culturista biondo che deve aver fatto anche l'asilo in palestra. A quel punto ho abbandonato la rosa prima che Ann mi beccasse.»

«Ma Ann non ti ha visto? Sei scappato via prima che lei si *accorge* di te?» cerca di ricostruire Pamela.

«Sono rimasto lì, completamente inebetito. Immobile, non riuscivo a fare niente...»

«E lei ti ha preso per la pubblicità dei bastoncini di pesce?» ironizza Ciccio.

«Mi ha visto e mi ha salutato come se niente fosse, come se ci fossimo lasciati poco prima al banco delle verdure. Come se incontrarmi in un centro commerciale di Philadelphia sia altrettanto probabile che prendere una multa in divieto di sosta a Roma. Si è avvicinata e me l'ha pure presentato... fresca come una rosa.»

Ciccio sgrana gli occhi. «Neanche un po' di stupore? Caspita, o gli fai schifo...»

Lo guardo male.

«O è una grande attrice... sì, insomma, anche le modelle recitano, cioè fare le facce è il loro lavoro, no?»

«Torniamo al nostro lavoro» lo rimprovera Pamela, sempre *results-oriented*, anche se ormai è *love results-oriented*. «Spiegami, aveva almeno la faccia felice? Come ha reagito? Sei riuscito a dirle qualcosa?»

E in quel momento realizzo. «No, non le ho detto niente, nessuna parola di quelle che avevo preparato... Nulla, sono rimasto così, a guardarla, mentre parlava.»

«E non capivi un cazzo» sottolinea il poeta Ciccio.

«Due cose ho capito di sicuro: Mark e *boyfriend*... o *my friend*, in realtà non so...» Scuoto la testa, sconsolato. «Poi lui se l'è portata via.»

Pamela ci rimane male. «Neanche la lettera, la rosa, *shit*, era tutto così ben organizzato...»

«Però anche sua madre! Poteva dire: "Mia figlia è andata a fare la spesa con il suo fidanzato, col quale si sposerà e mi darà dei nipotini biondi"...» Pamela lo incenerisce e Ciccio si accorge della mia faccia da funerale. «Nel senso, sì, insomma, dài, quei discorsi che fanno sempre le madri... Stupidi. Molto stupidi» cerca di rimediare lui.

La mia Cupido in gonnella sospira e si tira giù dalla panchina.

«Ci vuole qualcosa da bere. Vado io, che volete?»

«Una Coca-Cola» risponde serafico Ciccio che vuole fare bella figura, vuole mostrarsi al di sopra di ogni vizio. È già tanto che non dica tè verde!

«Io ho bisogno di riprendermi. Alcol. Minimo una birra.»

«Sì, hai ragione, anch'io» sorride Pamela, lasciando Ciccio con un palmo di naso. Lui che di solito prenderebbe la birra a colazione. Ah, cosa non si fa per amore!

Mentre lei si allontana rimaniamo soli, su quella panchina di un centro commerciale americano. Io con una speranza in meno, Ciccio con tanti sogni in più. Un silenzio assordato da un concerto di rumori, voci, annunci pubblicitari, musichette intorno a noi. Ciccio mi guarda, decide di romperlo, per distrarmi e non lasciarmi affogare nei miei pensieri.

«Ma non ti ha chiesto di me, Ann?»

«No... O forse sì... Boh, se me l'ha chiesto non l'ho capito.»

«E... ti ha parlato per caso di Raily?»

«Come sopra...»

«Già...» Ora è Ciccio quello pensieroso. «Forse farei meglio a dirle tutto... a raccontarle di Raily. Voglio essere sincero con Pamela.»

Adesso sì che riesce a distrarmi. «Non credo alle mie orecchie! Sei stato per un anno e mezzo con due ragazze, le hai viste alternandoti tra discoteche, pizzerie, pub e ristoranti, con il rischio continuo che ti beccassero... Senza risparmiarti la squinzia di turno, pescata a caso tra Beatrice e Deborah, come quella del T-Bone Station...»

«Ammazza, te la ricordi quella? Che tette che aveva!» commenta Ciccio rapito dalla rievocazione.

«Ecco, vedi, il tuo passato ti sta riaccendendo... E come se non bastasse poi ti sei fatto pure l'amica di Ann, e ora vuoi essere sincero?»

«Be', è la fine di un percorso. Varie tappe che mi hanno portato qui... in America: insomma, l'inizio del mio cambiamento. Mi sono innamorato di Pamela. D'ora in poi voglio essere monotono: avere una sola donna.»

«Monogamo, si dice monogamo, Ciccio. Anche se per te il significato è lo stesso.»

«Un monogamo a New York...» Muove la mano come se percorresse la scritta in alto davanti a sé. «Non sarebbe un titolo bellissimo per una storia?»

Proprio in quel momento arriva Pamela. «Ecco qua le birre...» Appoggia il vassoio con i tre bicchieri sulla seduta della panchina.

Ciccio la guarda sorpreso. «Ma non c'è la mia Coca-Cola...»

«Già, hai ragione. *Sorry.* Vuoi che la vado a cambiare?» chiede Pamela facendo finta di essersi sbagliata. Sta esaudendo un desiderio di Ciccio, ma non vuole darglielo a vedere.

«No, no, anzi» risponde grato lui.

Pamela sorride maliziosa. «E poi così possiamo brindare...»

«Sì...» La guardo curioso. «Ma a cosa?»

«Al destino che ci ha portato qui. Insomma, ci siamo incontrati per una serie di coincidenze, stiamo cercando una ragazza in giro per l'America che è fidanzata con *blondeboy*... e sembra tutto *lost.* Ma penso che il destino può essere cambiato, ogni giorno è diverso, devi lottare per vincere. Tu costruisci la tua felicità. *Because* ogni giorno è tuo...»

La guardo sorpreso. Per un attimo mi balla forte il cuore, un'emozione fortissima.

«Cosa hai detto?»

«Oh, è sbagliato in italiano? Ogni giorno è tuo.»

«Era la cosa che mi diceva sempre mio padre.»

Pamela mi sorride. «La penso anch'io.»

Facciamo cozzare con forza i bicchieri di plastica, per poco la birra non si rovescia per terra. E improvvisamente invece di commuovermi mi viene da sorridere. «È vero, ogni giorno è mio. Tanto vale provarci, no? Al massimo cosa può dirmi?»

Pamela e Ciccio si guardano e poi mi dicono insieme: «No!».

Ciccio si scola la birra d'un fiato e butta il bicchiere nel cestino lì di fianco.

«Allora, se è vero che devi lottare per vincere... che dite? Gliela diamo una lezione al riccio?»

Indica le giostre, prende Pamela per mano, che a sua volta mi prende per mano, e corriamo insieme tutti e tre verso la pista.

«Io prendo l'elfo, questa volta!» urla Ciccio.

«Zucca!»

«Ok, mi becco il bruco» dico ridendo, felice come un bambino.

Poi mi guardo intorno. La Befana non si è ancora affacciata, sì, la festa continua.

29

Non sperate di lavarvi se c'è qualcuno innamorato intorno a voi. O meglio, innamorato per la prima volta. Ciccio ha fatto fuori tutta la nostra riserva di bagnoschiuma, saponi, shampoo, creme. A un certo punto ho temuto che si spalmasse anche il gel anticalcare per il WC. Rassegnato, mi sono fatto una doccia solo con l'acqua e ho cercato di fare il più in fretta possibile per rispettare l'appuntamento.

Alle 16 siamo tutti e tre nella hall, come da accordi. Ciccio è più profumato di un incensiere, solo una donna a cui hanno amputato il naso potrebbe sopportarlo. Abbiamo ripreso posto al tavolino sotto la TV, sui divani senape. Ormai è la nostra base operativa, la stanza dei bottoni. La solita coppia di vecchietti, che è scesa qualche minuto dopo di noi, ci guarda con un misto di invidia e disappunto. Gli abbiamo di nuovo rubato la postazione migliore per i loro programmi preferiti. Anche per loro è la stanza dei bottoni, quelli del telecomando, ma Pamela, per togliere qualsiasi illusione, spegne repentinamente la TV. L'invidia negli occhi della signora in un attimo si è trasformata in odio.

«Tra un po' quelli che ci vedono qui ogni giorno con carte e computer penseranno che stiamo organizzando chissà quale complotto. Secondo me, da un momento all'altro fa irruzione una delle squadre speciali americane che con un blitz ci arresta» rifletto sotto lo sguardo diffidente dei nostri vicini.

Ciccio ride, se qualcuno lo annusa lo arresta di sicuro.

«Sì, come quelli che hanno preso Kim Dotcom! Vagli a spiegare che noi non traffichiamo in download, ma siamo solo degli innamorati... Cioè noi... tu!» Una bugia: lui traffica in download! E una verità: io e lui siamo innamorati. Anche se all'ultimo lui si è corretto. Ciccio, lui che ha sempre avuto la faccia come il culo, sembra aver perso il controllo. Emozioni sembrano continuare a ribollire nel suo stomaco fino a sgorgare fuori travestite da parole sciocche cui vorrebbe dare un senso molto più semplice, elementare, diretto. "Io-ti-amo." E sul tavolino cala un attimo di silenzio in cui domina solo la mistura di profumi che emana Ciccio. Ucciderebbe chiunque, ma forse è proprio quella a tenere in vita la vecchia teledipendente del tavolino accanto.

Per cavarsi fuori dall'imbarazzo, Ciccio prende un paio di patatine da una ciotolina mezza vuota, abbandonata sul nostro tavolo.

«Ma non eri a dieta?» lo prendo in giro per aiutarlo a tornare a suo agio.

«Ieri! Ogni giorno è diverso, no? E poi ho una fame, dopo quella birra praticamente a stomaco vuoto. Questa non ci fa toccare cibo se non è *bio-termodinamico*!»

Ora Pamela sorride. «Ognuno decide del suo destino. Tu puoi mangiare pure *chips*. Anche se sono avanzi di altri clienti. Magari avevano le mani sporche o ci hanno sputato sopra.»

Sa come ottenere i risultati. E sa come tenerlo in pugno. Ciccio all'istante lascia ricadere le patatine nella ciotola, schifato.

Poi Pamela tira fuori dalla sua cartellina di pelle nera un fascicolo di fogli.

«Ormai questa è la nostra ultima arma.»

«No, eh, la domanda di partecipazione a uno di quegli show che guardava mia mamma quand'ero piccolo, tipo "Stranamore", dove piango in ginocchio per lei, no...»

«È il contratto dello spot per cui è stata richiesta Ann... Dobbiamo usarlo in modo creativo» spiega Pamela pensierosa.

Ciccio sporge lo sguardo, anche se non conosce più di due parole d'inglese.

«Posso vedere?» Pamela glielo passa con aria benevola, ora che l'ha convinto all'astinenza dai grassi idrogenati.

«*Wedding dress*: questo l'ho capito! Si tratta di una pubblicità di abiti da sposa...» esclama lui. Poi mi guarda e allarga le braccia come per giustificarsi retroattivamente.

«Hai visto? Non ho detto nulla... Non ho neanche accennato a M...»

«M... eglio che taci, bravo!» lo blocco io.

«Abbiamo il prodotto, abbiamo la modella, ma il cliente nel brief ci chiede di scegliere la location. Deve essere evocativa, *unforgettable* e avventurosa, un po' *wild*» ci informa Pamela consultando i suoi appunti.

Cominciamo a lanciare idee, a confrontarci, ad analizzare pro e contro di ogni situazione, a spararle grosse e ad azzeccarne qualcuna, in modo che a poco a poco un piano sembra prendere forma, come in un puzzle dove ognuno aggiunge una tessera che va a incastrarsi con le altre, fino a comporre il disegno finale.

«Ok, questo è il modo per attirare Ann. Ma la location?»

E a sorpresa Ciccio, che ai matrimoni è sempre stato allergico, ha quasi un'illuminazione.

«Scusate, le Cascate del Niagara, no? Indimenticabili di sicuro, selvagge, e pure *avvocative*!»

«Sì, tribunalizie!» rido io.

«Non male» annuisce soddisfatta Pamela «come il film *Niagara*.»

«Con Ann nella parte di Marylin» sogno io.

«Basta che Mark non ti uccide...» si lascia sfuggire Ciccio.

«Non avevi detto che non avresti accennato a M...?» ribatto minaccioso.

Pamela taglia corto, il progetto le sembra buono. Il fatto che ci sia un planning da seguire la galvanizza. Raccoglie fogli e contratto e li infila nella cartellina.

«È un posto dove tanti vanno in luna di miele qui da noi. Ma tranquillo, Nicco, tornano tutti vivi.»

Quindi consulta Google Maps sull'iPad. «Allora da qui sono quattrocentosedici miglia, ci vorranno poco più di sei ore.»

Ciccio esclama: «E l'abito da sposa?».

Pamela scuote la testa, divertita. Certe ingenuità cominciano a intenerirla. «Ma mica ora... quando si gira!»

«Peccato... per un attimo ho sperato che ci fosse già il lieto fine.»

«Comunque complimenti» aggiunge Pamela riponendo l'iPad nello zaino «ottimo *brainstorming*, sembrava proprio di stare in agenzia a lavorare su una nuova campagna.»

Sorrido. «Allora se ci va male possiamo sempre venire a lavorare da te.»

«Resta solo da chiamare Ann, per sapere se a lei va bene.»

Pamela prende il telefonino e scorre la rubrica con piglio professionale. Poi, dopo qualche secondo, si batte la testa con la mano.

«Che sciocca! Ho dimenticato di registrarla. E oggi è sabato, non trovo *anybody* in ufficio... Solo Ellen mi può salvare, *I hope*.»

Fa per chiamare la sua assistente, sotto lo sguardo insofferente di Ciccio. La vorrebbe tutta per sé. Neanche si conoscono e per lui, che non è stato mai geloso, Pamela dovrebbe già stare sotto una teca di vetro. Una santa da mostrare solo eccezionalmente ai fedeli in pellegrinaggio.

Prendo il foglietto dalla tasca. «Ce l'ho io il numero...»

Ciccio mi guarda curioso: «E come hai fatto?».

«Me l'ha dato lei.»

«E ce lo dici solo adesso?» tuonano all'unisono loro due. Che siano davvero fatti l'uno per l'altra?

Alzo le spalle. «Tanto magari risponde *blonde-boy*.»

«Senti, se ti ha dato il suo numero al supermercato, non è certo per farsi portare l'acqua a casa, no?» mi rincuora Ciccio, ottimista.

Pamela mi sfila subito il foglietto di mano, determinata compone il numero. Poi avvicina il telefonino all'orecchio. Scuote la testa. «È occupato.»

Già mi immagino Ann che starà parlando con la mamma di Mark, le sorelle di Mark, gli zii di Mark, stanno organizzando le vacanze insieme, sono tutti una grande famiglia tipo quelle degli spot Barilla o Mulino Bianco.

Pamela si rigira il pezzetto di carta tra le mani, in attesa di una svolta, qualcosa che ci porti a raggiungere il nostro obiettivo, un telefono che si libera.

Di colpo inarca le sopracciglia. «L'ha scritto su *ticket* metropolitana di Roma. Teneva come un *souvenir*» nota entusiasta.

Lo guardo meglio, al momento lo avevo infilato in tasca troppo scosso per farci caso. Leggo la data del timbro dell'obliteratrice.

«Ma è il giorno che siamo andati insieme in piazza di Spagna!»

Pamela sgrana i suoi occhioni, meravigliata. «E te lo ricordi ancora?»

Quasi quasi mi vergogno. Mi sento un po' come una di quelle eroine dei romanzi ottocenteschi... che poi muoiono di tubercolosi. Però è quello che provo, non ha senso nasconderlo, almeno a questi due che mi hanno portato fin qui.

«Ho in testa tutti i momenti passati con lei, minuto per minuto.»

«*Oh, what a sweet sweet boy!*» esclama quasi commossa Willow Woman.

«Con 'sta fame, quasi ti mangerei» mi sussurra Ciccio senza farsi sentire, e finge di mordermi la testa.

Gli do una gomitata, mentre Pamela ha rifatto il numero e finalmente sta prendendo accordi con Ann. «*Sure I would like to take you to see the location for the ad...*» Riattacca. «Commenti, dettagli, osservazioni dopo. *Let's go,* non possiamo perdere tempo.»

Ci alziamo, pronti a seguirla, gli ordini sono ordini. Ciccio, di nascosto da Pamela, si ficca in bocca gli avanzi di patatine prima di raggiungerci.

La vecchia, me la immagino, deve aver alzato gli occhi al cielo: «*Thank God!*». Poi ha scosso il marito che si è addormentato di fianco a lei. «*Terrorists are gone. The* TV *is ours!*» E si è fiondata come un fulmine sul divanetto senape.

30

E così, dopo aver stabilito tutti i dettagli del nostro piano, ci siamo rilassati vedendoci un po' di Philadelphia. Verso le 20 ci siamo fermati per degli ottimi panini al Pet's King of Steak, ma li hanno mangiati tutti loro. Io non avevo fame e così me ne sono andato in albergo.

Eccomi qui, disteso sul mio letto.

Quando ho portato Ann a vedere la Cappella Sistina la cosa che mi ha colpito di più è che non si è sentita sopraffatta dalla potenza, dalla bellezza, dalla dolcezza e dalla violenza di quei dipinti che ti lasciano senza fiato. Non ha avuto quel senso di disorientamento che ti assale davanti al *Giudizio universale* di Michelangelo, ai due indici che quasi si toccano nella *Creazione di Adamo* e tu ti senti piccolo piccolo. No, lei ha guardato in alto, puttino dopo puttino, angioletto dopo angioletto, affresco dopo affresco, e mi ha detto: "Se avessi un soffitto così non farei più incubi". E in quel momento non ho pensato di chiederle quali sono gli incubi che una ragazza come lei può avere, quali sono le sue paure. Mi sembrava che un'americana di vent'anni in vacanza a Roma non potesse davvero temere niente. Che fosse invincibile.

Adesso mi ritrovo a fissare il soffitto, nel buio di una camera doppia di un hotel a Philadelphia. Non c'è santo che mi guardi dall'alto, solo un lampadario in finto vetro di murano con la sua ombra scura, circondata dalla debole luce che filtra dai buchi delle tapparelle. Con un bel po' di fantasia potrebbe sembrare un giardino fiorito circondato da piccole fiaccole. O la testa di una regina incoronata da una tiara di diamanti. Sembra un po' il gioco che facevano fare a Valeria da piccola: le mostravano delle macchie su un foglio e lei doveva dire cosa vedeva disegnato. In realtà non era un gioco, era il metodo che uno psicologo a scuola aveva usato per indagare i motivi della sua aggressività. E Valeria, che aveva capito il trucco, anche di fronte a una linea retta descriveva armi, scene di guerre, esplosioni: si divertiva a spaventare il suo giudice, la maestra e tutta la scuola. Solo papà non si è mai spaventato con Valeria, neanche quando faceva brutti sogni e urlava nel cuore della notte come se la stessero sgozzando.

Ecco, se io adesso cominciassi a strillare, a chiedere aiuto, a cercare di salvarmi da un mostro con sette teste intenzionato a uccidermi, nessuno mi sentirebbe. Perché Ciccio, nel letto di fianco, russa talmente forte che per poco non fa tremare i vetri. E dire che sono di quelli belli spessi, doppi credo, che non lasciano passare nessun rumore proveniente dalla strada.

Eppure non è per questa grancassa che ogni tanto si rigira nel suo lettone king size, tranquillo come un bambino, che non riesco a dormire. Sono salito prima in camera e ho lasciato Pamela e il mio amico a chiacchierare nella hall perché volevo mettere un po' di ordine tra i miei pensieri. E quando è tornato su e gli ho chiesto come era andata, neanche mi ha risposto. Si è buttato sul letto, si è girato dall'altra parte e si è addormentato di colpo. C'è chi non dorme, per amore. Ma Ciccio lo conosco, è fatto così, inutile pensare di cambiarlo del tutto.

Che poi mi chiedo se non è solo un'illusione quella di poter cambiare le persone, le cose. Forse esiste davvero un destino che va per la sua via. Io però non ci ho mai creduto. "Destino" è una parola così ostile, ho pensato sin da bambino. Perché anch'io mi credevo invincibile, come immaginavo fosse Ann in vacanza a Roma, senza macchia e senza paura. Onnipotente.

È questo che mi ha fregato quando papà si è ammalato. Ero convinto che tutto si potesse mettere a posto. Quando era in ospedale mi svegliavo presto, prendevo il motorino e passavo da lui a fargli un saluto, poi andavo a scuola, tornavo a casa, studiavo, giocavo a calcetto, poi andavo di nuovo a trovarlo, stavo un po' con lui, finita l'ora di visita me ne andavo a cena da Alessia, o da Ciccio o da qualche altro amico. E la mattina dopo tornavo da lui. Ogni volta era più pallido, più smagrito, ma io non volevo accorgermene. Sentivo che era tutto nelle mie mani, che bastava comportarmi bene e i medici avrebbero risolto ogni cosa, che papà sarebbe tornato a casa e poi sarebbe stato sempre meglio, e avremmo riso di quei giorni in cui doveva sorbirsi i racconti del suo noiosissimo vicino di letto sulla corruzione negli enti statali, proprio lui che era anche un po' ladro e gli rubava sempre la schiuma da barba e i rasoi. E poi gli avrei regalato uno scatolone intero di schiuma da barba e un rasoio elettrico e ci saremmo dimenticati degli istituti previdenziali e delle agenzie del demanio, dove tutti a loro volta rubano. Tutto sarebbe ricominciato, saremmo andati allo stadio, al cinema, a mangiare una pizza, a casa di zia per Natale, a mangiare il pesce a Fregene d'estate. Invece no. *Clanc.* Improvvisamente la macchina si è bloccata. La vita si è arrestata così, di botto. Senza avvisarmi me lo hanno portato via.

Mi sono chiesto cosa avevo fatto che non andasse, dove avevo sbagliato, in cosa avevo mancato, perché credevo che il mio amore avrebbe potuto salvarlo. Che bastasse quello. Che l'amore potesse cambiare il mondo.

Se così fosse basterebbe l'amore per Pamela, per far diventare Ciccio un damerino inglese. Per far sparire Mark e suoi muscoli gonfi con uno schiocco di dita. Per rendere Bato onesto e sincero con gli altri, un amico sul serio. A volte basterebbe anche solo una parola per scaldare il cuore. Ma queste forse sono tutte illusioni.

Io però voglio crederci a questa storia. E allora prendo il telefonino e scrivo un messaggio.

"Ciao, qui tutto ok, volevo dirti che mi sto divertendo molto e torno presto. Ti voglio bene. Buonanotte alla mia mamma."

Cosa costa dirle, quelle tre parole? "Ti voglio bene." Non basterà a cambiare la sua vita, quello che è successo, la perdita del suo innamorato, ma l'aiuterà a sentirsi meno sola. Me la immagino che come al solito sussulta, ha il telefonino da anni ma ancora non si è abituata al fatto che possa squillare. Se qui sono le tre lì saranno le nove. Avrà appena apparecchiato la colazione e starà per sintonizzarsi su una replica di quelle fiction che le piacciono tanto, piene di amori disperati. Parlo proprio io, poi, che ancora non sono morto di tisi, ma poco ci manca... Mamma, vorrei dirle, salvati, non è che mi diventi come la nonnina della hall che invece di visitare la città se ne sta tutto il giorno attaccata alla TV? Lei intanto leggerà il messaggio e sarà contenta del fatto che non ho messo nessuna abbreviazione nel testo, neanche una "k" al posto del "ch", odia queste cose. E mi risponderà scrivendo che se sono felice io, è felice anche lei. So che non è vero, so che avrebbe voluto invecchiare come quei due turisti di sotto e rincoglionirsi davanti alla TV assieme a papà. Ma tutti e due saremo più tranquilli.

Così, nel cuore della notte, penso che ci sono cose per cui non si può fare niente, e altre per cui si può tentare. Non so cosa c'è scritto in quel diavolo di libro del destino, ma la mia storia con Ann voglio provare a scriverla io. Voglio provarci a guardarla negli occhi e dirle che la amo. Me lo voglio conquistare quell'attimo di felicità, qualunque sia la sua durata.

Guardo il soffitto. Ora l'ombra del lampadario mi sembra un carosello di puttini che si tengono per mano gioiosi. "Se avessi un soffitto così non farei più incubi" diceva Ann.

Mi addormento, alla fine, nonostante il trattore che mi russa accanto. Sogno di essere sui seggiolini del calcinculo. Qualcuno mi spinge da dietro con forza fino al cielo. Finalmente lo vedo. È mio padre. Urla: "Non aver paura, Nicco, vai!".

31

Scendo nella hall e li trovo che stanno già facendo colazione.

«Siete mattinieri, eh?»

Pamela sorride mentre addenta un plumcake. «Sono anche andata a correre, lo faccio tutti i giorni, a meno che non piova forte.»

Ciccio sta spalmando del burro su un toast.

«Io no... però ho sognato di farlo, nel sogno ho corso un'ora e mezzo... m'è venuta una fame!»

Prendo un piatto e vado al buffet. C'è di tutto, e ogni cosa è presentata così scenograficamente ed è talmente invitante che farebbe venire l'acquolina in bocca persino a un asceta. Opto per un po' di uova, del bacon, una fetta di formaggio, infilo due toast nello scaldapane e, ancora assonnato, li guardo avanzare su una griglia che scivola come un nastro sotto le resistenze roventi fino a che vengono inghiottiti del tutto e risputati dall'altra parte. Siccome a me i toast piacciono quasi carbonizzati, li rimetto dentro e mi godo di nuovo tutta l'operazione.

Agguanto un vasetto col burro mentre mi dirigo verso il banco dei succhi di frutta e, da una caraffa ghiacciata, mi verso un bicchierone di spremuta d'arancia.

«Allora dormito bene?» chiedo a Pamela quando mi siedo di fronte a lei.

Pamela mi guarda curiosa.

«Io sì, forse perché sono serena su questa storia o perché comunque la responsabilità è tua...»

«Ah, certo! Grazie...» faccio io con un sorriso forzato.

Pamela sorseggia un po' di caffè, poi si pulisce la bocca.

«Di solito quando devo fare qualcosa di importante, la sera prima non riesco a dormire; è una cosa che mi porto appresso da sempre. Ogni volta che dovevo fare un esame all'università passavo la notte in bianco, *tossing and turning in my bed*. A voi non è mai successo?»

«E come no! Ricordo che una volta Fabiola mi consigliò un sonnifero molto blando il giorno prima di dare lo scritto di... oddio, ora non ricordo neanche cosa... be', non m'ha fatto nulla, sono stato con gli occhi sbarrati fino alla mattina e a momenti mi addormentavo durante l'esame... una figura...!»

Bevo un po' di caffè che una cameriera mi ha appena versato.

«*Enjoy*» mi dice prima di allontanarsi dal nostro tavolo.

«*To you...*» le rispondo e Pamela ride. Evidentemente ho detto la cosa sbagliata, a proposito di figuracce...

Ciccio manda giù un boccone di dolce e tracanna d'un fiato il suo succo.

«Hai ripassato la lettera?»

«L'ho strappata» dico guardando Pamela. «Voglio improvvisare... Il concetto mi è abbastanza chiaro, avendola letta un milione di volte, quello che voglio lo so, vediamo che succede.»

Pamela fa un cenno con la testa come a dire "ok", ma non so quanto approvi in realtà.

Quando vede che tutti abbiamo finito di mangiare si alza da tavola.

«Bene, allora andiamo!»

La seguiamo, è evidente che è lei a comandare. Saliamo nelle camere, io mi lavo i denti, faccio la valigia, controllo che negli armadi, nei cassetti, in bagno non abbia dimenticato nulla e riscendo. Ciccio è già lì con il suo bagaglio. Anche Pamela è pronta.

«Ok, allora... ci salutiamo» faccio.

«Sì...»

Sono questi i piani. Ora Pamela raggiungerà Ann da sola.

E restiamo per un attimo in silenzio.

«Pamela, non mi guardare così, nemmeno partissimo per una missione spaziale» protesto scherzando.

Pamela ride: «Hai ragione... Pensa a quando dovremo salutarci sul serio...».

«Salutarci?!» sbotta Ciccio. «E quando? Non avevi detto che ci avresti assunto per lavorare con te?!»

Pamela si sporge verso di lui e gli dà un bacio sulla guancia. Poi gli sorride.

«Attento... non scherzare con il fuoco che poi ti bruci.»

«Meglio, sono freddoloso. Ho bisogno di un focherello che mi scaldi... ci pensi tu?»

Pamela solleva le sopracciglia, forse sorpresa da tanta audacia, quindi si incammina verso l'uscita dove l'aspetta la Gran Torino rossa che abbiamo affittato – un'idea di Ciccio, ovviamente. Ci guarda un'ultima volta e poi parte lasciandoci lì, a osservare l'auto farsi sempre più piccola e poi scomparire dietro un incrocio. Io mi volto per andare a pagare il conto ma Ciccio mi blocca subito.

«Ho già fatto io. Piuttosto, chiediamo un taxi all'usciere.»

Mentre aspettiamo che la macchina arrivi, il bel sole azzurro che si sta sollevando nel cielo ci invita a uscire in strada. In quel momento davanti a noi passa un ragazzo in bicicletta, seguito da due uomini anziani, in tuta, che attraversano la strada per entrare nel parco all'altro lato e fare jogging.

«Allora? Come sta andando?» chiedo.

Ciccio sembra non capire.

«Cosa?»

«Il vertice bilaterale, il tuo summit Italia-Usa... Oh, sveglia! Parlo di Pamela!»

«Benino...» fa lui, con un'alzata di spalle.

«Cioè? Che vuol dire "benino"?»

«Non lo so, non capisco...»

«Cos'è che non capisci?»

«Non capisco me stesso, per la prima volta non mi capisco. Ieri siamo stati tutta la sera a chiacchierare; mi ha raccontato di quando da piccola è venuta in Italia dai suoi parenti, quando ci ha passato il Natale, il nonno che si travestiva da Babbo Natale, i suoi genitori che portavano i regali a tutti dall'America, i cugini che impazzivano per ogni cosa che venisse da qui... i dischi o le novità sportive americane...»

«Be', mi sembra una cosa molto tenera, un momento intimo, no? E tu... le hai raccontato di te?»

«Fossi matto! Mica potevo spifferarle che scarico e vendo al nero un sacco di roba. O che mi hanno portato in questura tre volte per vandalismo... Ho fatto in maniera di rendermi passabile.»

«E allora? Ci sei riuscito? Non capisco il problema.»

«Il problema sono io! La cosa pazzesca è che ieri sera con Pamela non ho voluto provarci! E ho perfino scoperto che è single, non sta con nessuno. Pazzesco, no? Me la sono abbracciata per darle il bacio della buonanotte e...»

«E...?»

«E le ho dato il bacio della buonanotte. Stop.»

«Che carino, come facevano mamma e papà» commento io.

«Che fai, prendi per il culo? Io la dovevo sollevare di peso, portarla in camera e trombarmela tutta la notte! E invece niente, niente di niente. C'è mancato poco che cantavamo le canzoni di Natale insieme...»

Scoppio a ridere immaginandomeli tutti e due a intonare *White Christmas*.

«La mia è impotenza mentale...» fa Ciccio sconsolato.

Lo guardo perplesso. «Non è che è stata la cena con Venanzio e Thomas?»

«Che cosa?»

«Che ti ha un po' influenzato...»

«Ma che dici? Ma sei pazzo?» fa lui sbuffando. «È solo che, col fatto che non c'ho provato subito, mi sembra di essere in una situazione di stallo assurda...»

«Ti capisco: entrare nella categoria "amico delle donne"

è pericolosissimo. Ci si incarta, ci si comporta appunto da amiconi e non si conclude mai niente. Torni a casa depresso e ti dai del coglione. A me anche è successo, te la ricordi Carlotta? Mi piaceva un sacco. Uscivamo tutte le sere, e parlavamo... Ammazza, quanto parlavamo!»

«Sì che me la ricordo, ma com'è che poi non siete più usciti?»

«È accaduto così, senza spiegazioni. Non ci siamo sentiti per un giorno, poi per due, poi per sempre, nemmeno un SMS... mai più vista o sentita.»

Ciccio batte le mani incredulo: «Ma è tristissima questa storia...».

«Sì, è come un *Harry ti presento Sally* finito male...»

«Ma almeno loro avevano comunque scopato!»

«Già, invece io e Carlotta neanche quello... Ma era solo per spiegarti come possono a volte funzionare le nostre menti, si incastrano, diventano incapaci di andare avanti e indietro, girano a vuoto... Sì, la magia dell'amore può anche questo!»

«Nicco, dovresti smetterla di mangiare i Baci Perugina o almeno non leggere i bigliettini, così non spari cazzate come questa!» risponde Ciccio mentre il taxi arriva e si ferma davanti a noi.

«*Good morning...*» dice. Tira fuori il biglietto di Pamela e glielo legge. «*To the Saints Peter and Paul Church, please.*»

Il taxi parte spedito.

«Ieri sera Pamela mi ha raccontato anche un sacco di cose su Philly...» ricomincia a raccontare Ciccio.

«E chi è Philly...?»

«Philadelphia... Mi ha spiegato cosa vuol dire... amore fraterno...»

«Eh sì, guarda che ce l'aveva già spiegato! Mi sa che tu eri troppo andato con la testa però.»

«Vabbè, in ogni caso... dopo avermelo detto, si è messa a ridere. C'era un messaggio subliminale in questo...»

«Ma quale subliminale Ciccio? Te l'ha detto chiaro e tondo!»

«Sì ma rideva...»

È inutile. Niente, Quando uno vuole capire solo quello che vuole capire è così e basta.

Qualunque cosa gli avesse detto Pamela, Ciccio comunque l'avrebbe rigirata a suo comodo. Anche se di solito sono le donne a stravolgere il senso delle risposte che ricevono dagli uomini. Non c'è niente di peggio che il desiderio di amare e sentirsi amati al di sopra di ogni senso della ragione, a prescindere che a quell'altro gliene freghi qualcosa di te!

Il fatto è che si capisce sempre troppo tardi, che l'amore ha problemi di vista e ci fa vedere solo quello che gli fa comodo vedere.

«Ecco, siamo arrivati.»

Ciccio paga il tassista – oggi evidentemente è in vena di offrire –, scendiamo, prendiamo le valigie, ci mettiamo sul ciglio sulla strada, proprio davanti alla cattedrale dei Santi Pietro e Paolo.

«Ma siamo sicuri che c'ha portato alla chiesa giusta?» chiedo scrutando le mura dell'edificio.

«Ci mancherebbe solo che avesse sbagliato santo... pensa che divertente se stiamo in quella sbagliata e aspettiamo a vuoto.»

«Eh! Sai che divertimento!»

Ciccio ha uno strano senso dell'umorismo a volte, penso mentre lui tira fuori dalla borsa il foglio di cartone piegato in due e me lo passa. Lo apro, lo tengo fra tutte e due le mani e controllo la scritta.

«Si legge bene, no?» chiedo.

«"Niagara Falls!" Chiarissimo...»

«Ora devi solo fare il segno dell'autostop e mostrare la gamba, come nel film *Accadde una notte*, quando con lui non si ferma nessuno e appena lei invece mostra la gamba una macchina inchioda.»

«Sì ma con me inchiodano Thomas e Venanzio!» protesta lui cominciando a sghignazzare.

Ma proprio in quel momento, mentre stiamo lì che discutiamo, una macchina accosta sul serio. È una Dodge nera con dentro una coppia di signori. Lui apre il finestrino e si sporge sorridendo.

«*We're going there too to celebrate our 30th wedding anniversary. Come on, we pick you up!*»

Si rendono conto che non abbiamo capito nulla.

«*Come on... We pick you up!*»

«*No, no thanks...*» rispondiamo in coro io e il mio amico, controllando con la coda dell'occhio il resto del traffico.

Chiudo subito il cartello e cerco in qualche modo di giustificarmi. «*We are joking, excuse me...*» faccio al tipo.

Il signore alza le spalle, chiude il finestrino e riparte parlando con la moglie. Sicuramente le starà dicendo che siamo due idioti a fare di questi scherzi.

Poi all'improvviso la vediamo girare l'angolo. Ecco la Gran Torino, Pamela è alla guida e Ann è vicino a lei... Sembrano chiacchierare divertite e quando ci vedono Pamela fa finta di non conoscerci.

«*Ehi, they're going to Niagara Falls as well...*»

Saltiamo come due deficienti mostrando più volte il cartello.

«*What do you think, Ann? Shall we pick them up? They seem nice.*»

Ann sorride: «*I know them well. They're really nice guys*».

32

La macchina accosta e noi, perfettamente calati nel ruolo di autostoppisti, siamo gli incredibili attori di questa mia ultima possibile occasione.

«*Hi, Ann! What a surprise!*»

Pamela recita ancora meglio. Meryl Streep le fa un baffo. «Siete italiani? E conoscete la mia amica? Fantastico, che combinazione. *That's amazing!*»

«Sì, siamo in vacanza per qualche giorno. Volevamo andare a vedere le Cascate del Niagara, sai, il mio amico è fissato con il cinema... ma, piuttosto, io mi chiamo Nicco, e lui è Ciccio...»

Lui e Pamela si danno la mano, come due perfetti sconosciuti. Poi carichiamo le nostre valigie nel bagagliaio. Ann decide di venire a sedersi dietro con me e lascia il posto a Ciccio. La macchina rientra nella carreggiata e noi tre continuiamo con la recita.

«Allora, da quanto siete qui in America?»

«Oh... da qualche giorno, abbiamo visitato New York prima di venire qui» risponde Ciccio perfettamente a suo agio.

«Vi siete divertiti? Io lavoro a New York. Se ci tornate fatemelo sapere, vi do qualche indicazione sui posti da vedere...»

E continuano a chiacchierare così, del più e del meno e si divertono molto in questo loro far finta di non conoscersi. Ciccio, poi, in queste occasioni coglie sempre la palla al balzo, sa subito come far girare le cose a suo vantaggio.

«Pamela, hai detto che ti chiami, vero?» chiede poi fingendo di non ricordare.

E lei ride e lo guarda con curiosità.

«Sì, giusto. Tu sei Ciccio, *right*?»

«Sì...»

«E da cosa deriva?»

«Da Domenico.»

«E che c'entra Ciccio con Domenico?»

«Boh.. mi chiamavano così alle medie perché ero grassoccio, ciccione. E siccome però da allora non mi hanno mai bocciato, anche se andavo malissimo a scuola, ho deciso che questo soprannome portava fortuna e così l'ho mantenuto.» Poi Ciccio le sorride. «Sai una cosa strana?» dice.

«Quale?»

«Sei dall'altra parte del mondo, fai una vita sicuramente opposta alla mia... Eppure mi sembra di conoscerti da un sacco...»

«Sì?» Pamela si sforza di guardare dritto davanti a sé, buttando ogni tanto un occhio a Ann, nel terrore che si accorga della sceneggiata.

«Sì. Provo a indovinare... Credo che tu sia una grande organizzatrice, una creativa ecco, lavori in una agenzia di moda... No, no... Aspetta, un'agenzia pubblicitaria!»

«Esatto... Ma come hai fatto? Sei un *fortune-teller*?»

E si guardano e ridono.

«*Ciccio is always the same!*» dico a Ann guardandola. E in quel momento mi sto riempiendo gli occhi di lei, del suo viso, del suo leggero sorriso, è come se mi facessi una riserva, insomma, comunque vadano le cose.

«Già, *yes*...»

«*Hey, wait a moment!*» esclamo a voce un po' alta, tanto che Ann sussulta e Pamela forse teme che io stia per confessarle tutto.

Aziono il traduttore simultaneo sull'iPhone così da capire quello che mi dice.

Ann mi guarda e mi sorride.
«Sono molto felice di vederti... È strano che stiamo andando tutti insieme alle Cascate del Niagara... a volte il destino...» dice.
«Sì...»
Rimaniamo per qualche secondo senza parlare. Ann apre uno spiraglio del finestrino, il vento che entra le agita i capelli, le scopre il viso, il suo profilo così bello, senza un filo di trucco, la sua pelle leggermente abbronzata. Sorrido. Il piano messo a punto da Pamela è perfetto: ora ho sei ore prima di arrivare alle cascate, e una notte intera per far sì che le cose possano cambiare. Provo a farmi capire: «Perché sei andata via così all'improvviso senza salutarmi?».
Ann mi ascolta. Abbassa lo sguardo. Rimane un po' in silenzio poi alza il viso e mi guarda negli occhi. Mi parla e l'iPhone mi traduce tutto quello che dice.
«Ho capito che pensavi ancora ad Alessia, che per te ero solo un'avventura.»
Vorrei che questo traduttore capisse quello che voglio dirle ancora prima di formulare la mia frase, tanto sono agitato.
«Ma io quella mattina ero passato in albergo proprio a dirti il contrario, che non eri un'avventura, che io volevo...»
Lei mi interrompe sorridendomi.
«Ce ne sono tante, di straniere...»
«Nessuna come te.»
Lei sembra trattenere un sorriso, poi mi chiede:
«Che cosa ho io di così speciale?»
«Quell'attimo di felicità...»
Mi guarda sorpresa e mi si gela il sangue. Non vorrei che l'iPhone avesse tradotto male quello che intendevo dirle. Ricontrollo. No, no, è giusto.
«Non mi capitava da tanto tempo di sentirmi così... Ecco, quell'attimo di felicità... sei tu.»
E si mette a ridere.
«Sì... ma lo hai detto proprio tu... È un attimo, solo un attimo. Sei venuto in America e non mi hai neanche cercata, se non fossi capitato per caso al centro commerciale

e poi stamattina non aveste deciso di andare alle Cascate del Niagara...»

Io, per un secondo, vorrei confessarle tutto, spiegarle ogni cosa, dirle quanto la amo. Eppure mi fermo, rimango in silenzio a guardarla, forse per non mettere in difficoltà Pamela nel suo lavoro, o forse perché spero che Ann trovi la forza di capire da sola, in piena libertà, perché la sua sia una scelta serena, una scelta d'amore.

«Come facevo a cercarti senza il tuo numero, non avevo l'indirizzo...»

«Potevi chiedere all'albergo.»

«Non ce l'hanno voluto dare... Sai, la privacy... nemmeno se avessi corrotto il portiere con cento euro. Era un tipo onestissimo.»

Non le spiego certo di come invece quel bastardo di Roberto ci abbia aiutato dandoci un indirizzo falso...! E poi penso che così non avremmo conosciuto Venanzio e lui non ci avrebbe fatto incontrare Pamela. Lei ascolta tutto poi si ferma, sembra riflettere.

«Ma come mai siete venuti in America? Non me ne avevi parlato...»

«Oh... Ciccio vuole allargare il suo mercato.»

Ann a queste parole ride divertita.

«Qui in America è diverso... Lo arresterebbero subito. Su certe cose non si può scherzare.»

Poi guarda fuori dal finestrino. Io prendo più aria possibile nei polmoni poi glielo chiedo:

«E con questo Mark... è una cosa seria?»

Non si gira verso di me.

«Credo di sì» dice a bassa voce.

Mi sento morire, sono quelle cose che a volte vorresti non avere mai chiesto. Ma lei non aggiunge nient'altro, continua a guardare fuori.

«E da quando credi che sia una cosa seria?» insisto.

«Da tanto... molto...»

Allora, finalmente, si gira verso di me e mi sorride.

«C'eravamo lasciati un po' di tempo fa e io non avevo visto più nessuno fino a quando non ho incontrato te...». Prende la mia mano nella sua, la accarezza. «E quando ti ho conosciuto, tu non l'hai fatta più sembrare una cosa seria...»

«Quell'attimo di non serietà...» rispondo trattenendole la mano. Lei ride ma un velo di malinconia si intromette tra noi.

«Sono stati dei giorni bellissimi.»

Poi sfila la mano dalla mia e torna a guardare fuori dal finestrino. E in quel momento, con un groppo che mi blocca la gola, decido di non insistere oltre, di lasciarla ai suoi pensieri, da sola, a soppesare ogni cosa. Rimango in silenzio, guardo la mia mano rimasta vuota. Questa è la sua vita.

«Vi va un po' di musica?» chiede Pamela e, senza aspettare le nostre risposte, accende la radio. Le note di *Sparks* dei Coldplay si diffondono per la macchina. Un pezzo splendido, uno dei pezzi che hanno suonato al concerto a Roma. Il concerto a cui sono stato con Ann. Di tutte le canzoni del mondo, proprio questa dovevano trasmettere?! È una tortura...! Mi ricordo bene quella sera, quei momenti. Io e Ann l'abbiamo ballata insieme abbracciati e tra un bacio e l'altro ne abbiamo cantato i versi, eleggendola a "nostra canzone".

Ann si è voltata verso l'autoradio, come a chiedere conferma che il suono provenga da lì e che non se lo stia immaginando. Così rimaniamo a fissarci mentre Chris Martin sembra stia cantando solo per noi. E gli occhi di Ann diventano lucidi, io le sorrido e le dico semplicemente:

«Ci siamo ritrovati per caso al centro commerciale vicino casa tua, stiamo andando insieme per caso alle Cascate del Niagara e ora i Coldplay stanno cantando per noi proprio questa canzone... non può essere più un caso... Questo è destino.»

Sì, insomma, gliel'ho buttata lì, questa frase a effetto. Sto giocando sporco ma la causa è giusta: per riavere Ann in questo momento potrei fare qualunque cosa. La osservo: è bellissima, sognante, romantica. Tutte le donne vogliono vedere un segno, una qualunque cosa che le possa semplicemente far sognare. Allora avvicino il mio viso al suo più che posso:

«Si può andare contro il destino, Ann?»

Lei sorride poi mi chiede: «Come fai a sapere che il centro commerciale è vicino a casa mia?».

Io sbianco per un istante, Pamela quasi inchioda con la macchina.

«Scusate...» si giustifica poi.

E per fortuna mi viene in mente una spiegazione.

«Stavi facendo la spesa, avevi il carrello pieno, l'ho semplicemente immaginato...» le rispondo, riprendendo colore.

In quel momento la canzone dei Coldplay finisce e parte l'attacco di un pezzo dei Kiss.

«Questa è la mia preferita!» quasi urla Pamela per distrarla.

Ann invece mi osserva seria, poi piano piano un sorriso fa capolino e alla fine illumina tutto il suo viso.

«Sì, dev'essere proprio il destino...»

33

Il nostro viaggio continua tra lunghi silenzi e momenti di chiacchiere intense. A bordo della Gran Torino, sull'Interstate 476 North, passando per Allentown, Scranton, Binghamton, i pezzi musicali si succedono: Bruno Mars, Maroon 5, P!nk. E mentre la musica va io guardo fuori dal finestrino. Sono seduto accanto a Ann Jones e sto attraversando l'America. Sì, lo so, non vuol dire molto, lei non mi ha promesso nulla, non l'ho baciata e non abbiamo rifatto l'amore. Ma avrei potuto non trovarla. Avrebbe potuto dire a Pamela che a lei, delle Cascate del Niagara, non importa niente, oppure avrebbe potuto decidere di partire portandosi dietro quel bisteccone di Mark, e il nostro piano sarebbe miseramente fallito. Invece sono qui, con lei, da sola, e questo per ora è quello che più conta per me.

Pamela all'improvviso annuncia: «Devo chiamare l'albergo! *I have to call the hotel!*» e subito compone un numero al cellulare. Parla in inglese ma io so già che cosa sta dicendo:

«Pronto? Buongiorno sono Pamela Willow, sì Willow... ho una prenotazione al vostro albergo e volevo chiedere se avete un'altra camera.»

Ciccio alza la mano e fa segno di prenderne due: chissà come, ha capito tutto. Pamela sorride.

«Due, volevo dire altre due...» si corregge «è possibile?

Sì, attendo, grazie...» Poi abbassa il telefono. «E se ce n'è solo una?» chiede a Ciccio, in italiano.

Ciccio insiste: «Due».

Pamela scuote la testa.

«Sì, ah... grazie... Sì, a nome mio... perfetto!»

Chiude la telefonata. «Sì, c'erano. Per fortuna, perché in questo periodo Niagara Falls deve essere piena di gente... Non potevamo arrivare col rischio per te e Nicco di non trovare un buco dove passare la notte» aggiunge in italiano ma controllando la reazione di Ann attraverso lo specchietto.

Lei e Ciccio si guardano solo un attimo, sorridono. È un sorriso d'intesa e complicità: in realtà ieri sera Pamela aveva già prenotato quattro stanze a suo nome. E tutta questa telefonata era una finta per non insospettire Ann.

Ciccio ci aveva subito provato a replicare: "Be', magari Ann ospita Nicco... e io...".

"No, casomai Ann e io dormiamo insieme, però così neghi qualsiasi possibilità di successo a Nicco..." aveva ribattuto Pamela senza concedere nulla.

Pamela e le sue teorie, Pamela e i suoi calcoli, Pamela e la sua organizzazione. L'idea dell'autostop, comunque, non è stata male. E ora sta andando un pezzo bellissimo di Passenger, *Let Her Go*.

Guardo nuovamente fuori dal finestrino: enormi distese di verde, grandi case, cavalli che pascolano. Ciccio batte il tempo con la sua mano sulla gamba e ogni tanto guarda Pamela, tutta concentrata, invece, sulla strada. Poi, piano piano, Ciccio allunga la mano verso il suo ginocchio ma lei, senza neanche guardarlo, gli afferra il braccio e glielo rimette sulla sua coscia. Questo però non basta a farlo demordere, lo conosco bene, e infatti ecco che torna a guardare avanti e, come se nulla fosse, qualche secondo dopo le sue dita magicamente si posano di nuovo sulla coscia di Pamela, proprio mentre inizia il pezzo *Someone like You* di Adele.

Lei scuote la testa e gli toglie ancora la mano. Ciccio la rialza subito e la muove imitando il planare di un aquilone senza più vento che alla fine del volo fa una curva e dolcemente atterra però sulla sua stessa gamba, mostrando di aver capito come stanno le cose. Pamela sorride e continua a guidare.

Ma è lei ora a sorprenderlo, lei che, senza guardarlo, poggia la propria mano sulla sua e ce la lascia. E la cosa più bella è che Ciccio non si volta a guardarla, no, chiude semplicemente gli occhi e sorride. Ecco, sono sicuro che qualunque cosa accada, ora o tra un anno, o in tutta la sua vita, Ciccio questo momento se lo ricorderà per sempre, perché è come se il cuore ti scoppiasse, ti mancasse il respiro: ti sembra di staccarti da terra, di poter volare, leggero e felice, e arrivare oltre i tuoi confini ordinari, lì dove non eri mai arrivato. E i tuoi occhi diventano lucidi e ti senti così stupido... e invece è semplicemente un attimo di felicità.

Mi giro verso Ann. Sta guardando fuori. Chissà a cosa sta pensando. Forse: "Come potrebbe essere la mia storia con un italiano?". "Come sarebbe la mia vita con Nicco?" "Meravigliosa!" vorrei risponderle. "Imparerei l'inglese e non ti vergogneresti di me davanti ai tuoi amici e non useremmo più i traduttori del telefonino per dirci 'ti amo'. Ti cucinerei tutto quello che ti piace, a costo di spendere tutti i miei risparmi per un corso di cucina al Gambero Rosso. Non ti annoieresti mai con me, ti fare ridere, ti sorprenderei ogni giorno, e ogni volta ti farei conoscere un me stesso nuovo, anche lui pronto a essere tuo per sempre. Torna con me, Ann. Sarò romantico, sarò sincero, sarò fedele, sarò la ragione di ogni tuo sorriso, sarò la tua felicità qualunque cosa accada."

E vedo la sua mano lì, abbandonata tra le gambe, e vorrei prenderla tra le mie, stringerla forte, toglierle ogni possibile dubbio. Il suo petto si alza leggero, ha un respiro tranquillo; e mi ritrovo a guardare anche le più semplici pieghe della sua camicia e chiudo gli occhi e torno col pensiero a quando quella camicetta gliela sbottonavo piano e lei mi chiedeva fintamente scandalizzata: "Ehi, ma che vuoi fare...?" e io le rispondevo: "L'*ammore...*".

E la vedo nuda tra le mie braccia, il suo sorriso, la sua

testa abbandonata all'indietro e io a mordere quel mento... baciare quel collo e scivolare giù sul suo seno, i suoi capelli tra le mie mani, la bellezza dei nostri baci, la sua bocca, la sua lingua, lei, in quell'attimo così mia. E quando riapro gli occhi la trovo che mi sta fissando, allora sorride e mi domanda:

«A cosa stai pensando?»

Ecco, ora lo so, è uno di quei momenti importanti dove la scelta della risposta è tutto.

E vorrei dirle: che ti amo e che mi sono innamorato di te, ma non ora, per sempre... ma la paura di spaventarla mi frena le parole sulla lingua.

«Nicco, a cosa pensi?» mi chiede ancora una volta.

Allora le prendo la mano, me la porto alle labbra e la bacio.

«Lo sai. Lo hai visto.»

E il suo sorriso mi fa capire che quella è stata la risposta perfetta. Questa volta guardo fuori io dal finestrino.

34

Un pappagallo variopinto è appollaiato sul trespolo nel patio di una villetta in legno chiaro. Al passaggio della nostra Gran Torino rossa comincia a gracchiare: «Wow! Wow!». Lo sentiamo dai finestrini aperti. «Anche lui impazzisce per questa macchina» mi metto a ridere compiaciuto. Ora siamo come Starsky, Hutch, che però hanno rimorchiato una bruna e una bionda. Pamela rallenta. Fino a pochi chilometri prima io e Ciccio eravamo eccitatissimi nel sorpassare i cartelli stradali che davano le Cascate del Niagara così vicine.

«Finalmente ci siamo davvero! Mi ero scocciato di vederle solo come salvaschermo del computer» commenta Ciccio, guardandosi intorno. Il fiume corre a pochi passi dal lungo viale alberato che abbiamo imboccato, deviando dalla strada principale.

«Secondo me però l'albergo era dall'altra parte» fa Ciccio continuando a ruotare il telefonino per capire in che punto siamo sulla mappa del navigatore. Pamela si ferma di fronte alla villetta. «Wow! Wow!» ripete il pappagallo.

«Vuoi chiedere informazioni a Cocorito?» domando scettico.

Ma la nostra autista-organizzatrice ci fa cenno di seguirla. Sulla veranda compare un uomo che ci fissa accigliato. Non molto alto, ben piazzato, anziano, ha i capelli ancora tutti corvini che gli scendono sulle spalle, gli zigomi alti sporgono sul volto ambrato. Una specie di pellerossa con una giacca di camoscio color caffellatte a frange che neanche in *Balla coi lupi*. Per questa sono sicuro che Ciccio sarebbe disposto a pagare persino il doppio del giubbotto di Bruce Lee.

«Mister Bishop?» chiede Pamela. L'uomo annuisce.

Io, Ann e Ciccio ci lanciamo uno sguardo, disorientati: com'è che lo conosce?

Pamela stringe la mano al nostro Toro Seduto e ci spiega che invece dell'albergo, viste tutte le storie che abbiamo fatto per l'assegnazione delle camere, ha pensato di affittare un cottage. È immerso nella natura, a due passi dalle cascate, tranquillo, e ha tutto lo spazio che ci serve. Oltre a un'atmosfera caratteristica che non manchiamo subito di respirare, salendo lungo le assi cigolanti delle scale per presentarci al padrone di casa che, laconico, ci dice solo di andare a prendere i bagagli.

Come soldatini agli ordini del generale Pamela prima, e ora anche del capo indiano, eseguiamo.

Mister Bishop ci fa entrare in un grande soggiorno, dove al centro del pavimento, davanti a un divano a quadri, campeggia un'enorme pelle d'orso. Ciccio è incredulo, si china a toccarla. «Ma è vera?» L'indiano fa uno sguardo truce senza aggiungere altro. Non si capisce però se è perché la pelle è autentica e non bisognava metterlo in dubbio, o perché mai avrebbe messo in casa sua un orso scuoiato. Non approfondiamo. Prende le nostre generalità: da quando siamo arrivati in America, ormai, io sono diventato "Nissiolò" e il mio amico "Domeniccio". Puntualmente, anche Bishop storpia i nostri nomi, ma non oso correggerlo. Poi ci mostra la villetta: ci sono quattro camere da letto, due bagni interamente ricoperti di moquette, una cucina decisamente country e sul retro un terrazzino con l'attrezzatura per il barbecue. Ci raccomanda di arrostire la carne solo da quella parte, perché è vietato farlo sull'affaccio principale della strada, nonostante il cottage vicino sia a centinaia di metri di distanza. Come sono civili, penso io, malgrado non avremo mai il tempo per metterci a rosolare salsicce, anche se sarebbe la ciliegina sulla torta di questa indimenticabile vacanza a matrioska: da New York a Philadelphia, ora da Philadelphia alle Cascate del Niagara, a pochi metri dal Canada. Non avrei mai immaginato che sarebbe stata tutta un'avventura dentro l'altra.

Niente in confronto però a quelle che deve aver vissuto questo indiano fiero e rigoroso, con il volto ricoperto di rughe che si intrecciano disegnando chissà quante storie. Ne avrebbe da raccontarne, ci scommetto, non fosse che sembra davvero di poche parole. Ci consegna due copie delle chiavi, ci informa che in frigo ci sono uova e bacon e che per qualsiasi cosa lui abita a poche miglia di distanza. In ogni caso, tornerà prima della nostra partenza.

Appena esce in veranda, il pappagallo comincia col suo «Wow!». L'uomo spiega che prima c'era un cane in casa, Atticus, e il pappagallo ha imparato a ripeterne il verso. "Bau, bau." Ah, non era *Wow!* che diceva, realizzo deluso... Poi Atticus è morto, conclude Bishop alzando le spalle e se ne va via.

Rimaniamo a osservarlo affascinati mentre gira l'angolo e monta sulla sua Cherokee impolverata. Ciccio aspetta che sparisca, poi indica l'ingresso alle nostre spalle, titubante.

«Non è che quello sdraiato in soggiorno è Atticus?»

Pamela lo spinge dentro, ridendo. «Smettila, se lo dici a Mister Bishop, ti fa fare stessa fine.»

«Pamela, questa sorpresa del cottage è stata davvero una ficata!» mi complimento senza staccare gli occhi di dosso dalle pareti di legno nodoso e dalle collane di piume e turchesi appese a un gancio argentato.

«*Yes, wonderful idea. Wow!*» concorda entusiasta Ann. E subito, «Bau, bau» ripete all'esterno il nostro pappagallo da guardia. Scoppiamo a ridere e ci guardiamo. «Come le scegliamo le camere?» chiede Pamela.

«Facciamo a chi arriva prima» propone Ciccio, che schizza in corridoio mentre noi gli corriamo dietro a razzo, urlando «Mia!» come bambini.

Mi becco una stanza piuttosto spaziosa, con una bella coperta rossa a disegni geometrici colorati che creano una specie di mosaico, una doccetta privata e un cappello da cowboy in cima all'armadio. Sarà un tocco di folklore o il ricordo vivo del nemico invasore? Lotto contro la mia volontà per non buttarmi a pesce sul letto, col rischio di dormire fino a domattina: il viaggio è stato lungo. Sulla scrivania sono sparpagliati una decina di depliant turistici che reclamizzano gite in battello sotto le cascate. Mi sto spogliando per infilarmi sotto la doccia quando bussano alla mia porta. Mi infilo maldestramente l'accappatoio mentre vado ad aprire. Per un attimo spero che possa essere lei: ha deciso, ha scelto me, vuole dirmelo subito.

Apro, ma purtroppo di fronte a me c'è Ciccio, anzi Domeniccio.

È agitato come se avesse l'FBI alle calcagna.

«Che succede? Che hai combinato questa volta?!»

«Niente, non ho fatto niente tranne essermi perso...»

Lo guardo come se fosse matto.

«Se sono quattro camere in tutto. Non ci vuole una laurea...»

«Non hai capito! Ho perso la mia sicurezza!»

«Ma che dici? Sei impazzito?»

Ciccio si passa la mano sulla faccia come a togliersi una ragnatela. Sospira, si siede sulla sponda del letto.

«Ti giuro, non so cosa mi stia succedendo, non so più chi sono... Secondo me quella storia che mi hai raccontato, di te e Carlotta dove non è successo niente per settimane... Ecco, quella mi ha condizionato!»

«Stai a vedere che adesso è colpa mia! Ma fammi il piacere...! Ti ho visto prima, in macchina, che ci provavi con Pamela, la mano sulla coscia... sembravi un ebete!»

«Non lo sembravo... lo ero! Vedi che te ne sei accorto pure tu?!»

«Senti, si vede benissimo che la tua strategia con Pamela sta procedendo alla grande, devi cercare solo di non bruciare i tempi, di scegliere il momento giusto... Sono io nei casini. Ann sta col bisteccone, ci si è rimessa dopo che siamo stati insieme quando è tornata a New York, per reazione forse... mi sa che stavolta è proprio la fine.»

«Ho capito, mi dispiace, davvero...» fa lui evasivo, ma dopo due secondi riattacca: «Ma dimmi bene come ti muoveresti al posto mio, dimmi, che cosa faresti tu?».

«Allora non ci senti! Ma che mi frega!»

«E che faccio?»

Lo prendo e lo spingo verso la porta.

«Puoi fare una doccia, una bella doccia fredda così ti schiarisci le idee, d'altronde siamo alle Cascate del Niagara e l'acqua certo non manca...» E lo butto fuori dalla camera.

Poco dopo cerco di fare il punto della situazione mentre mi insapono col bagnoschiuma che mi sono appositamente comprato per venire qui, visto che Ciccio in albergo a Philadelphia ha fatto fuori qualsiasi cosa gli sia capitata sottomano. Per qualche istante penso che potrei non presentarmi all'appuntamento che ci siamo dati tra poco, e che forse farei un favore a tutti a non comparire... All'ora precisa invece sono il primo a ritrovarmi in soggiorno davanti alla pelle dell'orso. Subito dopo arrivano Ann e Pamela, e per ultimo Ciccio.

Pamela ci mostra un foglio di carta: «Ehi, ho organizzato tutto. Date un'occhiata... Vi fidate?». Sembra quasi una provocazione: fino adesso ha deciso e realizzato ogni cosa alla perfezione, non c'è che dire.

Ciccio la guarda divertito. «Non so perché ci ispiri fiducia.»

«E allora forza, *let's go*!» esclama Pamela.

La prima tappa la facciamo poco dopo, a circa dieci minuti dal cottage. Ai parchi del Niagara. Questa volta Ciccio è più veloce di Pamela, paga lui il parcheggio sganciando cinque dollari.

«Qui è pazzesco... venite, venite» dice Pamela col suo solito entusiasmo, indicandoci l'entrata dei giardini botanici. Ci inoltriamo nella riserva delle farfalle.

«Ecco, questo posto lo potremmo usare come scena d'apertura, pensa che bello. Il vestito bianco dalla sposa, tutto ricoperto di *butterflies* che a un semplice rumore...» Pamela batte forte le mani. «Tac! Si scopre, *so*...» E una marea di farfalle si alza intorno a noi, con mille piccole ali colorate che volano nell'azzurro del cielo mentre noi restiamo a guardarle. «Nella riserva» legge Pamela dalla sua guida «ci sono almeno quarantacinque specie diverse di farfalle e solo in questa zona ce ne sono almeno duemila esemplari...» E così continuiamo a camminare, attraversiamo una serra piena di piante tropicali e, come in uno di quegli spot raffinati, di profumi, o gioielli o macchine o non so cosa, perché non si capisce mai cosa vendono, miriadi di farfalle ci svolazzano intorno. Lo spettacolo è stupendo. Una si posa tra i capelli di Ann. Facendo attenzione a non fare rumore, come al rallentatore, afferro il telefonino e le scatto una foto.

E rimango a fissarla. Allora lei mi sorride, mi prende sottobraccio, la farfalla se ne va e noi riprendiamo a camminare. Per qualche secondo poggia la testa sulla mia spalla, forse non rendendosi conto del dolore e della gioia che questo gesto mi agita dentro.

Ciccio mi guarda e sorride, è cambiato, merito dell'*ammore*! Tra un po' me lo ritrovo trasformato in una creatura del bosco. Un uccello innamorato. Come quel pavone che anni fa in Inghilterra si dice si fosse innamorato di una pompa di benzina. E per tre mesi l'anno rimaneva lì attaccato a fare la ruota davanti alla sua bella. Pare che la pompa facesse un rumore simile al richiamo delle femmine in amore. Pamela non assomiglia per niente a una colonnina di benzina, ma emette bene il suo richiamo. Ciccio non le stacca gli occhi di dosso. E lei adesso non ne sembra per nulla disturbata. Anzi, comincia a mostrare persino le sue piume, come un maschio.

Usciamo dalla serra, se qualcuno ci vedesse in questo momento penserebbe che abbiamo tutti bevuto e fumato come pazzi, tanto sembriamo contenti e stregati al tempo stesso.

Una specie di figli dei fiori quaranta e passa anni dopo. Ci manca solo qualcuno che si metta a gambe incrociate per terra e inizi a suonare la chitarra.

Ma il concerto che arriva forte e imponente è quello delle Niagara Falls. Quando ci si stagliano davanti agli occhi rimaniamo tutti senza parole. Si sente il frastuono del fiume che sembra faccia tremare la terra e c'è l'acqua spumosa che scende a una velocità incredibile. È un'emozione spaventosa e affascinante e rimaniamo muti di fronte a tanta forza.

«Venite con me.» Pamela ci richiama alla realtà e ci porta sotto la cascata, facciamo un po' di coda e quando arriviamo all'imbarcadero, scopro che aveva prenotato anche qui. Inutile, è impossibile che si lasci andare all'imprevisto. Se l'amore di Ciccio verrà corrisposto, si scoprirà che Pamela aveva prenotato da piccola anche quello. Me la vedo a due anni con un telefono a forma di tartaruga, di quelli con i tasti grandi, che impugna la cornetta e ordina: un fidanzato italiano tra ventiquattro anni, *please*.

«Willow, ci dovrebbero essere quattro biglietti» dice determinata all'uomo del box.

«Sì, le sarà arrivato un codice.»

E naturalmente ce l'ha. Anche stavolta Ciccio è veloce e paga con i suoi soldi, anticipandola.

«Stai recuperando, eh...?»

Ann si incuriosisce.

«Cosa?» le chiede in inglese.

Pamela però è brava a non farsi scoprire. «Oh, prima abbiamo fatto una piccola *discussion*, una specie di scommessa, *bet*... Ma ho vinto io, *of course*» si giustifica.

Così saliamo a bordo del *Maid of the Mist*, il battello che fa il giro della cascate. Ci danno una mantellina blu per ripararci dagli spruzzi che ci colpiscono man mano che ci avviciniamo. Indietreggiamo divertiti, come al centro di una tempesta. Poi Ann si sporge sulla balaustra a prua, prende coraggio e allunga la testa verso il getto sferzante, anche se è estate l'acqua è gelida. Sussulta, esaltata da quel brivido.

Con un dito asciugo le goccioline che le imperlano il viso. Ciccio, il solito spaccone, la imita, ma non fa in tempo a ritrarsi e si inzuppa tutto.

Pamela ride. «Oh, il "pulcino *mio*", come quella *stupid* canzone che c'era in Italia durante il master.» Era il pulcino Pio, ma Ciccio non la corregge, l'errore gli piace. Pamela, riuscendo chissà come a non farla bagnare, controlla la guida: ci mostra un'isoletta alle nostre spalle che divide il versante americano da quello canadese.

«Quella è Goat Island, l'isola delle Capre.»

«Ciccio ci ha fatto le elementari» sfotto io.

«E tu eri mio compagno» mi dà una gomitata.

Al di sopra della cascata l'acqua, nella sua enorme velocità di caduta, quasi si nebulizza creando un arcobaleno. Rimaniamo a fissarlo a bocca aperta.

Finché Ciccio ha un'illuminazione: «Ma qui da voi non avete l'usanza di baciarvi sotto l'arcobaleno?».

Pamela lo guarda con sufficienza. «Questa non l'avevo mai sentita... Sotto il vischio, *maybe*.»

«Boh...» Ciccio alza le spalle. «Paese che vai usanze che trovi.»

«Semmai ci si bacia lì sotto» indica la più bassa delle tre cascate. «Cosa vi ricorda?»

Una distesa bianca si precipita dall'alto arricciandosi in salti continui.

«Una bella birra... alla spina» fa Ciccio, dopo averci pure meditato.

«Ma no, è la cascata *Bride Veil*... a velo nuziale» sorride Pamela scuotendo la testa.

In effetti l'acqua si inanella spumosa sulla roccia come un tulle che strascica per metri e metri.

«E che non lo sapevo?» replica Ciccio che non l'ha mai sentita nominare. «Per questo vi ho portati qui.»

Ann lo osserva perplessa, per quanto non conosca la lingua. Se Ciccio continua così anche un turco capirà che lei e Pamela non ci hanno incontrati per caso. Lo guardo storto. Mi fa spallucce.

«Ti...» si corregge «ti ho portato qui», poi rivolto alle ragazze: «Nicco è un tipo romantico».

Romantico almeno quanto la vista in cima alla SkyWheel, la ruota panoramica che consente di ammirare lo spettacolo delle cascate nella loro interezza con il rumore dell'acqua in sottofondo che sembra il rullio continuo e incessante di un milione di tamburi. Pamela non voleva salirci, dice che questa roba è troppo turistica: «Noi di New York non facciamo queste cose da cartolina». Ma siamo riusciti a convincerla. «Lo devi fare per lo spot. Pensa a cosa si vedrà da lassù...» e appena ha messo piede in cabina e siamo partiti, ha lasciato da parte ogni snobismo, e sembrava una bambina emozionata. «*Wonderful!*»

La ruota compie diversi giri a 360 gradi permettendo di goderci ogni minimo particolare del miracolo della natura che ci circonda. Arrivati in cima facciamo una quantità sterminata di foto, sembriamo un plotone di reporter davanti al tappeto rosso in attesa della star del momento. Ognuno concentrato in una specie di gara a chi coglie l'aspetto più bello. Poi Ciccio propone a me e Ann di scattarci una foto insieme, di immortalare questo momento, io e lei abbracciati, a quest'altezza con le cascate dietro.

«No? Mi sembra bellissimo fare queste cose da cartolina» dice rivolgendo uno sguardo eloquente in direzione di Pamela.

Ci guardiamo sorridendo, siamo d'accordo. Pamela fa una mezza smorfia.

Ciccio mette a fuoco con il suo iPhone.

«Ecco, sorridete... così, bravi.» E poi scatta. «Ve ne faccio un'altra in controluce con il tramonto alle vostre spalle... *Cheeeese.*» E ne scatta un'altra.

«Aspetta» si infila Pamela sfilandogli il telefonino di mano. «Facciamo con Instagram, vengono ancora più *beautiful...*» Si è arresa all'attrazione popolare, ma quando c'è da decidere è a lei, in ogni caso, che tocca l'ultima parola. Spesso anche la prima.

«Ma pure senza Instagram puoi cambiare dopo la luce, filtrare la foto, levare ciò che non ti piace...» protesta Ciccio.

«Anche su Instagram si può fare e viene ancora meglio...» Pamela è un osso duro, può farsi mettere la mano sulla coscia ma non i piedi in testa. Così cominciano a discutere mentre noi siamo sempre lì, in posa, e io li guardo divertito poi con Ann ci mettiamo a ridere e lei scuote la testa ma Ciccio e Pamela continuano come se niente fosse, e io penso che anche un battibecco stupido può sembrare un'opera lirica con Ann tra le mie braccia.

Dopo aver ceduto alla ruota, Pamela ci obbliga a salire sulla torre, la Skylon Tower.

Entriamo nell'ascensore. «Ora provate a cronometrare!» ci fa Willow Woman, esaltata come se fosse lei ad averlo progettato. La cabina parte e a velocità supersonica siamo in vetta all'edificio.

«Cinquantadue secondi! È pazzesco!» esclama Ciccio.

Usciamo e l'ultimo piano è tutto fatto di vetrate trasparenti. Guardiamo giù: le cascate, il parco, l'isola, e in lontananza Buffalo da un lato e Toronto dall'altro. Sento un senso di vuoto allo stomaco, non so se per l'altezza o la fame.

«Pottremo *stay and eat here...*» dice Ann, quasi leggendomi nella mente.

Ciccio annuisce e anche Pamela sembra entusiasta all'idea. Così andiamo al ristorante più elegante, quello da veri signori, con la sala che ruota su se stessa. Quando ci sediamo mi gira leggermente la testa, non so se sempre a causa dell'appetito, o per il panorama mozzafiato che si staglia fuori dalle vetrate.

Uno splendido tramonto si sta formando alle spalle delle cascate che scorrono sotto di noi. Pamela illustra a Ann il progetto e alcune idee per lo spot. Le spiega che anche il ristorante potrebbe essere parte della location. Ann ascolta attenta, osserva il posto con più interesse e l'idea sembra piacerle.

«Nicco...»

Ciccio cerca di richiamare la mia attenzione senza dare troppo nell'occhio.

«Eh, che c'è?» gli dico senza distogliere lo sguardo da Ann.

«Guarda qui» fa con il menu in mano «una bottiglia d'acqua, otto dollari. Neanche ce ne fosse poca di acqua qui... Ma che so' matti?»

«Hai così sete? Non beviamo» gli dico per chiudere lì la questione prima di fare una brutta figura con le ragazze.

«Va bene, ma loro invece bevono» insiste Ciccio «e visto che stiamo in un ristorante magari hanno anche fame. E per una bella serata come questa un buon vino non ce lo metti?»

«Ce lo metto.»

«E poi che facciamo?»

«Paghiamo.»

«No, poi andiamo a lavare i piatti perché non abbiamo più un centesimo...»

«Tanto sotto il getto delle cascate si fa in fretta. Dài, poi ci pensiamo. Ora smettila.»

Parlo sempre più a bassa voce, per fortuna Ann e Pamela stanno chiacchierando per conto loro e non si accorgono di questa discussione tra morti di fame che vogliono fare gli splendidi.

«Ciccio, ascolta, è la mia ultima sera, domani Ann tornerà alla sua vita e se io vorrò vederla potrò solo comprare una rivista e guardare una sua pubblicità...»

«Ok, hai ragione, diamoci sotto, e in culo all'acqua minerale!»

Ciccio fa un cenno al cameriere. Quando questo si avvicina al nostro tavolo, crede di essere il Grande Gatsby:

«Champagne, *please*...» ordina.

Il desiderio viene presto esaudito: "Ontario's Champagne" dice l'etichetta. Avevo sentito parlare dei vini della California, ma di questo mai. Chissà, magari costa meno. Quando ci stappano la bottiglia davanti, sotto gli occhi sbigottiti di Pamela e Ann, il mio amico commenta con naturalezza: «Non capita tutti i giorni di avere uno spettacolo così a portata di mano...».

Pamela concorda. «È vero, è un posto meraviglioso...»

«Veramente parlavo di te...»

Pamela, l'inscalfibile, arrossisce, già questo sembra un contratto di matrimonio, per una così distaccata come lei.

Poi ordiniamo e cominciamo a chiacchierare tranquillamente, scherzando sulle persone che siedono intorno a noi. Sposi novelli, coppie più adulte, se non proprio anziane. Chissà se i nonnetti della hall di Philadelphia chiederebbero di vedere la televisione anche qui. Sembrerebbe che siamo i più giovani, qui, forse quelli della nostra età non rischiano un conto così salato.

Arrivano le portate e devo dire che non sono male. Anche se le Grilled Vegetables "Stroffolino" che Pamela ha scelto per tutti dalla selezione vegana del menu sono poco sostanziose. Vorrei sapere poi chi è 'sto Stroffolino. Ciccio però non si è fatto fregare e ha ordinato pure un piatto di Buffalo Wings, la specialità del luogo, ali di pollo fritte con salsa piccante. È vero che quando stai bene con una persona, quando la desideri più di ogni altra cosa, per te non esiste altro, non ti affatica fare la fila e non ti interessa se mangi ostriche o carne in scatola.

«Be', che facciamo ora?»

Ciccio ha un tempismo unico. Non ha ancora posato la forchetta e già pensa a come concludere la serata. È gasatissimo e, se ci fosse, farebbe anche il bungee jumping dalle cascate. Quando poi a sorpresa scopriamo che le ragazze ci hanno offerto la cena non si oppone con la fermezza sfoderata poco fa: non sa se è peggio essere a secco o sapere quanto hanno pagato.

Ma proprio per risollevare le finanze, ci convince ad andare al casinò lì vicino. Cerco di farlo desistere, secondo me ci roviniamo stasera, ma lui ripete le mie parole: «È l'ultima sera... E poi, sfortunati al gioco, fortunati in amore» strizza l'occhio.

Poi abbassa la voce. «Quindi se perdiamo vorrà dire che ci andrà bene dopo.»

«E se invece vinciamo?»

«Che c'abbiamo culo e siamo un'eccezione!»

Le slot machine ci mangiano subito i pochi soldi che ci rimangono. Per rifarci, acquistiamo delle fiches e ci dirigiamo alla roulette. Decidiamo di puntare sui numeri dei nostri compleanni. Dapprima non succede nulla, se non che perdiamo come disgraziati. Poi improvvisamente esce il 7, la data di Ciccio, e facciamo un incredibile pieno.

Quando passiamo alla cassa propongo a Ciccio di dividere per quattro.

«Ma scusa, il numero vincente è il mio, dovrei prendere tutto io!» protesta lui.

«E invece dividiamo per quattro.»

«Ma è merito mio!»

«Ma di che? Mica hai deciso tu che giorno nascere! Non fare il tirchio e ringrazia che domani ci potrai offrire la colazione a tutti, no?»

«Pure!?» ribatte preoccupato.

Forse sta pensando a quello che mi ha detto prima: non è che fortunati al gioco vuol dire sfortunati in amore e noi non siamo un'eccezione?

Per concludere la serata, decidiamo di andare a fare una passeggiata. Le cascate di notte sono uno spettacolo sempre nuovo, meraviglioso. Favolosi fasci di luce le illuminano di rosso, di blu, di verde. Attraversiamo un ponte e ci troviamo di nuovo sul fiume, da un'angolazione diversa questa volta, in mezzo a quei muri d'acqua inesauribili. Ciccio e Pamela si spostano un po' più in là, arrivano sull'ultima parte della terrazza. Sento in lontananza le loro voci.

Pamela si sporge. «È altissimo...»

«Sì...» Poi si gira verso Ciccio. «Mi è piaciuta quella frase.»

«Quale?»

«Che non capita tutti i giorni uno spettacolo come me...»

«Ma è vero.» Imbarazzato, non sa più cosa dire o fare. Rimangono così per un attimo in silenzio, come sospesi in quell'aria bagnata, nel silenzio della notte, nel fragore della cascata. Allora Ciccio tira fuori il suo iPhone e lo solleva sopra la loro testa.

«Hai detto che porta bene, non vorrai sfidare la fortuna, vero?»

Nell'iPhone di Ciccio c'è l'immagine di un vischio rosso appeso sopra le loro teste.

Pamela ride. «Io credo alle tradizioni.»

Così gli si avvicina e finalmente si danno un bacio. E noi li vediamo, e restiamo in silenzio, non osiamo guardarci, non sappiamo più dove girarci. Poi alla fine i nostri sguardi si incontrano, ci sorridiamo nella penombra. Ann scuote la testa e parla lentamente cosicché io possa tradurre le sue parole.

«Ciccio è sempre imprevedibile. Secondo te si mettono insieme? Non è che si porta via Pamela, in Italia? Lei è fondamentale per il mio lavoro nell'agenzia...» o almeno questo è quello che capisco dal suo inglese.

«Forse sì, sarebbe un finale perfetto per una storia d'amore, non trovi?» le rispondo guardandola intensamente.

Lei abbassa gli occhi. «*Yes, it would be wonderful...*»

«E se fossi io a portare qualcuno con me, in Italia...?»

Rimaniamo a fissarci così, uno di fronte all'altra, finché i fuochi d'artificio cominciano a esplodere sopra le nostre teste. Allora sorridiamo sorpresi mentre i nostri visi sono rischiarati e illuminati da mille colori, da esplosioni di luci azzurre, viola, rosse, celesti, bianche, e le cascate intorno si vestono di quei bagliori e nel silenzio della notte si sente solo l'eco del loro crepitio.

E non possiamo che restarcene con il naso in su, verso le stelle. Quando mi giro verso Ann, nel buio, mi perdo nel suo viso incantato da quelle luci, il suo sorriso affascinato, la sua bocca semiaperta. Allora le prendo la mano. Lei si gira, le sorrido.

«Non so se esiste, ma se esiste tu sei il mio destino.»

E la tiro a me con dolcezza, e Ann si lascia andare e chiude gli occhi e l'abbraccio e ci perdiamo in quel bacio, delicatamente bagnato, morbido, lento, pieno di passione, di attesa, e ora di desiderio e di sogno. Quel bacio in cui non avevo più sperato, quel bacio per Ann così inaspettato. E ogni tanto apriamo gli occhi e ci sorridiamo e ricominciamo a baciarci, sotto quella pioggia di luci, sotto quei fuochi che si spengono e diventano cenere che si perde nel vento, sopra il rumore di quelle cascate.

E penso alla bellezza di quel bacio. Riesce a dire tutto, tutto quello per cui non basterebbero mille parole. Un bacio è la lettera d'amore più chiara e più bella che possa mai essere scritta... ma basterà?

35

Quando torniamo al cottage dobbiamo proprio avere l'aria di quelle coppie in vacanza, mano nella mano, che camminano lentamente stando in silenzio, e che ogni tanto mormorano qualcosa tipo: "Hai visto che luna...?" oppure "Quante stelle ci sono stanotte..." o "Che serata fantastica".

E io non sono da meno. «Vorrei che questa notte non finisse mai» dico. E la stringo forte a me e Ann sorride e continuiamo a camminare abbracciati, senza parlare, e vorrei non liberarla più. È come se fossi scosso da un brivido continuo, arso da un fuoco perenne: non pensavo di provare così tanto per lei. Che Ann sia solo una mia fantasia, un'illusione? mi ritrovo a pensare. A volte uno proietta sulla persona che è convinto di amare in quel momento il desiderio di ciò che cerca da sempre, l'amore che vorrebbe incontrare. E mentre cammino respiro tra i suoi capelli, sento il suo profumo, il sapore di tutta lei. No, è realtà, è tutto quello che sto vivendo, è la felicità che sto provando, è la bellezza di questo momento.

Pamela richiama all'ordine: «Ecco, siamo arrivati...».

«Wow! Wow!» ci abbaia Cocorito romanticamente e non voglio credere che sia un "bau", non adesso almeno.

Entriamo per primi, Ciccio e Pamela ci seguono e si fermano alle nostre spalle, le loro stanze vengono prima delle nostre. Ci salutiamo in modo affettuoso, ma allo stesso tempo facendo fatica a nascondere un certo imbarazzo, un infantile senso di vergogna. Li lasciamo davanti alle rispettive porte e passiamo in cucina a prendere un bicchiere d'acqua. In realtà non ho sete, voglio solo prendere un po' di tempo e cercare di placare l'imbarazzo che mi cresce dentro.

Quando torniamo in corridoio Pamela e Ciccio sono spariti. Saranno andati in camera di Ciccio? Di Pamela? Ognuno nella propria? Chissà se dormiranno insieme. Ann mi guarda senza parlare ma ha pensato la stessa cosa. Mi sorride poi ci fermiamo davanti alla sua porta.

«*It was a beautiful evening...*» le dico in inglese, sicuro di sbagliare magari qualcosa.

Ma non faccio in tempo a finire la frase che Ann mi abbraccia e si tuffa nel mio petto, nasconde il viso e poi si gira di lato. Io rimango con le braccia aperte, non so che fare. Allora le accarezzo i capelli e vedo che lei si porta la mano sulla bocca, si morde un'unghia, e in quel gesto io scorgo tutta la sua insicurezza, le sue paure, la sua indecisione.

«Ann...» Le sollevo il viso verso di me. Ora i suoi occhi grandi mi fissano. La luce della luna mostra solo un piccolo tratto della sua pelle così bianca, sottratta all'ombra dei capelli.

«Ann...» La tengo delicatamente tra le mani come un diamante rubato, così prezioso, così raro. Osservo rapito ogni suo più piccolo riflesso. La luce dei suoi occhi, il colore della sua bocca, la pelle delicata del suo viso nella penombra di questa nostra notte. Che possa essere davvero nostra come deve esserlo ogni giorno. «Ogni giorno è tuo.» Come la voglia di dare un senso a ogni attimo della nostra vita, perché nulla sia perduto o sprecato, perché tutto possa essere il più bello possibile, come gemme raccolte all'alba e conservate al fresco, come lucciole fermate in una notte di mezza estate e custodite lì, in quell'antica lampada per dare luce a momenti come questo, a questa notte magica. E pian piano ci avviciniamo e restiamo a un millimetro da tutto. Con le nostre bocche aperte, che si respirano, che si riempiono l'anima, il cuore, che parlano d'amore in silenzio, nutrendosi di morsi immaginari, perché si vergognano, perché non hanno ancora avuto il coraggio di arrendersi. Eppure mi sembra tutto così incredibilmente chiaro... o sto solo sognando?

E allora improvvisamente cedo di fronte a quel gioco di respirarsi addosso, quello sfiorarsi di labbra. Crollo e la stringo a me e la bacio, all'inizio delicatamente, poi con rabbia, con voglia, con fame, come se potessi rassicurarla, toglierle ogni dubbio, ogni minima incertezza, stabilire ora e per sempre che è così e basta, e che lo sarà all'infinito o almeno domani e dopodomani ancora, e tutti i giorni che seguiranno per molto tempo e che adesso non mi è possibile immaginare una fine. Ma poi all'improvviso accade. La sento irrigidirsi tra le mie braccia, la sua bocca si ritrae, e lei resta così, con gli occhi chiusi. E ogni cosa cambia.

Quella passione che prima sembrava tutto, ora appare quasi ridicola, sciocca, chiassosa, fuori posto. Allora Ann si stacca da me e quando riapro gli occhi mi sembra che sia giorno, siamo stati strappati da un sogno bellissimo. Siamo svegli, tragicamente lucidi. Dov'è finita la magia di poco fa? È come se le stelle si fossero ritirate, la luna semplicemente coperta e tutte le cascate per un ignoto, drammatico scherzo improvvisamente si fossero fermate. Silenzio. Anche Ann riapre gli occhi e mi guarda.

«*No, I can't anymore.*» E mi dà un bacio leggero sulla guancia, poi si gira senza dire altro e raggiunge la porta della sua stanza. Apre la piccola borsa. Guardo la sua mano che fruga nervosa e so che quando troverà quel che cerca non ci sarà più nessuna possibilità, nessun appello. Però ora potrebbe ancora smettere, non cercare più, rimanere immobile con la mano ferma in quella borsa. Poi fare un lungo sospiro, girarsi di botto e, sorridendo, correre verso di me e alla fine abbracciarmi. Ann scuote la testa. «*How stupid of me! There's no key, this is not a hotel!*» Per un attimo penso che abbia finto di essersi confusa solo per rimanere ancora lì per me, che per questo abbia indugiato a cercare una chiave che non c'è. La chiave del suo cuore... Poi abbassa la maniglia e apre. Sulla soglia filtra la luce verde della lampada del patio. Verde... Mi fa ridere che Ann passi col verde, che la mia storia con lei finisca col colore che dovrebbe essere quello della speranza. Ann spalanca la porta e, adesso senza il minimo cenno di tentennamento, entra nella sua camera.

Poi se la richiude alle spalle. *"No, I can't anymore."* Meno male che non ha detto *"I'm sorry"*.

36

"Amare significa non dover mai dire 'mi dispiace'." Lo dicevano in un film, il preferito di mia madre. *Love Story*. Non ci avevo mai pensato prima. Mi ricordo quando Ali MacGraw, la protagonista, pronuncia quella frase. Litiga col fidanzato, perché vuole che faccia pace col padre, ma lui non ne ha nessuna intenzione. "Sparisci dalla mia vita" le urla rabbioso. Lei scappa via. Ryan O'Neal la cerca ovunque, per tutto il giorno, corre al conservatorio, apre ogni aula, ma niente. La ritrova in lacrime sui gradini di casa a notte fonda. "Mi dispiace" mormora Oliver, così si chiamava il personaggio di O'Neal. E lei risponde: "Amare significa non dover mai dire mi dispiace".

Una sera ne parlai con Alessia, di quella frase, mi rispose che non ne capiva bene il senso, non aveva mai visto il film, e che ero "antico" ad appassionarmi a quella roba. "Manco mio nonno se lo ricorda!"

La prima volta che lo vidi, una domenica pomeriggio di quelle passate davanti alla TV, piansi come un vitello. E quando tornarono le mie sorelle e mi trovarono con i lacrimoni, mi vergognai al punto che dissi che ero stato in balcone a fumare sotto la pioggia e mi ero bagnato il volto. La classica scusa da film di quei tempi.

E adesso vorrei piangere come una fontana, anzi come una cascata, perché anch'io ho perso il mio amore. Non me l'ha portato via una malattia, ma un palestrato cresciuto a hamburger e cornflakes con la faccia da Big Jim. Mark, lui è la parte meno romantica di questa storia. Mi tornano ancora in mente i suoi piedi chilometrici che spuntavano sotto i jeans al supermercato. Ma ci si può innamorare di uno che porta il quarantanove?

Ora guardo le mie, di scarpe, mi sono abbandonato sul letto senza neanche togliermele. Sono sporche di terra dopo tutta l'acqua sputata dalle rapide. Penso che mi hanno portato fin qui pieno di speranze. Mentre adesso mi rimane solo qualche schizzo di fango da portare indietro. Basterà lavarle per cancellare tutto. Dalla gomma delle Nike, forse. Ma dal mio cuore?

Cerco di distrarmi. E l'occhio mi cade sul cappello da cowboy in cima all'armadio, illuminato nella semioscurità dalla luce che proviene dal patio. Non posso neanche indossarlo e farmi un giro vittorioso per la casa, come gli eroi dei western. No, in questo caso io sono lo sconfitto, sono il capo indiano espropriato e umiliato. Già da bambino tifavo per loro: può essere che sia sempre stato dalla parte sbagliata? La mia piccola squaw conquistata da altri. Forse non ho combattuto abbastanza per averla?

Do un colpetto alla parete sopra la mia testa per saggiare la consistenza del legno; inganno me stesso fingendo che sia così. In realtà è un ultimo tentativo per richiamare l'attenzione di Ann, che sta nella camera adiacente alla mia. Per chiederle di ripensarci, di darmi una chance. Il tocco rimane sordo e allora mi illudo che il legno sia troppo spesso e non abbia sentito.

Mi alzo a sedere sul letto, le gambe ciondoloni.

Poi decido. Come la furia di mille Sioux, non posso arrendermi.

Un attimo dopo sono davanti alla porta di Pamela che sto bussando come un pazzo.

«Pamela, Ciccio...! Ci siete?»

Si apre la porta della camera in fondo e compare Pamela con i capelli tutti arruffati. Mi sorride, maliziosa.

«Stavamo... chiacchierando» dice poi come a giustificarsi.

Per fortuna sono arrivato in tempo, prima che fossero a... metà discorso.

«Ti prego, ho bisogno di te, devi farmi un favore, solo tu puoi aiutarmi.» La prendo per mano. Poi scorgo Ciccio che mi fissa dal letto corrugando la fronte. Per fortuna è ancora vestito. Mi scuso: «Ciccio, te la riporto subito. Mi servono due minuti, solo due, te lo giuro!».

Esco dalla loro camera trascinando con me Pamela scalza, e con la coda dell'occhio vedo Ciccio che ci segue fino alla porta per rimanere impalato lì, le mani sui fianchi, scuotendo la testa. Come a dire: "Ti pare il momento?".

«Ecco, ci siamo...» faccio io. Mi sono fermato davanti alla stanza di Ann. Busso e Pamela mi guarda disorientata.

«Ma cosa devo fare?»

«Tradurre il mio amore. Ti prego. Oh, non sbagliare! Sennò abbiamo fallito tutti e due...» So che premere il tasto dell'efficienza è l'arma vincente con Pamela.

Sento i passi felpati che avanzano sulle assi di legno cigolanti. Un secondo dopo Ann apre la porta e rimane sorpresa vedendoci lì, tutti e due.

«Aspetta Ann, non parlare.»

E Pamela traduce perfettamente. Poi mi guarda, in attesa che io continui, cosa che faccio quasi senza prendere fiato. Sono stato zitto troppo a lungo con le persone cui volevo bene, accumulando troppi rimpianti. Non voglio dovermi più mangiare le mani.

«Ti devo dire tutta la verità.» Prendo un bel respiro e parto come un treno: «Da quando te ne sei andata non ho fatto altro che pensarti e ho capito cosa eri diventata per me e ho rimuginato giorno e notte su tutto quello che non ti avevo detto». Aspetto che Pamela traduca. A un certo punto si ferma, aggrotta la fronte: «*Rimmunginato?*». Ciccio, che è rimasto poco distante dalla soglia per non farsi vedere, suggerisce a bassa voce: «Sì, insomma, è andato in fissa».

Ma "andare in fissa" diventa ancora più difficile da tradurre per Pamela, così cerco di facilitarle il compito. «Riflettuto. Molto riflettuto.» La mia interprete annuisce e riprende professionale. Appena finisce, mi guarda impaziente, come se fosse in attesa del secondo tempo di questa commedia sentimentale, ormai pienamente coinvolta nella storia. Anzi, diciamo pure che per metà l'ha scritta lei.

Allora proseguo più dirompente delle cascate qui fuori: «Ti ho conosciuta in un momento difficile della mia vita e non parlo quasi una parola d'inglese. Ma ogni volta che ho incontrato il tuo sguardo, ho capito che non avevo bisogno di parole. Giorno dopo giorno a Roma mi sono innamorato di te, della tua semplicità, del tuo sorriso, delle tue attenzioni, della tua generosità, della tua bellezza, di come tu, anche con una maglietta bianca addosso, eri la donna più elegante del mondo... Per non parlare senza». Pamela si mette a ridere, anche Ann, ed è leggermente commossa.

«Ma questi sono solo dettagli, piccole cose, rispetto a quello che ho veramente sentito nel mio cuore.»

Così mi fermo un attimo per riprendere fiato, per vedere che effetto sta avendo tutto questo su Ann, e il suo sorriso mi incoraggia. Pamela finisce di nuovo di tradurre e mi guarda sempre più curiosa.

«Be,' vai avanti, anch'io voglio sapere.»

Le sorrido. «Grazie» e riprendo.

«Ci siamo detti tante cose, tu in inglese io in italiano, e anche se non le abbiamo mai capite sono sicuro che erano quelle giuste, quelle che volevamo dire e sentirci dire. Sono venuto a New York per te...»

Parlo così velocemente che Pamela fatica a venirmi dietro, ma vedo che ce la mette tutta, non credo sia abituata a perdere. Le racconto tutta la verità, dal momento in cui non l'ho più trovata in albergo a Roma, al falso indirizzo del portiere; da Venanzio che ci ha aiutato, a Pamela senza la quale non sarei arrivato fino a lei. Da quando l'ho vista al supermercato con quel tipo a quando ci siamo finti autostoppisti.

Pamela cerca di introdursi nel discorso con le sue motivazioni, non vuole passare per un'imbrogliona. Alza un dito per prendere la parola, mi interrompo.

«L'ho fatto per amore» dice. E Ciccio, appiattito sul muro,

sorride vittorioso, ormai convinto che Pamela abbia accettato di inscenare la montatura dello spot e tutto il resto perché era totalmente persa per lui, fin dal primo istante in cui lo ha visto. «Ho calcolato le possibilità che avevate. Non potevo lasciare un amore fallire» spiega meglio. Poi mi fa cenno di proseguire.

«Certo, ti posso sembrare ridicolo ma ho messo su questa messinscena soprattutto perché volevo avere del tempo, quel tempo che mi è mancato a Roma per dirti che... sei tu.»

E rimango per un attimo in silenzio. Ann ha gli occhi lucidi.

«Sei tu la persona che aspettavo, sei tu la ragazza che avrei sempre voluto, sei tu che mi hai fatto attraversare l'oceano senza nessuna certezza di trovarti, come se fosse la cosa più semplice del mondo...»

Allora mi metto la mano in tasca e tiro fuori la piccola pietra a forma di cuore. «Te la ricordi? Questa l'avevi dimenticata a Roma... Il mio cuore invece lo hai portato con te.»

Ann mi sorride e prende con tutte e due le mani la piccola pietra che le avevo regalato quando eravamo andati in gita alle Grotte di Nerone, ad Anzio. La guarda come se fosse quel diamante che aveva perso e cercato per tanto tempo, la cosa più preziosa del mondo.

Poi risponde e questa volta Pamela traduce per me.

«Che gioia riavere il tuo regalo... Non sai come sono felice. L'avevo messo nel cassetto e me ne sono ricordata solo quando ero già in aereo. Ho pensato che non l'avrei rivisto mai più, come l'ho pensato di te. Ho creduto che ti eri solo divertito con me, che siamo stati bene ma che saresti ritornato con la tua ragazza per la quale soffrivi ancora tanto.»

La interrompo: «Sono stato uno stupido, hai ragione! Solo quando non ti ho trovata in albergo ho avuto la certezza che mi mancavi come l'aria, che il mio attimo di felicità sei tu. E vorrei che lo fossi per sempre...».

Ann non ce la fa a trattenere le lacrime e nasconde il viso nel mio petto. Piange e piango anch'io e ci baciamo, e ci teniamo stretti e quando esausti per quei singhiozzi d'amore ci stacchiamo, ci accorgiamo che Pamela non c'è più. La nostra Cupida ha lanciato la freccia e si è nascosta. Anche Ciccio è sparito. E per un istante credo di essermeli sognati tutti e due. Così guardiamo in giro e ci viene da ridere perché non riusciamo a capire come possano essersi dissolti in un baleno.

Poi Ann mi prende la mano ed entriamo in camera sua. E già so che questa sarà una notte che non dimenticherò mai, che farà parte della mia vita comunque vadano le cose. E non è per come baci quella persona o fai l'amore con lei, non è solo il piacere fisico, ma è quella sensazione unica che per un momento ti fa capire veramente che cos'è l'amore. Ecco, sei così felice, così contento, soddisfatto, appagato, realizzato... ma in realtà nessuna di queste parole riesce a esprimere veramente ciò che provi. E allora io credo che sia meglio che mi fermi qui perché non penso siano state ancora inventate parole e aggettivi sufficientemente grandi e belli per poter contenere o almeno provare a spiegare questo mio attimo di felicità.

37

Pamela e Ciccio sono nel giardino sul retro. Stanno agitando un giornale con forza per diradare il fumo che si spande davanti a loro, sotto un cielo nitido che promette una giornata radiosa. Quando io e Ann apriamo la porta della veranda ci accorgiamo che hanno acceso il barbecue. A quest'ora! La ciliegina sulla torta che mancava... Sul tavolo c'è il succo d'arancia, un bel piatto di uova e una quintalata di burro. «Avete deciso di dar fuoco alla casa?» scherzo io.

«È il fuoco della passione che brucia!» strizza l'occhio allusivo Ciccio. La serenità che leggo sul volto del mio amico mi fa pensare che anche loro hanno passato una notte niente male.

«Il *toaster* in cucina non funziona. Abbiamo deciso di abbrustolire il pane qui... Ma mi sa che il fuoco, sì insomma, la... come si dice? combustione è troppo alta.»

Eccola Pamela che, dopo una nottata romantica, o comunque di grande intimità con un uomo, parla di combustione! È questo in fondo il bello di lei: rimane se stessa, precisa, scientifica, anche quando il contratto da firmare è quello col suo cuore. Pure Ciccio si permette di prenderla in giro adesso: «Si vede che sono esplosivo» ridacchia soddisfatto.

Ann si siede e si mette una mano a visiera sugli occhi per ripararsi dal sole.

«*You're up early...*» dice ai due piccioncini che hanno apparecchiato per tutti. Noi, invece, non abbiamo proprio chiuso occhio. Ma è stata la notte insonne più bella della mia vita.

«C'è tempo per dormire» sorride Ciccio che cerca di sintonizzare una vecchia radio mezza rotta appoggiata sul davanzale. Si ferma, dopo un po', su una stazione che trasmette *Lover Man*, un pezzo jazz che mi piace tanto. Lo dico anche a Ann, indicando il trabiccolo che filtra le note un po' zoppicando. Come il mio inglese, del resto. Lei però ha capito, fa segno di sì, sorride, mi toglie una briciola di pane tostato dalla maglietta. Strano sentire musica jazz su una veranda a due passi dalle Cascate del Niagara, nella casa di un indiano, davanti a un barbecue che rosola pane e bacon. Diciamo un doppio salto mortale all'indietro, un'acrobazia del destino.

«Chi vuole altro pane?» domanda Ciccio portando un vassoio con delle fette carbonizzate.

Io e Ann non osiamo alzare la mano. Ciccio ne addenta una, ma Pamela gliela toglie di bocca.

«Non ti fa bene così bruciato!»

Si preoccupa per lui, buon segno.

«Ma se l'hai cotto tu!»

«Io ho detto che avrei tostato *bread*, non ho detto che sarebbe stato *commistibile*.» Ottima spiegazione per chi ha fatto della risolutezza una maestra di vita.

La solita schermaglia tra i due è iniziata: forse, se si piacciono, è perché uno non saprebbe con chi battibeccare senza l'altro.

«Andiamo a vedere se Mister Bishop in dispensa ha lasciato qualcos'altro» sbuffa affamato Ciccio.

«Oh, qui c'è solo cibo tutto grassi, o non *genuine*, niente di sano. Non vorrai mica prendere dal frigo quella frutta da supermercato?»

Sono sicuro che Ciccio la prenderebbe eccome, sarebbe capace anche di mangiare le mele di plastica appese ai sonaglini sopra le culle dei neonati in questo momento. Ma spariscono all'interno e non so quale sarà, alla fine, il loro compromesso alimentare.

Ann mi versa dalla caraffa un po' di succo d'arancia, poi mi sorride e mi accarezza una mano. Io sorseggio il succo, mi asciugo le labbra con un tovagliolino e mi avvicino verso di lei per darle un bacio, Ann sorride, mi mette la mano sulla spalla e posa le sue labbra sulle mie. Sono morbide, fresche e come un assetato mi tuffo per abbeverarmi in quel bacio. Così mordo il labbro inferiore, lo succhio e a lei viene da ridere, si stacca dalla mia bocca ma poi si tocca con il dito lì, dove l'ho appena morsa. Mi dice qualcosa che non capisco, mi prende la testa tra le sue mani e mi bacia convinta. Era quello, che voleva.

Nella villetta di fronte, scorgo una coppia di anziani, vestaglietta a fiorellini lei, maglietta e pantaloncini corti lui, che ci osservano inteneriti. Hanno deciso come noi di fare colazione all'aperto. Sono in ottima forma, mangiano, parlano, ci salutano con la mano. Rispondiamo gentili.

Lei ride e si copre la bocca con le dita, lui insiste perché assaggi una fetta di melone.

Ecco, vorrei che io e Ann diventassimo così, come quella coppia di anziani, con i capelli bianchi e una risata da scambiarsi al mattino. Guardo Ann, taglia dei pezzetti di burro e li mette su uno dei pochi toast che si sono salvati. È tutta presa da questa operazione e lo fa con delicatezza perché non vuole spezzare il pane mezzo annerito. E io penso che mi piacerebbe vederla ogni mattina, e tra cinquant'anni esatti vorrei tornare qui e sedermi a questo tavolo per fare colazione con lei. E magari quel giorno salutare con la mano due giovani nella casa di fronte che si sono appena conosciuti e hanno tutto il loro amore davanti.

Ann alza gli occhi, come se avesse avvertito l'intensità di quel mio sguardo pieno di progetti e di speranze.

«Tutto ok?» mi domanda.

«Sì...» dico solo. Così provo a mangiucchiare un po' di briciole sparse nel piatto. Lei sorride e mi imbocca con un pezzetto di bacon.

Tutto ok? Non so se è tutto ok. Non so cosa deciderai di fare, Ann, con la tua vita. E soprattutto cosa intendi fare con la nostra vita. È stata una notte? Una notte bellissima, ma solo una notte? Le cose belle hanno bisogno di tempo. Il tempo serve per dimostrare a tutti quanto siano veramente forti, solide, inevitabili. Ecco, mio padre e mia madre sono stati e sono una cosa bella. Le sorrido sgranocchiando il bacon, anche quello troppo cotto. E noi, noi due, tu e io, saremo una cosa bella, Ann?

Di sicuro questa è stata una vacanza bellissima, penso mentre Mister Bishop, che come promesso è arrivato per la nostra partenza, chiude le finestre e noi carichiamo i bagagli sulla Gran Torino. Poi, prima di congedarci, il pellerossa ci regala un portafortuna indiano ciascuno. Una specie di medaglione con un lupo inciso sopra e delle perline appese intorno. «*A dreamcatcher*» ci spiega, un acchiappasogni. Quasi ci commuoviamo di fronte al gesto così amichevole e fraterno di un uomo apparentemente assai riservato.

Per non scoppiare in lacrime, io e Ann – che siamo i più sensibili in materia, dopo i pianti che ci siamo fatti stanotte, i più belli e liberatori della mia vita – montiamo subito in macchina. I nostri due compagni di viaggio controllano di aver preso tutto, quindi ci seguono.

Pamela dà gas. La Gran Torino ruggisce.

«Wow!» esclama questa volta Mister Bishop con il suo sguardo severo che si scioglie in un mezzo sorriso.

«Bau, bau» rispondiamo noi in coro col pappagallo, prima di prendere velocità e partire con gli occhi pieni di farfalle, di cascate, di colori e fuochi d'artificio, di barbecue a colazione e di sogni da acchiappare col retino...

Il viaggio di ritorno sembra più breve rispetto a quello d'andata. Capita spesso quando si ripercorre un tragitto, non so perché. Come se i chilometri si accorciassero dopo che hai raggiunto e abbandonato la meta. Dopo che l'ansia di scoprire un posto che non hai mai visto svanisce.

Io avrei voluto che durasse il doppio perché per tutto questo tempo troppo breve sono stato abbracciato a lei. E ora vedere ogni cosa al contrario, le cascate che si allontanano, i boschi che si diradano, l'autostrada che si allarga davanti a noi, adesso ha un senso nuovo. Prima non sapevo a cosa andavo incontro, adesso so solo che mi sono scontrato con qualcosa di meraviglioso.

Quando arriviamo davanti a casa di Ann, a Philadelphia, scendo insieme a lei, la aiuto prendendo il suo trolley dal bagagliaio, poi faccio segno a Ciccio e Pamela di precedermi in albergo. Il mio amico e la supermanager abbracciano Ann, ormai siamo una grande famiglia.

«Giura che ci vediamo presto» fa Ciccio, che dopo tutto quello che ha fatto ci spera quanto me. Pamela si accorda per il contratto dello spot, le dà appuntamento a New York per la firma.

«Questa volta dico sul serio, eh?» sorride rassicurante.

Poi rimango solo con Ann. Ecco, il momento è arrivato. L'addio che mai avrei voluto vivere. La mia testa, per un istante svuotata dall'emozione, ora si riempie di immagini, odori, persone. Rivedo in un attimo tutti quelli che hanno partecipato a questa storia da quando ho messo piede in America, dal poliziotto in dogana che mi ha spento il telefonino, al tassista, alla rossa Miss T. Ramsey originaria di *Abruzzio,* dallo chef Benjamin, ai due colorati, Venanzio e Thomas, ai due vecchietti della hall, a Mister Bishop e i suoi antenati pellerossa. Tutti testimoni inconsapevoli del mio amore. Ognuno lascerà un ricordo nel mio cuore, e chissà, ognuno avrà dato un contributo se quest'avventura dovesse avere un lieto fine. E io ci provo a realizzare un *happy ending*.

«Domani sera torno a Roma, Ann, ma potrei rimanere anche un altro po' di tempo, tutto dipende da te...» Lo dico nel mio inglese stentato, sperando che capisca.

Vedo che vorrebbe rispondere ma la fermo.

«Non dire nulla adesso, pensaci. Ti aspetterò fino a domani mattina alle nove al mio albergo.»

Le do il biglietto con l'indirizzo.

«Poi tornerò a New York e da lì a Roma.»
«Io...»
«Shhh.»
Lei annuisce, le prendo la mano, la giro e la bacio nel palmo, tra tutte quelle linee: la vita, la fortuna e l'amore, sperando che in qualche modo là in mezzo ci sia anch'io. La trattengo sulle mie labbra per un tempo infinito, poi mi volto e me ne vado senza dire nulla, ma con la speranza di rivederla presto.
Quando raggiungo l'hotel, Pamela e Ciccio mi informano che hanno deciso di andare a cena in un posto molto carino, di cui la guida parla benissimo, e insistono perché io vada con loro.
«No, grazie, andate voi, sul serio non ci sono problemi. Solo una cosa...» Alzo l'indice. «Ciccio, puoi venire un attimo, ti devo chiedere una cosa.»
E lui sorride a Pamela, si scusa e mi raggiunge.
«Siete così belli insieme.»
Ciccio mi guarda curioso.
«Grazie, ma era questo quello che volevi dirmi?»
«No...» Rimango un attimo in silenzio. «Ecco, volevo sapere: ma cosa le hai scritto in quel biglietto? Magari porta bene anche a me. Ormai puoi dirmelo.»
Ciccio annuisce. «Le ho scritto: "Sul serio rinunci all'amore?".»
«Ma intendevi quello tra me e Ann o il vostro?»
Ciccio mi guarda, mi sorride, e senza dirmi nulla torna da lei.
Li guardo uscire. Sono felice per loro.
Più tardi mangio da solo nel ristorante dell'albergo, ordino una bistecca con un piatto di patate, ma non tocco nulla, ho lo stomaco chiuso. Non ci sono neanche i due nonnetti teledipendenti a farmi compagnia. Saranno partiti. Eppure stasera gli cederei il telecomando e magari mi accuccerei in mezzo a loro due per stordirmi con uno di quei programmi inquietanti. "Cucine da incubo senza Ann" o "Cerco casa disperatamente... con Ann"! Ecco i titoli che arrivo a immaginarmi.

Decido di fare una breve passeggiata per i dintorni. Alla fine salgo in camera mia.

Bevo una birra e mi scolo anche una piccola bottiglia di rum presa dal minibar sperando che tutto questo alcol mi metta sonno. Imposto la sveglia alle sette, con la sciocca illusione di poter dormire tutta la notte. Invece mi rigiro nel letto, accendo la luce, la spengo, vado in bagno, spengo di nuovo la lampada, guardo la sveglia; sconfitto, accendo la TV, saltello qua e là per i canali. Mi fermo sul football americano, ma cambio quasi subito e alla fine dopo qualche altro canale inutile trovo una partita di calcio. Per un attimo penso mi possa rilassare, ho sempre amato il calcio, è stata una grande consolazione in molte occasioni, ma adesso non basta a calmarmi. E cosa potrebbe riuscirci, dopotutto? Allora spengo la TV e prendo un libro che mi sono portato dietro e che non ho ancora iniziato a leggere, *La verità sul caso Harry Quebert*. Mi ha incuriosito perché nell'ultimo periodo in edicola molte persone lo chiedevano. Lo apro a caso.

"Marcus, sai qual è l'unico modo per misurare quanto ami una persona?"

"No."

"Perderla."

Non avevo bisogno di questo consiglio, Harry. Lo so da me, e non voglio perderla di nuovo.

È l'alba quando decido di farmi una doccia, poi mi vesto con calma, disattivo la sveglia prima che suoni e scendo giù per fare colazione. Hanno aperto da poco e naturalmente sono il primo. Prendo un po' di caffè e una ciambella. Non mangio dal viaggio in macchina. Sfoglio un giornale che ho trovato sul tavolo per ingannare il tempo. "*Suburban boy adopted by local tycoon*" recita un titolo nella cronaca locale, come Willy il principe di Bel Air, e sotto c'è una foto minuscola di Will Smith da giovane accanto a colui che ha avuto la stessa sorte. Questa è la prova che la fortuna esiste, anche se forse non gira dalle mie parti.

Quando esco fuori sono ormai le otto. Manca un'ora, poi

partirò per l'aeroporto. Sento quasi lo scoccare incalzante dei secondi, accordato al battito del mio cuore. Una specie di condanna dalla quale non si può sfuggire. Mi siedo sulla panchina lì fuori. Vedo delle macchine passare, gente che arriva all'albergo, qualcuno che se ne va. Un signore fa jogging, un altro porta a spasso il cane.

Viviamo tutti gli stessi minuti, nello stesso luogo, eppure per ognuno si dilatano a dismisura o scorrono via in un baleno a seconda del proprio stato d'animo. E di quello che ci aspetta in quel momento dalla vita.

Guardo l'orologio. Mi sembra che le lancette si siano fermate e che io sia seduto lì da un'eternità: sono nato, sono stato giovane, sono invecchiato su quella panchina. D'altro canto vorrei rimanere ancora all'infinito, avere tutto il tempo del mondo per sperare che ogni cosa sia ancora possibile. Non è importante quanto aspetti, ma chi aspetti.

Mi guardo in giro, è una bella giornata ma non così bella perché non arriva nessuno.

Allora mi alzo, capisco che è finita, che tutto quello che succede dentro di me non ha niente a che vedere con quello che succede intorno a me. Io e il mondo viaggiamo a velocità differenti. Ma non faccio in tempo a rientrare in albergo che mi sento chiamare.

«Nicco!»

Mi giro, e c'è Ann che arriva in bicicletta, la lascia cadere sul prato, poi corre verso di me e mi salta addosso, mi abbraccia, mi dà un bacio bellissimo e poi mi dice in italiano:

«Puoi *restari* ancora un po'? Mi *farebbi* molto *piacerre.*»

E io rispondo al suo bacio sollevandola in aria stretta tra le mie braccia e poi rido: «Ma allora un po' d'italiano lo parli!».

Lei infila la mano nella borsa e tira fuori un dizionario.

«L'avevo comprato *settimana fa*. Forse in *my heart* anch'io speravo di *rivedere te.*»

E ci baciamo di nuovo.

Ecco, c'è una cosa che mi ha sempre sorpreso con Ann. Ogni volta credo di ricordarmi com'è un suo bacio e invece ogni volta riesce a stupirmi. Lo trovo sempre nuovo, diverso da tutto quello che mi sembrava di conoscere. Allora cerco di fissarlo nella mia mente ma già so che il prossimo mi sorprenderà comunque perché, non c'è niente da fare, sarà più bello.

Puoi alzarti molto presto la mattina ma il tuo destino si alza sempre un'ora prima di te. Qualcuno ha detto che la felicità non esiste, di conseguenza non ci resta che provare a essere felici senza. Io non so come stanno veramente le cose, non so se esiste o meno, so solo che in questo momento sono pazzo di gioia e vorrei bloccare le lancette di questo orologio impazzito, e che questo attimo di felicità durasse per sempre.

Ringraziamenti

Vorrei ringraziare Giacomo Callo e Susanna Tosatti, è un piacere cercare con loro la copertina e ancora di più trovarla!

Vorrei ringraziare tutto l'ufficio stampa, Francesca Gariazzo, Chiara Giorcelli, Mara Samaritani, Camilla Sica, Cristiana Renda e Valeria De Benedectis, perché con la loro gentilezza mi fanno sentire sempre come se fossi a casa, perfino da Milano.

Vorrei ringraziare Eva Evangelista, è un piacere sentirla al telefono, ti infonde tranquillità con la sua voce, organizza ogni spedizione con una precisione incredibile, e la cosa più bella è che poi accade tutto sul serio!

Vorrei ringraziare Paolo Valentino che, insieme a tutta la sua squadra, mi ha aiutato con grande pazienza e con ottimi suggerimenti. A volte siamo rimasti al telefono fino a tarda notte. Mi ha ricordato quando ero più piccolo, quando magari stavi al telefono con la persona che ti piaceva e non chiudevi mai, anzi continuavi dicendo: "Chiudi tu...". E dall'altra parte ti rispondeva: "No, chiudi tu...". E alla fine stremato facevi l'alba sperando soprattutto di non essere beccato dai tuoi perché il giorno dopo avevi scuola. Questa volta però era per correggere le bozze.

Un grazie alla mia agente Kylee Doust, Ked, che con grande passione segue ogni libro come se fosse un "figlio"!

Un grazie a Laura Ceccacci che mi ha seguito in molte

occasioni, quest'ultima poi l'ha vissuta con grande entusiasmo. Quando arrivo in ufficio mi chiede: "Vuoi un caffè?" e poi aggiunge: "Con quanto zucchero?" perché non si ricorda mai che lo prendo amaro. Però questo è l'unico appunto che posso farle. Ah, e poi mi piace perché mi ha mentito per non dire bugie.

Un grazie particolare ad Andrea Delmonte, mi fa troppo ridere perché mi dice delle frasi molto carine, mi elogia, mi fa dei complimenti, poi però alla fine porta sempre a pranzo qualcun altro. Forse vorrebbe che stessi a dieta. Sul lavoro è un grande professionista, ha perso invece al torneo di ping pong. È sicuro però che quest'anno lo vincerà, forse perché non si fa più.

Un grazie a Giulia, AleG e Marilù che ogni sera mi hanno fatto tornare bambino prima di andare su a scrivere.

Un grazie poi alle mie sorelle, Fabiana e Valentina, e a mia madre Luce che mi hanno aiutato fuori e dentro questo romanzo.

E infine un grazie particolare al mio grande amico Giuseppe, per tante cose che sappiamo io e lui e che mi sono state particolarmente d'aiuto. È bello sapere di poter sempre contare su qualcuno.

Arnoldo Mondadori Editore S.p.A.

Questo volume è stato stampato
presso ELCOGRAF S.p.A.
Stabilimento - Cles (TN)

Stampato in Italia - Printed in Italy